BECAUSE SHE CAN

BRIDIE CLARK

克莱尔的抉择

〔美国〕布瑞迪·克拉克 著　魏瑞莉 译

译林出版社

图书在版编目（CIP）数据

克莱尔的抉择 /（美）克拉克（Clark,B.）著；魏瑞莉译．—南京：译林出版社，2012.1
（国际畅销榜）
ISBN 978-7-5447-2281-0

Ⅰ.①克… Ⅱ.①克… ②魏… Ⅲ.①长篇小说-美国-现代 Ⅳ.①I712.45

中国版本图书馆CIP数据核字（2011）第164476号

BECAUSE SHE CAN by Bridie Clark

著作权合同登记号 图字：10-2011-252号

书　　名 克莱尔的抉择
作　　者 〔美国〕布瑞迪·克拉克
译　　者 魏瑞莉
责任编辑 王振华
特约编辑 汤　胜
原文出版 Grand Central Publishing，2008
出版发行 凤凰出版传媒集团
凤凰出版传媒股份有限公司
译林出版社
集团地址 南京市湖南路1号A楼，邮编：210009
集团网址 http://www.ppm.cn
出版社地址 南京市湖南路1号A楼，邮编：210009
电子邮箱 yilin@yilin.com
出版社网址 http://www.yilin.com
经　　销 凤凰出版传媒股份有限公司
印　　刷 三河市华润印刷有限公司
开　　本 960×640毫米　1/16
印　　张 16
字　　数 190千字
版　　次 2012年1月第1版　2012年1月第1次印刷
书　　号 ISBN 978-7-5447-2281-0
定　　价 28.80元

译林版图书若有印装错误可向承印厂调换

目　录

序幕　地狱来客

婚礼当天。还有两个小时，我就要步入那神圣的殿堂。

我的闺密碧翠斯微笑着帮我披上面纱，让它散落在我身后，并系上后背那排精美的纽扣。**感谢老天，感谢亲爱的碧**，这已经是我今天第一百万次在心中感叹。我们俩都注视着镜中那位美丽的新娘。她的一切看起来正是新娘应该有的样子：深红色的头发梳向脑后，在后颈盘成一个优雅的发髻；完美无瑕的妆容；如瓷器般光滑细嫩的皮肤；如水滴般垂下的耳坠。

我轻轻地扭动身体，镜中的完美新娘也随之舞动。然后又回头看了看婚纱的裙摆。由“婚纱大王”王薇薇亲自操刀设计，巴黎著名手工刺绣老店的数位女裁缝缝上的顶级碎钻熠熠生辉，如暗夜精灵。

“你美得让人窒息，克莱尔。”碧说。面对身着这样一件华服的女人，再没有别的赞美比这句话更由衷、更合适了。我们俩注视着镜中大放异彩的我，都禁不住露出笑容。

新娘化妆室门口的敲门声将我们从沉醉中惊醒。

“门没锁。”碧应道。我未来的婆婆露西尔·库克斯走进来。她十分瘦小，就像一个八九岁的小男孩，而且总是表情严肃。

“我是来送新郎给你的礼物的！”露西尔兴高采烈地冲我们嚷道。她习惯于用提高分贝来弥补在身形上的不足。今天她显得尤其瘦小，也尤其吵闹，裹在一件深红色奥斯卡·德拉伦塔礼服里，这一件就能买三辆我妈妈的车。婚礼筹备焦虑症将她的食欲从斯巴达级别降到了埃塞俄比亚级别，街心公园的鸽子因此增肥不少。

“噢，克莱尔，*亲爱的*，你看起来……”露西尔停顿下来，用挂着首饰的手按着那件满是斑点、奇瘦无比的露肩裙。她过了好久都不做声，我只好将这种姿势当做是代替了一个褒义形容词。然后她停止了沉思，说：“你看起来真像你妈妈。”

拜托，别按了，拜托——等等，刚刚露西尔说了什么？真令人吃惊，露西尔，这个一向独断专行的人，却说出了我内心深处最想听到的那句赞美，而且我知道这是她能给出的最高评价，因为自从她和我妈妈在斯坦福华沙学院成为室友之后，就对我妈妈极为崇拜。

我忽然对露西尔产生了一股感激之情。而她似乎感知到了这种温情的气氛变化，有些别扭地把一个天鹅绒盒子塞到我手上。

“快打开看看！”她催促我。

我依言行事，这也是我的一个坏习惯。我打开盒子的搭扣，掀开硬硬的盒盖，在柔软的黑色天鹅绒底座上，静静地躺着一条璀璨夺目的项链，还镶嵌着宝石。这是我有生以来见过的最昂贵的首饰，此刻它属于我了。

“哇，*我的老天*！是宝格丽的，*真漂亮*！”露西尔盯着项链，目光里充满喜爱之情，仿佛那是她的第一个孙子。我把它戴到脖子上，这次是我们三个人依次注视着镜子里的我，绝对夺人眼球。看来我的未婚夫聘请了一位品位极高的秘书。

这时露西尔带着颤音，激动地说：“我还拿到了星期日报的样本。”说着从怀里的皮包里扯出一份报纸来递给我。

克莱尔·特鲁曼小姐与兰道尔·皮尔森·库克斯先生喜结连理。

今天，爱荷华州爱荷华市查理斯·特鲁曼（已故）和帕特里夏·特鲁曼的千金克莱尔·特鲁曼小姐，与兰道尔·库克斯和露西尔·库克斯的公子兰道尔·皮尔森·库克斯先生，将在纽约的圣·詹姆斯大教堂举行盛大婚礼。

特鲁曼小姐芳龄27，在格兰特图书出版公司担任编辑。她以优异的学业成绩毕业于普林斯顿大学，获得英语语言文学学位。她的母亲是一位画家，已故的父亲是美国诗歌协会成员，同时也是爱荷华大学的教授。

库克斯先生31岁，在纽约的一家投资银行高盛银行担任经理。他本科也毕业于普林斯顿大学，并在哈佛大学获得工商管理硕士学位。他的母亲是弗莱格尔博物馆和棕榈滩历史学会的董事会成员。他的祖父是麦克文基金公司的前任总裁和董事长，而他的父亲去年从副总裁职位退休卸任。

“你还好吧，克莱尔？”露西尔低头看着我，关切地问。我顺着她的视线看下去，发现我的双手正在剧烈地颤抖，就像举着一把千斤重的大锤。庆幸的是，露西尔的注意力马上就被转移了，因为我们的化妆师杰奎丝进来了，她一把把露西尔拉到椅子旁坐下，帮她补妆。

“对了，你的妈妈到了吗？”她回过头问我，然后兴致勃勃地在杰奎丝的化妆箱里寻找她今天涂的酒红色口红。

“她应该快到了。”我看了看表，暗自企盼时间能够停止哪怕一秒，好让我喘口气。没有用，这一个月以来我一直这样企盼，可是从来没有实现过。

“我需要她帮我挑耳环。”露西尔哀号道。

碧狐疑地抬起头。的确，这非常可笑——露西尔，一位社交贵妇，拥有数个衣柜，里面都挂满了尚未拆封的高级时装，竟然会要求我那个超龄嬉皮士妈妈帮她决定哪一套订制首饰跟她的巴黎时装周最新款礼服更搭配。自我记事起，唯一见过的妈妈的饰品就是她婚礼时用过的金色腰带。妈妈认为最放纵的享受就是用她在爱荷华的一个女同性恋朋友送给她的自制草本香料泡个热水澡。妈妈的衣服从来只有绒布外套、牛仔裤和扎染服饰。

难以置信，但是很显然妈妈和露西尔在瓦瑟学院求学期间情同姐妹。在被人问及家乡时，露西尔总是回答她是在堪萨斯州的一个偏远小村子长大的，不过离芝加哥城很近——拜托，中间还隔着一个州呢。而我的外公家则是波士顿名流。露西尔在大学四年里近乎疯狂地追捧和模仿妈妈的社交礼仪、时尚品味、行为举止等等。我妈妈是一个处事淡然的人，她没有什么好胜心和占有欲，也不在意别人争名夺利、钩心斗角，所以我猜想，在她眼里，露西尔的这些急功近利地向上流社会靠拢的行为无可厚非，甚至颇有趣味。露西尔所付出的这些后天努力在她成功钓到兰道尔·申·库克斯的过程中发挥了至关重要的作用。要知道，兰道尔·申·库克斯可不是一般人，他出身名门、风度翩翩，而且擅长马球，曾经一度同时与五个瓦瑟学院的女孩约会，但是最终他选择了露西尔做他的妻子。当时简直就是这五个女孩之间的明争暗斗，最后只有露西尔成功地“抱得美男归”，至少她是这么讲给我听的。

露西尔抢到的好丈夫，也就是我未来的公公，花心程度实际上丝毫不亚于他的事业成功程度，可以说两方面都相当强。可是据我所观察到的来看，露西尔从来都没有对丈夫的拈花惹草、“彩旗飘飘”提出过抗议，她似乎对“兰道尔·申·库克斯夫人”这个头衔及其所带来的物质享受颇为心满意足——棕榈滩的豪宅，私人飞机，珠宝首饰，南安普敦的七间客房的大别墅，巴黎、米兰的时尚展，国际化水准的厨师、按摩师、秘书，还有曼哈顿黄金地段的洋房。

与她恰恰相反，妈妈为了她的真爱——一个一文不名的诗人穷小子，也就是我那无与伦比的好爸爸，毅然决然地放弃了她的富家小姐的身份与地位。爸爸虽然没有钱，但是却带给我和妈妈世界上最最幸福的生活。我们家的日子总是过得紧巴巴的——爸爸靠在大学授课来谋生，妈妈还要在城里的精品店出售水彩画来贴补家用，而我依靠拼命用功赢取了全额奖学金才得以进入普林斯顿大学。但是回忆起我的童年，我仍然觉得无比珍惜。

在爱荷华州碧绿的麦田中有一座小小的白色农舍，那里就是我的家。我家经常聚集着一群优秀的诗人、学者、剧作家、小说家，他们都是爸爸所在的大学有名的作家协会的成员。作为这个圈子里唯一的孩子，大概从十岁起，我就经常得到机会阅读这些成员的新作,并被要求给出自己的评论。对一个求知欲旺盛的孩子（好吧，我承认我更像个书痴）来说，一群大人在乎并且还愿意倾听自己的意见，这让我无比激动。我经常会一整个下午都窝在床上，专注地用复杂的词汇来表达我的想法和建议。可能那些大人只是在逗我，但是这种阅读优秀作品，并写出我人生中第一篇“编审意见”的经历，让我初次体验了智慧火花的碰撞与交融。这种不同寻常的快乐的童年经历指引了我的人生方向，在大学选择了英语专业，继而选择图书出版行业作为职业生涯的开端。

也许这就是我的问题所在：一直以来，我的人生之路简单而又清晰。直到今天，我才意识到自己有多幸运。在我所认识的所有人中，只有我从来没有烦恼过如何做出人生选择。

我又低头看了看泰晤士报上那篇醒目的公告，突然感到双眼胀痛，盈满泪水。

“你还好吧？”碧把一只手搭在我的肩上。然后又紧握住我仍然颤抖不止的双手。

“我要烟！”我急切地低声说。她像一位尽职的士兵一样点点头。**感谢老天赐给我这样一个好朋友！**

十分钟后，我和碧蜷缩在楼梯间，一边吞云吐雾，这已经是第二根万宝路女烟了，一边直接就着瓶口畅饮。我们身下垫了一条毯子，这样我的婚纱就不会弄脏了。我觉得自己就像个亡命徒，拼命地挥霍着借来的时间。

“不出两分钟，曼迪一定会组建搜查小分队来抓我们回去。”碧说完后不屑地哼了一声。曼迪是露西尔在兰道尔和我订婚后第二天，硬塞给我的婚礼策划人。请婚礼策划人是社交需要，但是曼迪实在是太过神经质了。(我要给你们一个忠告：千万不要找未婚且三十五岁以上的婚礼策划人，曼迪就是个四十二岁的单身人士。)

曼迪和露西尔一联手，就像一台强大的推土机一样，所向披靡，无往不胜。起初，我试图对婚礼策划方案提出异议，但是很快就被她们驳回了，于是我预想的在我父母的农场上举行邀请至亲好友见证的小规模婚礼，最终升级为在著名的圣里吉斯大酒店诚邀600位所谓的“亲朋好友”盛装出席的社交晚会。其中包括300位露西尔那些脾气暴躁的棕榈滩贵妇朋友们，250位兰道尔的商业合作伙伴，然后剩下的就是屈指可数的我的家人和朋友。

我知道我不应该抱怨——库克斯家族包下了婚礼的所有费用。妈妈是绝对负担不起露西尔全力筹备的这种规模的婚礼的。

“给你。”碧说道，递给我一杯香槟。我一口气灌下去，感觉到气泡一直冲到了头顶。她又给我倒了一杯，我再次一饮而尽。

过去两个月的生活一直是紧张而又激烈的。我的老板，就是那位社交界臭名昭著的薇薇安·格兰特，处于一种非同寻常的暴躁易怒状态。我是在昼夜不停地工作——我可丝毫没有半点儿夸张。如果没有曼迪和露西尔的介入交涉的话，我根本连一分钟的空闲时间都腾不出来跟她们讨论婚礼的一些细节问题。我和兰道尔更是基本没见过面，尽管我们俩三个月前就订婚了。

露西尔甚至还替我们决定了婚礼的日子，而且这个日子离订婚的日子相当近。她给出的理由是不想让我们的婚礼被“埋没”在即将到来的秋季那些排着队举行的婚礼大军中。

楼道那一头的门响了，紧接着地板开始嘎嘎作响，我和碧互相挤了挤眼。

“克莱尔。”碧先开口了，然后开始啃她的粉色指甲，每次她不知道该怎么婉转地表达一件事的时候就会做出这种举动。做了这么多年的好朋友，我们已经能够十分准确地感知到彼此的身体语言所传递的信息，就像心灵感应一样。

“好了，我知道你要说什么。”我打断她的思索，“每个新娘都会临阵退缩的。”现在我可不能临阵脱逃。也许在电影里面，茱莉亚·罗伯茨可以在当了几次落跑新娘后仍然魅力非凡，但是我们现在可不是在拍好莱坞电影，这是我的人生。订金都已经付过了……等一下，*我都在瞎想什么啊？*现在我不能临阵脱逃的原因是，兰道尔是个好男人——不，他是个*超级棒*的男人——要是我拒绝跟这样的男人结婚，那我绝对是疯了。

就在我抽最后一口烟的时候，一段记忆不期然地涌上心头——这个问题最近越来越频繁地困扰着我——那是三年前碧翠斯和哈利婚礼的前一天晚上。他们算是我们好友圈子里结婚比较早的一对儿，他们选择了在碧家的花园里举行一个简单的结婚仪式。那天晚上我们一起熬夜奋战的成果，就是烤出了一个完全看不出是结婚蛋糕的玩意儿。在准备阶段，大家围坐在她家厨房的大桌子周围，用手揉着面团。

“碧，你觉得紧张吗？”一个伴娘问她。

我清楚地记得当时碧很无所谓地耸了耸肩，一边不停手地拍着面团，一边诚实地回答：“兴奋是绝对肯定的，紧张可是完全没有的。”

我想到了自己的结婚蛋糕，有哪一个新娘看到这样的蛋糕会不激动万分呢？轮廓优美，十二层高，周围是栩栩如生的玫瑰花瓣和鸢尾花（花瓣都洒了不同颜色的糖霜，就像真的花粉），更不用说蛋糕表层那幅跟我的婚纱上的珠子相呼应的图案，以及盛放蛋糕的精美瓷盘。就算这座蛋糕塔的造价相当于私立大学一年的学费，那又怎么样？它真的是至尊完美，不愧是西尔维娅·温斯托克的杰作。我还能有什么别的要求？或者说我还有什么要求是不能被满足的？

通向楼道的厚重的门猛地被打开，我和碧都惊得一下子跳了起来。被猎犬抓到了！

“亲爱的克莱尔，还有可爱的碧！我刚才四处找你们呢。就剩一个小时准备时间，然后就要出发去教堂了！”曼迪的脸颊通红，满是焦虑和紧张，冲过来把我从地上一把拉起来，并迅速掸平我的裙摆。“我得叫发型师和化妆师赶紧过来再给你补补妆。”

“难以置信！”在赶我们回新娘化妆室的路上，我清楚地听到她小声嘟囔了一句。我跟在她身后，无言地拖着脚走，就像结束放风的囚犯被带回牢房。

“克莱尔！”就在我们转过楼道拐角，朝着新娘化妆室走去时，妈妈向我跑过来。我立刻绕过曼迪，朝着她飞奔过去，投入那个我期盼已久的怀抱。我能感觉到我的双肩不再僵硬，背也放松下来。被人抱着的感觉真好，特别是这种紧紧的拥抱。我深深地吸了口气，让妈妈头发上熟悉的淡淡的植物香味充满鼻腔。妈妈把我抱得更紧了。“宝贝，我有东西要给你。”说着，她从皮包里掏出一个丝绒袋子，“是你外婆的珍珠项链。我知道你一直都很喜欢这条项链，所以这可以算作是你的‘一样旧东西’。”

“噢，妈妈！”我抽了一口气，用手指无比珍惜地抚摸着那些凉凉的、亮亮的珍珠。小的时候，每次暑假去外婆家，试戴外婆的这串珍珠项链都是一项极为特殊的奖励。“妈妈，它太美了。真的很感——”

露西尔打断了我的话：“这些珍珠是很不错，咳咳，不过兰道尔刚送给克莱尔一个惊喜，就是**这条**项链，多漂亮啊，不是吗？”

妈妈后退一步，仔细打量了我脖子上那条闪闪发光的宝石项链。“哇，我的老天！”她惊呼了一声。“真是……真是太漂亮了！兰道尔对你太好了。那么，克莱尔，下次有机会你再戴外婆的项链吧，反正现在它已经归你了。”妈妈把那条珍珠项链塞进丝绒袋子里。看到妈妈脸上勉强挤出的笑容，我很心疼。

“要不，嗯，我下次有机会再戴兰道尔送我的这条项链？”我试探性地提议，心里很清楚这基本上是不可能的。

不出我所料，露西尔马上就发飙了：“你说什么？**不戴**兰道尔送你的项链？！为什么？他一定会**很受打击**的。这可是他送你的结婚礼物！你别无选择，必须戴着它，**只能戴着它**！”

妈妈赞同地点点头，然后伸出胳膊再次拥抱我。

投进妈妈的怀抱里，我好像变成了二十年前的那个小女孩，心里的那个空洞也仿佛被填上了一部分，我在心里暗自祈求：**拜托，别让我离开这个怀抱！**

“咳咳，亲爱的，我现在急需你帮我挑一副耳环，快跟我走吧。”露西尔嘟囔着说，把妈妈从我身边强行拉走了。一点一点离开妈妈温暖的怀抱的感觉，比失眠一整夜后听到刺耳的闹铃响声更让我崩溃。我无助地看着她们从我身边离开。我知道我不是小孩子了，可是还是调动了极大的意志力，才克制住自己没有扑上去紧紧抱住妈妈的腿，不让她走。

就在我感觉糟糕得无以复加时，更糟糕的时刻来临了。

因为我听到了她的声音，那个绝对不会弄错的声音：低沉而又嘶哑，有力而又**冷酷**。这个声音在过去十一个月噩梦般的生活中一直纠缠着我。

此刻这个声音正迅速穿过走廊，一路叫着“克莱尔”，离我越来越近。

“克莱尔！……**克莱尔**！终于找到你了！”

如果我是一只鹿，这个声音就是汽车前灯，每次都能准确无误地将我钉在原地，动弹不得。

这一刻是真实的吗？太可怕了，我宁愿是在梦里——

“我的老天，克莱尔，我已经在你的手机和家里电话上留了他妈的十几条留言！最后我总算抓到一个你的呆瓜亲戚，支支吾吾了半天才跟我说明白你在哪儿。真受不了，克莱尔，我需要你一周八天 25 小时待命，真是**受够**这些破玩意儿了——”

吸气，我狂乱地在心里告诉自己，没有转过身去，手掌心已经开始冒汗。**这一定又是一场噩梦**，绝对不是真的。

我强迫自己转过身，她真的在那儿！之前我提到过的恶魔老板：残忍无情，冷艳动人，世界上绝无仅有的薇薇安·格兰特，一个身高只有五英尺的魔鬼。她不耐烦地斜着胯站在那里，脸上满是怒气，手里握着记事本。

不可能，不可能，不可能！我无声地呐喊着。薇薇安**绝对不可能**真的冲进我的新娘化妆间，而且用这种眼神瞪着我，传达着每次都一样的信息——

“我需要十分钟时间来告诉你下周的工作安排。”

碧挽上我的胳膊，怒视着她，似乎准备好把她撕个粉碎。妈妈和露西尔再次出现在门口，目瞪口呆。薇薇安强大的气场甚至已经镇住了露西尔。

“薇薇安，”我缓慢地说，“还有一个小时我的婚礼就要开始了。我已经决定了推迟度蜜月，好继续完成我的工作任务。我们能不能等到周一再谈？”

薇薇安眉毛紧皱，瞪着我。她已经**预料到**我会这么说，这让她得以顺理成章地展开又一段长篇说教。

“克莱尔，我就知道你会以为**我的**计划要跟着你转！我只是要求你腾出短短的十分钟。你以为你可以逃避你的工作，就为了——”她一边说，一边轻蔑地挥舞着一只手。妈妈、露西尔和碧都张着嘴，吃惊地看着她。“这么一件无足轻重、毫无意义的破事儿吗？”

我脑子里只有一个念头：冲到房间的窗户那边，打开，然后……

“我还以为你很厉害呢，克莱尔。”薇薇安的声音里充满了嘲讽，“我以为你很有本事的。不过现在你要**结婚**了，我看……”

我知道她是个疯子。她并不是公司里最大的头儿，但是，这个女人对我有种莫名其妙的强大的影响力——就像她对她的大多数手下那样。

“我只有五分钟时间。”我告诉她（天知道我鼓了多大的勇气才说出这句话），在抓起记事本和笔之前喝了一大口香槟。

“真是疯了。”在薇薇安的扫视下，碧“嘁”了一声表示不满。“克莱尔，你只是个图书编辑，不是自由世界的领袖。什么事情这么紧急，需要她在你婚礼当天闯进来？她怎么能这么对你？”

为什么薇薇安总是这么做？我思考着这个问题。

“因为她可以。”我告诉碧。

我忽然顿悟到一个可怕的事实：我的老板在我结婚当天也不

放过我，尽管这件事非常荒唐可笑，但是我心里还是有一点点感激，因为它能分散我对即将来临的婚礼的注意力。

在接下来的几分钟里，我不用想怎么走过那条长长的通道；我不用想我人生的新篇章，也不用想旧日的时光；我不用想那个即将在圣坛前和我宣誓的男人，更不用想为什么嫁给一个众人称赞的优秀男人，我却一点儿也不激动?

最重要的是，我不用想六周之前吻过的那个男人。

一年前

第一章　佳偶难求

我的婚礼是在6月26日，就在一年前的这一天，我正蜷缩在沙发上，陪伴我的是一个大号意大利香肠比萨，空了半盒的马可波罗女烟，世界上最最舒服的毯子，还有连着放了几个小时的电视机和影碟机。

在一般情况下，这样一堆东西会让我非常兴奋。通常那样的时候我的烟会还剩大半盒。但是今晚，即使是连着看了好几个小时的《24小时》，基弗·萨瑟兰英勇拯救世界的剧情也不能给我一丁点儿安慰。

从何说起呢？我才刚刚经历了一场不愉快的分手，跟我那梦想成为摇滚明星的男朋友詹姆斯说拜拜（细算起来，这已经是我的第四任男朋友，每一任都比上一任更糟糕，让我分手的念头一次比一次强烈），这让我心情低落。

但是真正击垮我的还是工作上的一次打击。就在那天下午，我得知了一条极富冲击力的消息：我在彼得斯－庞弗雷特出版公司（纽约顶级出版公司之一）的上司杰克逊·梅维尔今年夏天将要宣告退休，并和妻子搬到弗吉尼亚州，以便照看他们的孙儿。他既是我敬爱的上司，更是自我大学毕业后这五年来的职业导师。

我心里知道这是迟早的事，可是我总是不擅长应对这类事件。所以当杰克逊亲口告诉我这个决定时，我立刻湿了眼眶，这很让人尴尬，但是我是真的舍不得他走。

"哦，你看你，别这样。亲爱的，我们还可以联系的。"杰克逊用他那温和而又缓慢的克林顿式腔调安慰着我。他轻轻地拍拍我的头，递给我他的手帕，然后像一位慈父一样，有些笨拙地把我半抱在怀里，额头微皱。

他的这些举动并未奏效，我的眼泪还是掉个不停。我试着微笑，想让自己看起来不那么孩子气，但是没能做到。我实在是太震惊了。杰克逊对我来说并不只是一位老板，从五年前爸爸去世后，他对我来说更是一位父亲。就像爸爸一样，杰克逊浑身散发着善良和智慧的光芒。他们两个都又瘦又高，一头浓密的银发，充满活力（如果不能用英姿飒爽的话），敢于打破常规。他们也都无比坚定地热爱各自的工作。他们都很慷慨大方、情感丰富、真诚待人，也都深爱着自己的妻子。

还有，他们都让我有一种感觉，就是那种被人关爱着的感觉。无数个周五的晚上，杰克逊总会把加班的我拽到他家的餐桌旁，和他的夫人凯丽，还有他们五个孩子中比较小的两个男孩麦克和爱德华一起吃晚饭。坐在温暖舒适的厨房里，餐桌上总是摆着凯丽刚从烤箱里取出来的烤肉和烤宽面条，这一切都让我在纽约城里找到了家的温馨感觉。

"我会没事的。"我抽噎着说，脸仍然埋在杰克逊的哈里斯毛料外套里。

我和杰克逊第一次见面是在我大学快毕业的时候。我忐忑不安地走进他的办公室，手里攥着一张简洁的个人简历，小心地坐在磨破的皮质沙发边上，就是我今天下午坐在那儿哭的同一张沙发。离毕业只剩下几个星期，我已经成功地收到了另外一家大出版公司的聘用通知。这也要感谢碧多次开车载着我往返于纽约城和大学之间。但是当我争取到与出版界的传奇人物杰克逊·梅维尔面谈的机会时，我告诉另外那家公司的人力资源部门，我还需要时间来考虑最终的选择。毕竟，这可是杰克逊·梅维尔，他编辑出版了好多本世纪最有名的文学作品，而且是出版行业的领军人物。

从童年起，我的愿望就是成为一名图书编辑。高中时，我会仔细阅读我喜欢的那些小说的致谢章节，整天梦想着有一天我能够用我那“编辑的智慧和洞察力”帮助一位写作天才“出版大作”，或者通过我的修改润色“极大地增强作品的深度”。我能成为发掘未来的海明威、菲茨杰拉德、沃尔夫的伯乐——马克斯韦尔·珀金斯吗？在杰克逊·梅维尔手下工作似乎是实现梦想的重要开端。

而且事实证明了，我的选择是对的。一转眼我跟随杰克逊工作已经五年了，在这期间我从他那儿学到的远远超过我所期待的。

当然，这条路并不是一直铺满鲜花的——无论是职业道路，还是私人生活。这五年来，我一直在疲于奔命地努力维持收支相抵，熬过一次又一次失恋，看着朋友们一个个步入婚姻殿堂，而我大多数时候还是独自一人用一碗泡面来当晚饭。但是这五年我也一直在跟随一位才能出众而又慷慨大方的导师学习本领，谈过几次恋爱，享受了独立生活的乐趣。所以这一切都是值得的。

但是现在这种平衡要被打破了，杰克逊要离开了。

老实说，这几段恋情也让我身心俱疲。和詹姆斯的这段恋情，还有最近的几段恋情都让我筋疲力尽。最近这段时间我总是试图说服我自己，我现在的这个约会对象，既不是傻子（*就算他不喜欢歌剧，不喜欢博物馆，不喜欢看报，或者看书时嘴唇不动，那又怎么样？*）；也不是懒鬼（*就算他失业十年了，那又怎么样？这说明他不是个拜金主义者。不过由我来付所有的账单竟然完全不会伤害他的男性自尊*）；更不是一个不顾别人感受的笨蛋（*就算他让我在餐厅等了将近一个小时才现身，那又怎么样？他是拉丁人嘛。*）

我按下遥控器，继续看下一集《24小时》。**管他呢**，我对自己说，**这样的时候就应该吃一个双面馅饼**。我立刻打电话到“咪咪家”订了一个。心情不好的时候，有的人练习瑜伽，有的人去做心理治疗，而我喜欢靠大吃特吃意大利香肠比萨来调节心情。

实际上，我并不只是因为不能天天见到杰克逊而心情低落，我还有一个实际的担忧。过去，杰克逊在工作中不计其数地为我挺身而出：对我提出的方案给予关注和支持；为我争取升职机会；跟人力资源部门要求为我加薪，这更无异于雪中送炭。他的离任对我今后在这儿的职业发展意味着什么？我还保有我的工作，或许我应该为此感到庆幸。但是毫无疑问的是，失去像杰克逊这样强大的支持者，我的职业发展速度必然会减缓。这可不是个好消息，要知道我奋斗了五年的时间，才爬到了助理编辑的职位，而这种速度在我们公司已经算是快的了。

我点燃了今晚的第八根烟，试着把注意力集中到电视中的基弗身上，可是却难以做到，真是异乎寻常。

现在的问题是，我已经排了很久的队等待与戈登的会谈，换句话说，要争取到他的同意以及资金支持来进行竞标书稿极其困难。可是如果我不能买到书稿并编辑出版，我怎么能够展示出我的能力，又凭什么得到升职？我知道还有很多初级职员和我一样，在努力克服这种左右为难的困境。戈登面前总是摆着一大堆高级编辑们提交的项目申请和预算申请，我们这些初级职员的提案几乎完全不可能得到他的优先考虑，即使有杰克逊帮我推荐也不可能。

在过去的几个月里，我好几次都眼睁睁地看着很有希望的书稿从我眼前飞走，只因为我不能及时得到戈登的审阅意见。但是我绝不会将我的事业瓶颈怪罪到戈登身上，一方面因为他是个善良友好的人；另一方面更因为他已经在尽心尽力地工作，而且还尽量照顾到每一个人的要求。

不过，现状还是令人沮丧，因为我渴求更多的工作职责。我选择这个行业，是被编辑工作中的合作、创新等因素吸引来的，而不是因为我乐意每天花五个小时来复印书稿。

这就是婚礼一年前我的状况。没有浪漫恋情，工作也陷入不上不下的僵局。

就在我准备吃第二块比萨时，电话响了，是碧翠斯。她问我要不要跟她一起去参加一个艺术画廊的开张酒会。

一点儿也不想去，我在心里想。事实上，一听到是这种场合，我就想大声拒绝。我能想到这样的聚会是什么样的。到处都是装模作样的大笑、握手、胡说八道、调情、摆姿势。那些社会名流们都穿着花费一整个下午精心搭配的服饰。男人们头发油光发亮，在跟你说着应酬话的同时，还在扫视全场。守旧的年轻人保留着滑稽可笑的姓氏，身边陪伴着金发碧眼的女朋友。明明是只有三脚猫功夫的暴发户，却把自己吹嘘得无所不能。三流小报记者不停闪动的相机，廉价的酒水，空洞的谈话。简单聊几句是最常见的谈话形式，即使是最风趣的人，在人群中周旋了那么久之后，也会变得平淡乏味。

我承认，我是有些愤世嫉俗，但是我也算见多识广。由于碧毕业后做了室内装饰设计师，需要在这样的聚会中结交新客户，过去五年里，我也算是这种场合的常客了，现在也基本了解那是怎么回事了。

比如说，最近她拉我去一个高级酒店参加了一场鸡尾酒会，这场酒会是为了庆祝一位新生代作家的第一套系列短篇小说大获成功。

我注意到一群打扮入时的派对女郎，全身上下全都是白色（这是本季的流行色，上一季是黑色），在角落的几个书架间摆着姿势。著名摄影家帕特里克·麦克米伦在她们四周转悠；女孩子们忸怩作态，装作没看到他脖子上挂着的那部巨大的相机。然后帕特里克举起相机，按动快门。其中一个前模特从书架里随意抽出一本书，摆出看书的架势，其他女孩也跟着模仿。每个女孩都摆出一副潜心向学的姿态，眼睛紧盯着书，眉毛极为夸张地紧锁，似乎在思索书中深奥的道理。帕特里克爱死这种姿态了，不停地按动快门。有一个女孩的书上下拿倒了，但是没有人在意。我知道这只不过是一场按照惯例进行的无伤大雅的拍摄场景，却还是放下杯子，离开了那里。

不管怎么样，我不在状态，今晚完全没心情去。我满脑子都是我的工作残局，另外，我还需要一整周的时间来缅怀刚结束的这段恋情。（谁不会偷偷躲起来进行失恋疗伤？至少可以放任自己肆无忌惮地窝在沙发上，吞云吐雾，大吃冰激凌，沉溺在种种陋习中。）我可不想错过这样的放纵机会。

我告诉碧，我的恩师、男朋友先后离我而去，我心情很不好。可是她坚持要我去，甚至在电话里撒娇祈求我去。

我仍然没有改变主意。然后她出了狠招："也不知道现在詹姆斯在哪儿逍遥快活呢。"

"一个小时后见。"我坐了起来，吐出这句话。真不愧是碧，她的目的达到了。我们心知肚明，此刻詹姆斯身边一定贴着一个摇滚打扮的女孩，因为看了之前他在台上的表演而心生爱慕。詹姆斯对美女的投怀送抱一向是来者不拒，这也是促使我们分手的重大原因。

"克莱尔，你一定不会后悔的。"碧激动地说，"别忘了穿你那条红裙子，好吗？"

那条红裙子？我开始怀疑她有什么小阴谋，可是还没等我提出异议，她就挂断了电话。

晚上八点二十，我走进这家人头攒动的画廊，看到碧正坐在吧台旁边，就径直朝她走过去。“我来了，他呢？”我懒洋洋地笑了一下，和碧互吻面颊，从悠闲的酒保那儿取了一小块乳蛋饼。

哈利从我身后踱过来，嘴里叼着一支只有他才能搞到的违禁烟。他亲昵地搂住碧的肩，对着我不正经地吹了一声口哨。“纽约的男士们，看这边，”他倾过身吻了我的脸颊，“特鲁曼小姐重回交际圈了。”

补充说明一下：我非常非常非常欣赏哈利。他是我遇到过的最聪明、最风趣的人，让人一看到他就想咧开嘴笑。他也是个副检察官，总是有讲不完的真实发生的**人间闹剧**。自从碧在大二时第一次答应与他约会后，他就成为我的一个固定的好朋友。感谢老天帮碧选中了他，因为再没有一个大学男生像他那样勤奋上进了，这就是我欣赏哈利的原因。除了他引人注意的自身魅力之外，我最欣赏他的一点，就是他对我最好的朋友的深情。在他眼里，碧就是一个女神，没有任何一个女人能比得上，对于这一点我也由衷地认同。

而且我还发现，这并不是我们两个人的审美观异于常人，因为碧的美的确是惊人的。尽管出于对“健康”食品的厌恶，她从来不吃蔬菜，以牛排、薯条和肯德基为食，但是你从她健康匀称的体形上完全看不出这一点。她美貌动人，浓密垂顺的亚麻色长发，让每一个女孩都嫉妒得要死，还有像海水一样湛蓝的大眼睛。她的容貌远远在查理兹·塞隆之上，这是大家公认的事实，她却不自知。

除此之外，她还拥有幸福完美的婚姻，她的丈夫现在还经常会心血来潮地给她写情书，还曾在大学毕业之后，读法律研究生之前，花费一年的时间为了她去学做法国菜，更会每周五送紫罗兰（碧最喜欢的花）给她。再加上，她找到了她一直都喜欢也很有发展前景的工作——室内装饰设计师，这份工作的性质很有创造性，同时工作时间也有很大弹性。

的确，要不是我把碧当做我的亲姐妹，我一定会嫉妒死她了。

我很爱她，一直都是。我和她初识是在普林斯顿大学第一周必须参加的分班考试，她坐在我前几排的一个座位。那天我们俩刚好都用了一样的亮色缎带绑头发以求好运。当你在一场长达四小时，枯燥乏味的逻辑推理考试中间抬起头扫视全场时，很容易就会注意到类似这样的细节。考试结束后，我们在一起轻松地聊起了的一些不一定有科学根据的流行迷信观点。谁也没想到，这场轻松肤浅的谈话日后会发展出一段深厚的友情。

“你会感谢我今晚把你拉过来的。”碧使劲抓着我的胳膊，把我从沉思中唤醒，在我耳边低语道。她的指关节因用力而泛白。“你肯定猜不到这里有谁，试试看！”

我扫视了一下人群，并没有看到值得她这样兴奋的人。

“蓝带啤酒。”碧缓慢而又庄重地说出了几个字。

我的眼睛一下子就瞪大了：“不可能！你骗我的吧？”

“我没骗你！他真的在这里。而且我发现他比大学时还要帅很多。”她突然把头往左边轻微摆了一下，我漫不经心地看过去。

是他！兰道尔·库克斯。

他就站在房间那头。我简直不敢相信自己的眼睛，但是瘦高的体形，弯曲的褐色头发，深邃的蓝眼睛，充满自信的样子，都绝对不可能是旁人。

“要是我晕倒了，扶着我。”我半开玩笑半认真地嘱咐碧。

信息提示：兰道尔是我所认识的人中最引人注目的男子。追求者数不胜数。大一的时候，我和碧走过兰道尔在校外租住的公寓所在的那座大楼时，总是磨磨蹭蹭走得极慢，期盼着能够惊鸿一瞥。他是大四的，也是普林斯顿很多学生的偶像，并且有一个才貌俱佳的女朋友。

到第二个学期的时候，我和碧已经通过错综复杂的关系建立了一个由很多线人组成的监控体系，无论兰道尔出现在哪个聚会或是哪家酒吧，我们都能立刻接到通报。然后我们就会立马出现在那里，并祈祷同一周内能再次有好运遇到他。而如果真的再次遇到了，我们会装作没看到他——这就是我们十八岁时所信奉的最为成熟的交友原则。

有一次，我们看到兰道尔从麦科什礼堂走出来，碧马上假装在帮我拍照。那张照片的背景中有兰道尔稍微模糊的身影，被我们放进相框，在大学宿舍的壁炉架上摆了好多年。

好吧，我承认，其实我们是在跟踪他，而且经常这么做。

“你应该过去和他聊聊。”碧说，一边眯着眼帮我检查牙缝里有没有残留的乳蛋饼。“你*必须去*。要是你不去，我就再也不理你了。”哈利扬起眉毛，明智地叫酒保过来点酒。

似曾相识的感觉，就像十年前的那次。还有两周，兰道尔就要毕业了（不用说，这对我们来说是一件极为痛苦的事）。当我和碧透过安尼克斯酒吧的窗户看到他时，我们欣喜若狂，几乎掏出了身上所有的钱来买通守门人放我们进去。

“这是你的最后一次机会。”当我们朝着兰道尔走去时，碧告诫我。他正在吧台等酒保给他添酒。我们的暗恋对象后来成了我一个人的，因为碧在哈利这一年来坚持不懈地追求下，逐渐接受了他。

站在吧台旁边，背对着他，用尽一切力气保持镇定，我们绞尽脑汁计划着如何开口跟他说话。说“你好”？不行，跟神一样的人物说话，怎么能用这么俗套的开场白呢？

经过二十秒漫长而又尴尬的犹豫之后，碧做出了一件我意想不到的事。她假装站不稳地向前倾了一下，用右肩重重地撞了我，让我直直地向后朝着倒去。他用有力的双手扶住了我的胳膊，在那甜蜜而又宝贵的几秒钟里，我能感觉到他强壮的胸部抵着我的背。

我抬头发现兰道尔正带着笑低头看着我。我立刻目瞪口呆，大脑一片空白。我不能动，也不能呼吸。他在对着我微笑，尽管我刚才的动作导致他刚加满的啤酒泼在了他的橄榄球衣上，他还笑得如此有风度。

“我再给你买一杯吧。”我提议，心里既震惊又自豪，我竟然还能对着他说出完整的句子。

“嗯……我不确定，你能买吗？”他指着我手里攥着的身份证问道，然后咧嘴笑了。假身份证真是糟糕，完全不像我本人。照片里的那个女孩白皮肤，金色长发紧贴头皮，脸上都是雀斑。而我则遗传了爸爸的褐色皮肤和浅棕色眼睛，而且像那时候我的很多同龄人一样，将我的一头黑发拉直，并梳成中分。我的脸上没有雀斑，不过此刻我的脸和脖子一片通红，就像着火了一样，非常引人注目。

我注视着兰道尔，完全想不出一句机智的应答，事实上，我突然连一个字都说不出来了。

“哈，别担心。”最后兰道尔说，可能他意识到我的力气和勇气在说完第一句话后就完全耗尽了。他叫酒保再给他添满酒，并给我点了一杯蓝带啤酒，亲手递给我。我讷讷地说了谢谢，他点头再见，回到了旁边桌子，和他的队友们坐在一起。

毫无疑问，这是我十八年以来最为激动幸福的一刻。我觉得目眩神迷，满心欢喜，甚至忘了自己那糟糕的谈话技巧。我小口小口地品尝了他买给我的啤酒，一滴也没舍得剩下（当然，我把空杯子也藏在包里偷偷带回家了），然后恍恍惚惚地跟碧走回家，一头倒在她的床上，和她讨论分析整个相遇过程。

"我真的觉得他喜欢你。"进入梦乡之前她咕哝了一句，这句话进一步巩固了我们的友情。

几周之后，我回到爱荷华的家，在餐桌前一五一十地向妈妈讲述了当时的场景。"兰道尔·库克斯？"她无意识地重复了一句。然后就开始给我讲述她和兰道尔的妈妈露西尔年轻时的友谊。我们要是早一点儿谈到这些就好了！我怎么不早几周向妈妈提我的暗恋对象呢？

历史本来可以重写，二十多岁时的这几段失败恋情以及对感情的失望本来可以避免。如果当初十八岁时，我能开始那段恋情，就能从此过上甜蜜幸福的生活。

不管怎样，这是我等了十多年才等到的第二次机会。如今的我，早已不是当年那个说话结结巴巴的小女孩，而是蜕变成了一个自信大方、口齿伶俐的女人。**我能行的，我可以跟他聊天**。

正当我还在心里预演和他的谈话时，我看到碧的表情变了。

"女士们，你们好。"一个圆润低沉的声音在我背后响起。我转过身去，是兰道尔，超级帅的兰道尔！他正伸出手来。我能听到我的心跳声就像打鼓一样。

"我想我们是普林斯顿校友，我是兰道尔·库克斯。"他自我介绍。碧翠斯和他握了手，也做了自我介绍。

"我是克莱尔·特鲁曼。"我的声音出乎意料地冷静，完全掩盖了心的狂跳。"我想我们大一的时候，你可能是大四吧，是吗？"**嗯，做得好！**我的声音听起来好像在**回忆一段模糊的记忆**。他一定想不到我曾经把他用过的洗涤剂空瓶珍藏了三个星期。我甚至还记得他房间窗帘的颜色，在楼外面能看到。我还知道他穿多大的鞋。如果给我十分钟，我保证还能找到那张在麦科什礼堂外面偷拍的那张有他模糊的面容的照片。

“没错，你们看起来都更成熟了。”兰道尔回答，目光一直停留在我身上。哇，*一定是这条裙子*。男人一般第一眼都会看上碧，被她拒绝后才会注意到我。我再也不脱下这条裙子了——当然，要是兰道尔本人要求的话，我还是会照做的。

“我要去拿杯酒。”碧眼睛闪亮地说，“你们两个要喝点儿什么吗？”

“不用了，谢谢。”我和兰道尔异口同声地说。然后我们相视而笑。我们竟然齐声说了一样的话，真是太可爱了。

碧离开之后，我和兰道尔的谈话紧密围绕着纽约鸡尾酒会闲聊必用的两个固定话题展开，那就是：我们住在哪儿，还有我们在哪儿工作。和兰道尔闲聊让我很兴奋，或者说仅仅是能够站在他面前，还可以直视着他，这件事本身就让我很激动。

“我拿到工程管理硕士学位后就回到了高盛银行继续任职。”在我介绍完相对平淡的经历之后，他告诉我，“然后我就一直住在城里，第五大道八十二号街那边。”

“是在麦特公园附近吗？”

他适时地笑了一下：“对，我的房间正对着麦特公园。我多希望我能多在家里呆着看看这些美景，可是最近我看的最多的就是办公室外面的风景。”

别管那些荒唐的房地产问题了。我的脑子里一直疯狂地盘旋着一个最重要但是还没得到解答的问题：他现在是单身吗？像他这样怎么看都棒极了的男人，怎么可能还是单身呢？

我告诉自己，*当然不可能。他身边一定有一位超模级别的女朋友*。

不想直截了当地问他，我就开始采取迂回路线。“对了，大学的时候，你好像跟亚历克萨·迪克森谈恋爱来着，是吗？”我问。亚历克萨·迪克森就是他当时那个才貌俱佳的女朋友。

“是啊，你记忆力不错。你认识亚历克萨吗？”

“我们一块儿上过英语课。她是个令人愉快的女孩儿。”其实我说的不全是事实。亚历克萨·迪克森和我的确选过同一门课，但是她从来没正眼瞧过我一次。我也没有什么真凭实据能说明她很讨喜，除了她既漂亮又聪明，还冷静自持，并且会多国语言。我敢发誓，我从来没听过她两次说同一种语言。我不希望兰道尔回忆起关于她的太多优点和长处，干脆就选了一个极为中庸的形容词：令人愉快。

“哦。她过得还不错。在米兰做了一年模特，然后回来读了医学院。你肯定不敢相信，现在她是一个神经外科医生！”

她做什么我都相信。

“哇，”我无精打采地轻呼一声，“我想一定没有几个模特能完成这么大的转折。你们现在还联系吗？”

“不了。很遗憾，已经好几年不联系了。她现在住在芝加哥，结婚了，还有了两个孩子。听起来不像真的，是吧？”

“两个孩子？”我重复着，又有精神了。至少他的模特加神经外科医生前女友已经完全出局了。

“你呢？怎么样？”他专注地盯着我，问道。“结婚了吗？有孩子了吗？”

“还没呢。”我能感觉到自己脸红了，“目前我主要专注于事业发展。”

“我听说了。”他又用那种令我膝盖都快软掉的目光看着我。“我一年前结束了一段长期恋情。前女友是个很优秀的女孩子，只不过不是我理想的结婚对象，再继续耗着也是浪费她的青春。”

我在心里为那个倒霉的女孩而窃喜。“我敢保证你肯定不愁找不到女朋友的。”

“认识像你这样的女孩子可没你说的那么简单哦，”他答道，“既聪明又事业有成，而且还这么漂亮。”

是我听错了吗？兰道尔·库克斯刚刚称赞我了，而且还连着用了三个褒义词？聪明？事业有成？漂亮？我不是在做梦吧？

“嗯，克莱尔，我知道现在酒会才刚刚开始，但是你想不想出去找地方吃个晚饭？我不太喜欢这儿的奶油泡芙。”

冷静！镇定！别表现的像个傻子。

“好啊。”我勉强挤出两个字。

兰道尔笑了。接下来，我只知道我们一起向正门走去，兰道尔有力的手臂搂住我的背。我转过头向碧挥手再见，她偷偷向我竖起了大拇指。

“克莱尔，你都没怎么说话。对不起，我不应该一直谈工作的。”兰道尔向我道歉，并给我添酒。

跟我曾经的头号暗恋对象约会，这让我有点儿灵魂出窍的感觉。这感觉就像跟一位重量级明星共进晚餐，近距离接触只能在广告牌和银幕或是好莱坞明星杂志中才能看到的那张脸，还得优雅地克制住内心极大的兴奋和震惊。这么多年来兰道尔一直是我梦想中的白马王子，尽管中间偶尔被其他暗恋对象暂时替代，但是从未退出我的幻想舞台。所以，当我坐在康提诺餐厅（纽约市永恒的热门约会场所，被哈利戏称为“没钱别进来”餐厅），与兰道尔只隔着一张小桌子，共进烛光晚餐时，我不可避免地有些不知所措。

“一点儿也没关系。”我回答，“你在这么短的时间里所取得的成就真的很惊人。”尽管听起来我好像有些夸张渲染，但是事实的确如此。作为一个年轻人，兰道尔的简历已经相当牛了。除去哈佛大学的工商管理硕士文凭不说，他已经成为高盛银行有史以来最为年轻的一位经理，要知道，这家投资银行聘用的全都是精英人才。而且他是在一个金融环境十分严峻的时代背景下取得这些成就的。

“因为我喜欢不断迎接挑战。”兰道尔过了一会儿才谦虚地回答。

他的黑莓手机亮了又灭了，他瞟了一眼屏幕后，对我说：“克莱尔，我很抱歉，又是格雷格打来的，最近我们非常忙，我必须得接这个电话。”

从我们离开画廊之后，格雷格已经打过三次电话。我看了一下手表，现在是晚上十点四十五。兰道尔到底有没有私人时间？可怜的人！如果碧跟我在一起时抱着电话聊个没完，我经常会对她冷眼相对，但是这次，我耐心地听着兰道尔向他的助理下达了一连串满是专业术语的指示。

事实上，我有点儿被兰道尔的工作热情打动了，尤其是知道他本来可以过着衣食无忧的生活。妈妈曾说过库克斯家族家境优渥，兰道尔本来可以选择任何一种更为轻松的职业——比如说，当个古董罗盘收藏家，或者做个业余演员——只要他有兴趣。然而他却选择了这条快节奏、充满困难和挑战的职业发展道路，这也足以证明兰道尔是一个怎样的人。

“我们刚才说到哪儿了？”危机解除后，他挂了电话，“讲讲你的工作吧，你主要负责哪些类别的书？”

“这个嘛，我估计可能要有变化。我大学毕业以后一直跟随的上司，杰克逊·梅维尔，刚刚宣布他要退休了。目前还不太清楚他的离开对我在彼得斯－庞弗雷特出版公司的发展会有怎样的影响。”

“我认识杰克逊。他跟我是同一家网球俱乐部的会员，是个不错的人。网球打得真不怎么样，但是为人不错。”

我咯咯地笑了起来，很难想象出除了系鞋带之外杰克逊还做什么运动。“他很棒，我从他那儿学到了很多。说实话，我今天才知道他要退休了。对我来说冲击很大，不过他总算能多带带孙子了。”

兰道尔若有所思地咀嚼着。“最近我没什么时间读书。实际上——哦，我真不该告诉你这一点，你会觉得我完全是个白痴的——我刚读完一本薇薇安·格兰特编辑出版的书。那本书在《纽约时报》的畅销图书排行榜上，我想一下，内容好像是关于一个修女离经叛道成为一个脱衣舞女的。标题起的相当糟糕……叫什么来着？那本书就放在我的床头柜上，我还记得封面的样子——”

“《下流恶习》？”我问他。上周的编辑例会上，戈登把这本书贬得一无是处。令人郁闷的是，这本书已经连续六周霸占《纽约时报》畅销图书排行榜了。兰道尔竟然读过这本书？

“对，就是它！《下流恶习》。”他轻拍了几下头，一绺头发滑落到前额。“我觉得文学性并不强，甚至可以说根本就不算文学作品。”他有些窘迫地朝我笑了，“看来我已经搞砸了，你不会再和我约会了，对吗？”

“当然不是。”我的心扑通扑通乱跳。他对文学不感兴趣，那又怎么样？兰道尔工作那么辛苦，休息时当然不会再想费神阅读一本深奥的书了。

“对了，我见过薇薇安·格兰特几次。”兰道尔继续说道，“她是我爸爸的朋友，是个很聪明的女人。我知道她一直在招聘优秀的编辑，要是你想换份工作的话，我愿意给她打个电话引荐你。反正跟她见个面也不会有什么损失。”

和薇薇安·格兰特见个面？

格兰特是这个行业的一个成功人士，同时也是一个远近闻名的急躁无情的女人。人们在提到她的名字时常常会翻白眼。格兰特最初在马瑟－霍林格出版公司时，就已经名利双收，率领一帮粗暴蛮横的市场部人员，出版了很多具有重磅炸弹效果的社会百态小说，发掘了一批名不见经传的作家，例如未成年黄色小说作家敏迪·莫里，让芝加哥城人心惶惶一整年的连环杀手，意见相左、高声对骂的左右翼政治家们。

公平点儿说，这些做事高调、作品低俗的作家在一定程度上混淆视听，让人忽略了她也出版过很多有思想深度的优质图书。格兰特付出了不为人知的艰辛努力，成功打造了数不胜数的知名作家。我曾读过一篇专访，她在其中抱怨——这也是合理的——从来没有人为她出版的优质文学作品赞扬她，相反，人们只热衷于将她和各种无耻行为联系在一起。

无论人们喜不喜欢她，薇薇安·格兰特都是本行业独具魅力的人物之一，也是行业大亨之一。和这位赤手空拳在出版行业打造一片天的女人见个面？不管我是不是想去格兰特图书出版公司工作，这次见面机会我都绝对不能错过。

“兰道尔，你能帮忙真是太好了，谢谢你。”我回答。他这么快就关心起我的工作，真是太贴心了。

“乐意之极。”他在手机备忘录里记下了这件事。

这时，餐厅经理亲自送上了餐后甜点——一块巧克力注心蛋糕。我也已经放松下来，可以尽情享用美食。我用叉子叉了一下，巧克力酱像火山爆发一样溢了出来。

“我吃得很饱了。”兰道尔微笑着靠向椅子后背，拍着他饱饱的肚子。我放下叉子。兰道尔过去的约会对象一定有很多模特，她们会觉得干西洋菜就是一顿美食（然后还要在跑步机上狂跑两小时来消耗热量）。尽管今天的巧克力蛋糕非常诱人，我最好还是不要——至少在我们的第一次约会——表现得太像个饭桶。

“我真高兴我们能在酒会上碰到。”兰道尔向前倾过来，他的手越过桌子盖在我的手上。

在桌子下面，我用另一只手偷偷掐了掐大腿。这个真的是三小时前为失去詹姆斯而郁郁寡欢的我吗？我真的在跟我遇到过的最完美的男人深情对视吗？

“为了过去的交情还有新的开始，干杯。”兰道尔举起了酒杯。

我举起我的，与他的轻碰。生活再一次充满了希望！

第二章 远大前程

“今天你满面春风，有什么好事吗？”玛拉问道。她是我的同事，也是我的朋友，和我一样也是助理编辑，座位就在我旁边。

“昨晚过得*不可思议*。”

玛拉·曼德拉和我会互相分享恋爱中的点点滴滴，尤其是那些不好意思写进日记的部分。昨晚和兰道尔的约会有些不太真实，我必须讲给她听一听来获得一些真实感。

“啊哈，克莱尔，你这个傻瓜。你该不会是跟詹姆斯复合了吧？是吗？”

“我说了是*不可思议*，不是愚蠢。这次是另外一个男人。实际上，是我过去的一个暗恋对象。他叫兰道尔，而且——”

“兰道尔？！你是说那个跟你上同一所大学的校园偶像兰道尔？请你喝蓝带啤酒的那个兰道尔？他的妈妈跟你的妈妈是瓦瑟学院同班同学的那个兰道尔？你崇拜的那个兰道尔？”

“是他，”我弱弱地承认，觉得有些不好意思，“我以前提起过他吗？”

“你还保留着那张有他模糊的身影的照片吗？”玛拉笑着提示我。

这条证据有力地证实了我才是八卦女王。的确，我跟她之间几乎没有秘密，不过很悲惨的是，我只有一段年少时代无疾而终的暗恋可以作为谈资。

“那就快一五一十地讲给我听吧。”玛拉坐回她的转椅，摆出一副仔细聆听的架势，还拽着自己的一绺红色卷发在手里把玩。

玛拉和我是同一月来公司入职的，晋升进度也差不多一样，在过去五年里，我们成了好朋友，几乎无话不谈。玛拉似乎一进公司就掌握了所有关于公司的必要信息，并很快发展了一个自己的行业人脉网络，这一切都归功于她的冷幽默、响亮的笑声以及善良的性格。我觉得能和她做同事真是幸运，不仅让我收获了一段珍贵的友谊，而且更让我从玛拉那里获取了每日更新的关于任何事件的八卦新闻。

“等一下，先让我安顿好再开始。”我转过拐角进了杰克逊的办公室，放下每周五我都要带给他的咖啡和点心（这是我答谢他总是邀请我去他家吃饭的一种方式）。他还没来。

我扑通一声坐在座位上，打开电脑。今天上午杰克逊和我跟几位即将签约的作家按照预约时间分别碰面，下午我们要跟一位小说家讨论一下我们对她的作品初稿的一些修改意见。杰克逊喜欢用面对面的形式来和作家讨论修改意见，这样就能避免误解，达到他想要的修改效果。这是一种学院派作风，可能并不是最省时间的，但是我从这些讨论中学到的东西可真不是一星半点。

你有新邮件，我的邮件系统提示道。

星期四，上午8:23

收信人：克莱尔·特鲁曼

(ctruman@petersandpomfret.com)

发信人：考特尼·罗纳德

(cronald@nyagent.com)

邮件主题：抱歉

克莱尔：

你好。

你知道的，我一直都期待着能由你来负责尼古拉斯的下一部小说的出版事宜。他很希望能够与你合作，而且我知道你对他的作品也非常感兴趣。很遗憾的是，我们不能跟其他出版公司再拖延时间了。我理解你在尽最大努力争取戈登的同意，但是兰登书屋的编辑开出了优厚的条件，并且一直在催我们签约。我必须为我的代理人做出最好的选择，也就是说，我们要选择跟他们签约了。非常遗憾我们这次不能合作了，但是我们非常期待下次能够合作。

祝好

考特尼

唉！之前我花费了很多心思帮助尼古拉斯确定新作品的故事大纲，现在却不能享受看到新书出版的喜悦了，真是郁闷啊。但是我能理解考特尼的决定。他们已经给过我远远超出预定期限的时间，等着我给他们一个报价，但是不幸的是，我没有能够争取到戈登的批准。

我的电话响了，我毫无理由地一下子就想到了兰道尔。“彼得斯－庞弗雷特出版公司，我是克莱尔·特鲁曼。”接起电话，我尽量镇定地说。

“克莱尔？”原来是刘易斯先生，我租的城西公寓的房东。**该死的**。我立刻就想到了他打来电话的原因——以前有过一次了，去年圣诞节时，我也是捉襟见肘，没能及时支付各种账单。

“你好，刘易斯先生。”我的声音变得低沉。

“克莱尔，不好意思，你的房租怎么还没交？好像没人在意这件事了。今天交不上没关系，克莱尔，你只要告诉我你什么时候能交就行了。”

我赶紧道歉，并保证下周之前一定交给他。*再次深叹一口气*。我已经工作了这么久，却还是只有一点儿可怜的工资，勉强过活。这点儿钱在爱荷华当然能过上相当不错的日子，不过在纽约，我那套狭小的公寓每个月的租金就要吞掉这笔钱的四分之三。

唯一能做的就是集中精力做好今天的工作。我很庆幸今天的日程安排得很满。在夏天刚开始的这几周里，各项工作进程都十分缓慢，我已经做好准备迎接更多工作了。在我的老古董电脑缓慢地运行的同时，我查了电话留言。

有两条留言。第一条是杰克逊的，他说今天要在家办公，让我调整今天的会议日程，并且可以早点儿下班。我听完叹了口气。也许这不是对工作强度减轻的正常反应，但是我现在最不需要的就是放松。现在我每天工作时间都塞得满满的，替杰克逊处理读者来信。要是杰克逊走了，我都没什么奋斗的动力了，至少找不到什么事情好不让自己闲着。

“杰克逊今天不来了。”我对着隔板那边的玛拉哀叫道。她知道最近我都没什么工作劲头，同情地吸了两下鼻子。

“克莱尔，我是薇薇安·格兰特。”第二条留言是一个嗓音性感的女人。我一听到名字马上就挺直了腰板。“我刚和兰道尔·库克斯聊过，他告诉我你是一个积极上进的年轻编辑。我最近正在寻找这样的人。你一定已经受够了在彼得斯－庞弗雷特公司的憋屈了吧。给我回个电话。拜拜。”

我喝了一大口咖啡，心在突突地跳着。兰道尔一秒钟也没浪费——他一定是一进办公室就给薇薇安打了电话！真是太太太体贴了！而且现在薇薇安要和我通电话！

尽管我听了传闻对薇薇安有了些微偏见，但是接到她的电话时还是受宠若惊。我立刻上网搜索了关于她的各种信息：十年前，她主动辞职离开了彼得斯－庞弗雷特出版公司，去马瑟－霍林格出版公司担任出版发行工作。她一次又一次不按常理出牌，出版了很多满足社会低级趣味的小说，并因此成名，同时也出版了一些优秀的小说以及政治、历史、经济方面的专业著作。两年后，马瑟－霍林格出版公司的管理高层震惊于她的工作才能，成立了一个以她名字命名的出版分公司。在她的领导下，该公司在整个图书市场销售萎靡的时候持续繁荣发展。根据《出版周刊》上个月的一篇报道，薇薇安是出版行业销售业绩最好的出版商，仅去年一年，她出版的图书就有十五本成功闯进《纽约时报》畅销图书排行榜。

这个女人的事业做得风生水起。现在她想跟我通话？

在我打退堂鼓之前，我抓起电话重重按下了她办公室的号码。

“格兰特图书出版公司。请问您找哪位？”一个听起来很疲惫的助理语调平平地接了电话。

“请问薇薇安在吗？”

玛拉的脑袋越过挡板露了出来，一只眉毛讶异地抬着。

“请问您是哪位？”助理问道。

“克莱尔·特鲁曼，我是——”

还没说完，我就听到有人在另一个分机处接起电话的声音。“你半个小时之内能过来吗？”薇薇安问道。因为我听出了跟电话留言中一样低沉、有些沙哑的嗓音。

“嗯，可以，没问题，我——”

“一会儿见。”电话挂断了。

半个小时？太突然了。值得庆幸的是，今早我想到下午就要和杰克逊开一下午的面谈会，就穿了一套正装。

“薇薇安·格兰特？这是怎么回事？”玛拉极为关切地问道。

“这会儿没时间谈。对不起，我保证回来之后一定全都告诉你。”我一面含糊地回答，一面点开我的电子简历——上一次更新还是在两年前——狂乱地修改内容。几分钟后，我点击了打印。这个过程中，玛拉眼睛睁得大大的，一眨也不眨地看着我。

“我现在就要去见她，玛拉。”我小声说，虽然办公室只有我们两个人，而现在已经是上午九点半了。

“什么?!”玛拉压低嗓子惊呼一声。

把几份简历塞进包里，我朝门口走去。“我一会儿回来。”我向她保证。

“不回来我饶不了你！”她在背后喊道。

现在是六月，今天却异常凉爽，但是当我在第五大道上穿行于游客群，疾步行走时，还是感到汗滴顺着身体左边流下去。

这次面试不仅意味着一次职业发展的机会，更重要的是它还和我的个人生活有一种奇妙的联系，因为这次机会是兰道尔帮我争取到的。如果我能打动薇薇安，可能她会给我一个很好的工作机会，并在兰道尔面前对我赞誉有加——真是一举两得。另一方面，万一我搞砸了这次面试，又会怎么样呢？我不仅会失去一个工作机会，而且在兰道尔面前成了失败者。我陡然感到了巨大的压力。又一滴汗顺着身体右边滑落。

“我是克莱尔·特鲁曼，来找薇薇安·格兰特。”我站在马瑟－霍林格出版公司的前台，告诉那位满头白发的保安，希望能表现得比较专业。他听到薇薇安的名字时突然抬起头来，打量了我很长时间。

“祝你好运，宝贝儿。”他充满鼓励地点点头，递给我访客通行证。

我进电梯时，里面已经站满了人，我请一位站在电梯按钮旁边，打着领结，身穿背带裤的先生帮我按一下十二层。不知道为什么，我说完之后，电梯里有短暂的静默，每个人都停下谈话，用一种奇怪的眼神看着我。难道请人帮忙按一下电梯按钮是不礼貌的吗？我暗自记下，下次在电梯里不要再麻烦别人帮忙。

“祝你好运。”当我在十二层下电梯时，打领结的那位先生对我说。难道他能看出我是来面试的吗？另一个女人看了看我，惋惜地摇了摇头。那是什么意思？让我非常不安。是不是我鞋后面拖着卫生纸？还是我的内裤露到裙子外边了？我迅速地从头到尾检查了一遍，但是没发现什么明显的差错。

深吸一口气，我推开了那扇厚重的玻璃门，走进接待室。

“你是克莱尔吗？”一个看起来大概十六岁的男孩立刻走到门口迎接我。他看起来就像刚刚打了个盹，一边头发平平地贴着头皮，另一边则毛毛地竖了起来，就像小雏鸡的绒毛和庞克族发型的复合体。

“对，我就是。”我微笑着伸出手。他软软地握了一下。

“我是米尔顿，薇薇安的助理。”他嘟哝道，“跟我来。”

“很高兴见到你，米尔顿。”他向后转身时，我说。

米尔顿并没有回应，只是打开了一个会议室的门，指着里面的空椅子对我说：“薇薇安马上就过来，你先坐这儿等一下。你需要水或者饮料吗？”

“不用了，谢谢。我——”

我话还没说完，米尔顿已经晃进了过道。我清了清嗓子，掏出简历放在桌上，盯着桌子的一个角，在脑子里回忆着我参与出版的那些书，以便在面试中能回答相关问题。

格兰特出版公司的会议室本身并无出众之处，但是墙边的书架上摆满了该公司出版的精装本畅销图书。我扫视着这些书。薇薇安既出版了不少相当不错的书，也有一些无聊差劲的书，范围广泛，优劣并存。一位过气的电视剧明星爆料他与一位有名的欧洲大亨的妻子之间的过往艳情，这本垃圾书旁边摆放着一位国家安全高级顾问执笔的伊拉克战争纪实巨著。一本广受欢迎的节食系列图书，封面上用醒目的字体展示着诸如格温妮丝·帕特罗等名人对此书的热情赞美，旁边摆着一本异想天开、充满奇思妙想的小说，有一部百老汇歌舞剧就是据此改编而成。一眼看不到边的少女小说，排列得就像糖果店里的彩色棒棒糖。接下来是三本获奖烹饪图书。玛拉主要负责烹饪图书，她一直奉这三本书为设计典范。然后是一系列那些一度广受社会关注的焦点人物趁着如流星般的走红期匆忙炮制的作品。更高一点儿的墙上还摆了一些各党派针锋相对的政治图书。一头是保守党派成员塞缪尔·斯洛恩义愤填膺、销量百万的著作，另一头则是许多自由党派死忠分子斩钉截铁的言论。

所有这些书唯一的共同点就是巨大的销售量。显然薇薇安拥有迈达斯那种点石成金的魔力，无论什么类型的书，到她手里都能变成宝贝。

从她这样的人身上，我可以学到很多，我这么想着，深吸了一口气。

愤怒的声音突然在离会议室几步远的地方响起来，我向前倾着身子，竖起耳朵听，但是只听到一句“你这个乡巴佬，你知道什么？”又有几句吼声，然后我听到门被重重地甩上，连墙都在震动。在同一个办公区内听到这种怒气冲天的责骂让人焦躁不安，当会议室的门突然一下子被推开时，我更是全身戒备。

一个漂亮的女人急速走进来，沉着冷静。她看起来像极了伊丽莎白·罗塞里尼，只不过她有略带红色的金发和绿色的杏眼。

“克莱尔？”她带着迷人的微笑，有力地和我握手。

“我是薇薇安·格兰特。”

*她就是*薇薇安·格兰特？在我之前听过的所有关于她的传闻中，没有任何人对她的容貌给出公平的评价，她是艳若明星的，而且看起来完全不像已经五十岁的人。头发全部梳向后面，拢成一个松松的发髻，皮肤白皙光滑，非常漂亮。

薇薇安在会议桌主席的位置坐下。“兰道尔对你评价很高。”她说着，伸手拉过我的简历，立刻开始浏览。

“是吗？那要谢谢他了。”我真希望能从她嘴里挖出更多细节。

“那么，你近期有生孩子的打算吗？”薇薇安穿着一套纯黑的极具威严感的正装，戴着一条引人注目的绿宝石项链，但是她的坐姿却极为随意——一只腿搭在她旁边的椅子上，一只胳膊倚在腿上，手指捻弄着头发——像是一个悠闲的女子，完全不像一个知名公司的出版商。整个气氛就像我们是闺密，周末聚在一起不紧不慢地吃早午餐。

“什么？”我的反应是，一定是我听错了。

“孩子，”她重复了一遍，就像问了一个一般面试通常都会问到的再自然不过的问题。“我手下的很多女编辑都告诉我她们在为生孩子做准备——等着找到好老公，等着事业发展到一定阶段。有一个编辑已经三十六，还是三十七来着？结婚了，但是鬼知道她在等什么。我真搞不懂她在想*什么*。我一直都告诉她*赶紧生*！要是我是她的年纪，早就生了好几个孩子了。要知道，女人本来就应该十几岁就怀孕，这是最符合自然规律的。可笑的是，我们浪费了那么多时间和精力来避免女孩子早孕。要我说，女孩子就*应该*十三岁就怀孕。”

“嗯，那您有几个孩子？”我问她，想回避对她的话给出正面回应。

“两个儿子。马科斯今年二十六了，非常帅。你多大了？你应该见见他。哦，不对，你在跟兰道尔约会。你是在跟他约会吧？

我曾经跟他爸爸有过一夜情。那次就是我跟兰道尔的第一次会面。那天早上，我从他父母的卧室出来，只穿了他爸爸的衬衣。小兰道尔正坐在那儿等保姆喂他吃麦片。不管怎样，我儿子马科斯就是我的这次超级火辣的一夜情的产物。我的小儿子西蒙十二岁，我到死都会后悔跟他的死鬼老爹结婚。那个混蛋还跟我打了好几年官司。但是我的儿子都很争气，棒极了。西蒙出生那年我刚开始经营这家公司，那可真是终生难忘的经历。当时我正在和克莱夫·奥尔德里奇开会，”——就是马瑟－霍林格出版公司所属集团的总裁——“我刚好看了下手表。感谢老天我想起来离我预约的剖腹产手术还有不到一个小时！那时候我的助理就总是把我的行程安排得一团糟。”说到这里，薇薇安翻了翻白眼，表情极为恼怒。“无论如何，手术两个小时之后，我就已经在看文件，还有打电话了。疼了就打吗啡，我从来都不多休息，亲爱的。我得回去工作！我既没有尿布，也没有婴儿床，西蒙出生后前四个月都是在我的粗呢手袋里度过的。”薇薇安陷入回忆，脸上带着微笑。“就在那一年，我出版的书首次成功进入畅销图书前一百名。”

我觉得好像掉进了一个兔子洞里。在来的路上预演过的个人独白——关于我对图书出版业的热爱，关于我过去五年的收获，关于我对跟随薇薇安工作的期待与兴奋——此刻显得太过幼稚、枯燥、单纯，而且对我们正在进行的谈话来说有点儿太过理智。

幸运的是，薇薇安似乎并没有期待我对她的独白发表什么意见，她自顾自地讲下去。

“对了，你准备好从彼得斯－庞弗雷特公司辞职了吗？你觉得那个地方怎么样？”

我顿了一下。我有种直觉，薇薇安希望我能把现在就职的公司贬得一无是处，这样可以让她觉得我是站在她这一边的。但是我不想撒谎。更不用说，根据面试开始的这五分钟，我已经非常确定我并不想要这份工作。

“嗯，我学到了非常多的东西。”我开始回答。“我负责出版了一些很有意思的书，当然我希望能够承担更多的工作任务。还有我的同事们——”

“哦，天哪，**同事们**，”她哀号了一声，诡秘地看了我一眼，似乎打算替我把话说完。

“那儿的每个人都像个僵尸——要是那个该死的戈登·哈斯有我小拇指那点儿直觉，他早就发大财了。我真讨厌那个地方。我被我的同事性骚扰过，不是一个，也不是两个，而是**四个**！我每天早上走进办公室时都期待发生一场暴乱。你明白我的意思吗？那个地方烂透了。他们也不了解图书出版的新动向，只顾闷着头出版那些老套的书，卖给那些老头儿老太太们。无——聊。”

我完全不知道什么时候应该对她的自言自语作出回应，更不知道如何回应。她真的被那么多人性骚扰过吗？我完全想象不出谁会是那样的人——

“那你做过全程跟进吗？”她换了一个话题发问。自她走进这间会议室之后，我第一次长长地呼出了一口气。她总算是问了我一个跟工作沾边的问题。

“嗯，还算多，我觉得。我有机会跟进杰克逊手头的所有新书，另外还有很多——”

“很好，非常好。你将会负责大量的全程跟进。我正在找一个具有积极主动性，愿意发掘大量新书，并且全身心投入工作的人。你想成功吗？”

“是的，我——”

“很好。这就是我要找的人，一个真正对工作充满激情的人，一个真正明白具体操作的人，你明白吗？这话不要外传，我的手下没有一个人真正明白具体操作的。可能露露有的时候好一点儿。

但是除了她——当然她本身也有很多不足，真的——其他的人，我得一个字一个字地解释给他们听。这些人既缺乏直觉，又缺乏主动性。我需要的是一个能够凭直觉判断什么书行，什么书不行的人！你明白我的意思吗？”

我点点头，不想多说。

“你对什么类型的书感兴趣？”她问。

我告诉她在彼得斯－庞弗雷特出版公司我主要负责文学小说，因为杰克逊主要擅长的是这一领域，但是我也很喜欢格兰特公司图书的多样化。我是发自内心的。但是，在我说话的时候，薇薇安好像在想别的事情，目光呆滞地盯着一个点。我说了不到十秒钟，就发现她已经完全走神了。我停下来不说了。还好沉默把她的注意力又拉回来了。

“非常好，”她重重地点头以示强调，“很好，我正在做的是没有人做过的，也没有人**敢做的**。那你什么时候能开始上班？”

我眨了眨眼。“你要录用我吗？”

“对啊，录用你了。彼得斯－庞弗雷特公司给你多少工资？”

我告诉了她。这个数字和我的年龄非常接近。

“天哪，真是太悲惨了。我要给你三倍的工资，还有编辑的头衔。在这儿你将会负责大量的图书，但是会既有意思又高效。你觉得满意吗？”

我告诉她我会在考虑之后尽快给她答复。她极富趣味地笑着对我说：“我希望你的答案是肯定的。”说完站起身，“我需要像你这样的人才。聪明、渴望成功、准备好掌握世界的人。”

在开始的几秒钟，我很惊奇单凭整个面试期间我说的三句话，她是如何产生这么好的印象的，但是还是决定接受这些赞美之词。

薇薇安与我握手道别然后消失在过道，我的脑袋晕晕乎乎的。

米尔顿再次出现在我面前，仍然满面愁容，看起来比我来时更加沮丧。他带我到电梯旁边。

我有很多事情需要思考，在电梯下降的过程中我一直沉浸在思考中。

当我回到办公室时，玛拉迫不及待地咧嘴朝着我笑，并用唱歌一样的语调说："有人追你哦——"

我看向我的桌子。一束巨大的粉色芍药花完全盖住了整张桌子。我赶紧跑过去看花上的卡片："期待再次与你相见，预祝今天与薇薇安的会面一切顺利。——L"

我掐了自己一下，*很疼*——看来我掐了昨晚掐过的同一个部位。

"你一定要全部讲给我听！"玛拉叫道，"快点儿，我们一起去吃午饭吧。我要你从最开始讲到今天这束花。还有薇薇安·格兰特！你真的觉得给那个可怕的女人工作是一件乐事吗？"

"寿司怎么样？我请客。你声音小点儿。"我把食指放在嘴边"嘘"了一声，不过到现在我们的编辑部还是连个人影都没有。我想可能很多人都像杰克逊那样，觉得夏日的周五不值得跑来上班，干脆选择在家里办公。

在去饭店的路上，我将整件事情原原本本地告诉了玛拉，而且我自己越讲越兴奋。当我们坐进哈娜寿司店一个红色大包厢时，我已经忍不住在空中挥舞着胜利的拳头。工作、爱情终于开始开花结果了！白马王子在我做了十年白日梦之后再次进入我的生活，*而且*我终于要升为编辑了！薇薇安可能是有些古怪，但是她会放手让我去争取那些我渴望编辑的书。我可以学到她那些发掘图书的才能，还能学到怎样在不景气的市场中成功推出图书。我会被激发出全部潜力！而且我终于不用再捉襟见肘，为生计发愁了，刘易斯先生也会很高兴的。

我想，总而言之，今天是我这辈子最幸运的一天。

“现在你想听听我是怎么想的吗？”当我们往嘴里放毛豆时，玛拉说话了。

“说吧。”

“我知道她给出的工资很丰厚，职位也不错，但是克莱尔，那个姓格兰特的女人真的是个很恐怖的人。我认识一个女孩，她在小布朗出版公司工作了四年，然后去了格兰特出版公司，工作了四个月之后，因为精神上受到薇薇安极大的伤害，她离开纽约搬去了怀俄明州，完全放弃了编辑行业，做起了服饰花边编织工作。另外一个朋友的朋友因为工作压力过大而得了严重的皮肤过敏症，每周要去做两次治疗，现在伤口还没完全愈合——”玛拉一边叙述，一边打了个寒战。“可能你不想在吃饭时听到这些。但是不管怎样，克莱尔，薇薇安太残暴了，根本就没人想去她那儿工作。所以她才会瞄上那些社会经验少又急着成功的年轻编辑，然后指派给他们远远超过负荷的工作任务，而且不提供任何帮助，这些人不出几个月就筋疲力尽了。她不找那些有经验的高级编辑是有原因的，因为这些人才不会忍受她那样的压榨。”

我心里瑟缩了一下，自尊有些受伤。一瞬间，我对面试的成功没有那么兴高采烈了。玛拉的意思是说，薇薇安给我这份工作并不是因为我多么有潜力，相反，是因为她找不到别人替她干活吗?

“别误解我的话。”玛拉意识到她的话伤害了我的感情，赶紧补救，“她肯定清楚地看出了你身上的能力和潜力。谁知道呢，说不定你能置之死地而后生，从中学到好多东西。不过我实在是没有听说过哪个替她工作的人是不悲惨的，我真不希望看到你也那样。”

我们沉默着吃完虾仁烧卖，我在脑子里思考着该如何抉择。

我回忆着玛拉刚刚所讲的。要是薇薇安只是要找一个工作机器怎么办？也许对她来说，在工作上积极性和敬业精神比经验更重要。要是我真的在格兰特出版公司累趴下了怎么办？再怎么辛苦，我至少能撑一年吧，到那时候，我的简历会比现在更吸引眼球，然后就可以跳槽。

用一年的辛苦工作来换取我职业发展的一个重大飞跃，从任何方面来说，都是一笔划得来的交易。

“好了，不要再谈工作的事情了。”玛拉打破了沉默，“拜托，克莱尔，快给我讲讲兰道尔·库克斯给你送花是怎么回事！”

我将前一天晚上的事情原原本本地告诉了她。最后他开着林肯车送我回家，下车之前我们接吻了。这个吻非常完美，一切都刚刚好——既不是太生涩，也不是太黏腻，时间上也不长不短。最神奇的是，我竟然还能有力气先结束这个吻。我，克莱尔·特鲁曼，竟然有本事让兰道尔·库克斯意犹未尽！

玛拉听得极为专注，一个字也没漏下。

午饭吃完后，我和玛拉就下班了，我在克里斯托弗大街站下了地铁，往租住的小公寓走去。过去五年，我一直租住着同一套房子。尽管这条街上到处晃荡着妓女，还有不少情趣用品商店，但是那套小公寓仍然能带给我家的感觉。

我摸出前一天晚上兰道尔给我的名片，深吸了一口气。**我不是十八岁的小姑娘了**，给一个男人打电话不应该再这么战战兢兢了，我提醒自己，借以赶走心里的紧张。再次深呼吸之后，我拨通了他的办公室电话。

“兰道尔·库克斯的办公室。”

“噢，你好——请问兰道尔在吗？我是他的朋友克莱尔。”

“克莱尔，很抱歉，他现在正在开会。我是他的秘书迪尔德丽。”

让我心安的是，她听起来是个中年女子，而且很干练。“实际上，兰道尔还让我晚点儿给你打电话。他想问问你周一晚上是否有空和他吃晚饭。很遗憾，这个周末他要出差，所以周一晚上是他近期日程的第一个空闲时间。您有空吗？”

“是否有空——哦，有空，周一晚上我有空。”这有点儿别扭，我还从来没被一个人的秘书转达过约会邀请。不过那也是因为我从来没跟像兰道尔那样的成功人士谈过恋爱。

“太好了。兰道尔希望与您周一晚上八点半在保利餐厅见面。”

“好的，没问题。”

“太好了。您收到那束花了吗？”

“收到了，事实上，我打电话来就是为了这个——我想谢谢兰道尔帮我联系薇薇安·格兰特，还有送我的那束漂亮的花。这些真是——”

“太好了，”迪尔德丽打断我的话，“我会转告兰道尔你打过电话。他会在周一晚上八点半与你见面。”

“太好了。”我附和道。哇哦，看来迪尔德丽的三字经是会传染的。

我打开房门，把包扔在地上，向前走了两步，然后像美女蛇一样瘫在沙发上。

我很庆幸今天下午可以休息。有很多事情要考虑，很多问题要思考。还要做个重大决定。接受薇薇安的工作，到底会像玛拉想的那样，是把灵魂卖给魔鬼，还是一个目前我急切需要的职业提升的机会？

但是实际上，我已经知道了自己的答案。薇薇安·格兰特要给我“编辑”的头衔和“三倍工资”，我有什么理由拒绝呢？

第三章　纯真年代

“服务生！来一瓶82年的拉斐特红酒，我们要好好庆祝一下！”兰道尔一边愉快地叫着服务生，一边带着我向保利餐厅靠里的餐桌走去。

刚好就是我现在需要的：一杯酒。今天太累了。从一开始告诉杰克逊我的新工作机会，到后来告诉薇薇安我愿意接受这份工作，我的情绪跌宕起伏，不断转换。往好的方面想，这一天戏剧化的经历倒让我没时间去担心今晚和兰道尔的第二次约会。

但是现在我开始紧张了。我穿着加尔文·克莱文牌黑色紧身窄裙，深吸一口气，腰挺得直直的。这条裙子是两年前巴尼店清仓大甩卖时，碧极力说服我买下的。幸亏她当时坚持了，因为除了那条已经出场一次的红裙子之外，这是我衣柜里唯一一件能配得上跟兰道尔约会这样的场合的衣服。

搭配这条裙子的是我买的第一双周仰杰牌高跟鞋，是我今天慌乱地冲去萨克斯百货大楼刚买的。我本来打算穿我平时经常穿的那双玖熙牌黑色高跟鞋的，有一点儿磨损了，但是样子还算大方。但是午饭时，我突然意识到，跟兰道尔约会，一定要穿周仰杰牌高跟鞋才够有范儿，哪怕刷爆信用卡也必须买一双。

尽管周氏高跟鞋非常漂亮——我买的这双更是漂亮，精致的细跟，窄窄的银色带子绕着脚踝——同时穿着它走起路来也非常不稳。当兰道尔步履轻快地带着我走向那张摆着烛台的小餐桌时，舒适的裙子和四英寸的高跷的奇妙组合让我觉得自己好像在绑着腿快速走钢丝。

拜托，千万别让我出丑，我向时尚之神祈祷着。尽管他们一向都不眷顾我，但是我希望他们至少对我有一点怜悯之心。**只要你能保佑我安然无恙地走到那张椅子前面**，我暗想，**我以后再也不穿大学时代的那些肥大短袖了……要不，再加上那条已经磨破的史努比睡裙**。拜托，只剩下十步了。

终于，我们走到了预订的那张靠着南墙的桌子，兰道尔为我拉出椅子。我赶紧十分感激地坐下了，不过动作实在不够优雅。就在我坐下时，那条紧身裙害我打了个趔趄，为了稳住身子，我的一只手碰到了桌上一个已经倒满水的杯子。我惊恐地看着杯子里的水顺着桌子流过去，溅湿了兰道尔的西装外套。

“啊！”他出于本能叫出了声，狂乱地擦着衣服。

“噢——真——对不起，兰道尔，非常抱歉！”我真想找个地缝钻进去。我真是笨手笨脚！约会刚刚开始两分钟，我就已经搞砸了，还弄脏了他的西装！

放下餐巾，兰道尔用手拍拍我的胳膊，笑了起来。“克莱尔，别担心,这真的没什么。是我太过宝贝我的这套滕博阿瑟西装了。”

“真的很抱歉。”我重复道，仍然觉得很悲惨。我怎么老是出状况呢？我一边帮着服务生吸干桌子上的水，一边努力构筑自信。

兰道尔伸过手来握住我的手，温和地说：“克莱尔，他会整理好的。”服务生点点头。

我收回手放在大腿上，企盼能按下时光倒流的按钮。我想回到刚才我走进餐厅那一刻，兰道尔正站在餐厅领班旁边，看起来极为温文尔雅，令人屏息……当他看到我时，一下子就咧开嘴笑了起来。

过去五年来我约会过的所有纽约男人——嗜赌成性的赌徒，临摹知名作品中的阴茎的画家，锱铢必较的律师，还有最近刚刚分手的詹姆斯，以玩弄女性为乐的贝斯手——从来没有一个像兰道尔这样让我渴望得到他。

下班后，我花了比过去三个月加起来还要多的时间来搭配着装——我衣柜里的衣服几乎全是黑色的，而且相当沉闷，不过还是相当职业的。然后碧带着她庞大的化妆箱来到我的公寓，拼命地帮我涂腮红、画眉毛，那股兴高采烈的劲头，看来她早就期待着有这样一次机会帮我盛装打扮了。

我很高兴我们之前做了这么多努力。这套条纹西装（现在有一点儿湿），还有蓝色衬衣，极好地衬托出了兰道尔那古铜色的健康肤色，他看起来就像是直接从时尚杂志封面走下来的。更关键的是，他看起来就应该跟从《服饰美容》的封面女郎约会。我当然还远远达不到那个标准，但是比起早上的装束，已经好太多了。

“为了你的新工作，干杯！”兰道尔越过桌子举着酒杯，他的微笑照亮了烛光之外的黑暗。我举起服务生刚倒好的红酒与他干杯。“我很震惊，克莱尔。你真的折服了薇薇安·格兰特，她可一向都很挑剔的。”

“要不是你帮我推荐的话，这件事是绝对不可能发生的。再次感谢你所做的一切。”我说着，脑子里却在想我们俩的孩子的眼睛会是什么颜色的——兰道尔的是蓝色，我的是浅棕色。

“对了，杰克逊有什么反应？”

“嗯——他觉得挺好的。”我含糊地回答。我不想说薇薇安的坏话，因为这相当于间接地侮辱介绍我认识她的兰道尔，但是杰克逊当时的反应仍然让我心情沉重。

那天早上，我给杰克逊送去了一块新的点心（他错过了周五的那一块），并轻轻地关上了身后的门。

"我有个好消息要告诉你。"这是我的开场白，因为我预计杰克逊会为我这次职业上的飞跃而感到高兴的。他比任何人都了解——也许应该说除了玛拉之外——我有多渴望能承担更多的工作职责。这次的时机也非常恰当，真的，刚好我们两个同时要离开这里，他开始享受儿孙绕膝、幸福的退休生活，我则进入快节奏的工作环境来提升我做编辑的工作能力。"我上周五和薇薇安·格兰特见了面，然后她给了我一个工作机会。"然后我把她开出的条件详细地告诉了杰克逊。

杰克逊的脸立刻变得没有血色。刚开始他已经胃口很好地咬了一口点心，但是现在他把点心放到餐巾纸上，并推开了。

"薇薇安·格兰特？"他平静地重复了一遍。旁人看来，会以为我宣布的是，我遇到了一个被人称作情场浪子的温柔男人，他殷勤地请我成为他的后宫佳丽中的一员。

"我——我知道她要求是有点儿严格，杰克逊。"我结结巴巴地说。

"噢，她可不仅仅是有点儿严格，"杰克逊面无表情地笑了一下，揉着眉心。"薇薇安·格兰特既骄傲自满，又尖酸刻薄。比起出版图书，她更关心自己的尊严和人格。她会把你压榨得连渣都不剩的，克莱尔！跟这个女人比起来，野蛮的匈奴都算是仁慈的。"

我的嘴巴张得老大。杰克逊·梅维尔是在讲别人的坏话吗？他是一位典型的南方绅士，我从来没听到他用一个负面的词语来评价一个人。"她在这儿工作的时候，你和她熟吗？"我问道。

"很倒霉，我和她熟。她让这里的每个人都像生活在地狱里。坦白说，她就是个疯子。听我说，克莱尔，我知道她的事业很成功，而且她出版图书的方式似乎很有创新性，又很有趣味性。但是你真的应该再多考虑考虑。她上周五给出了工作机会，今天是周一，再缓一缓，我求你一定要三思。"

我后退一步坐进沙发，一阵眩晕。我不知道该说什么。

“可是我还有别的选择吗？”最后我反问他。我一直都听从杰克逊的意见，这次当面反驳他，心里很别扭，但是有可能他没有注意到最近我有多么烦恼自己的工作停滞不前。“在别的地方，我得再熬上好几年才能升到那个职位——更不用说工资方面了。而且现在你要走了——”我赶紧打住……但是话已经溜出嘴边了。我最不希望的就是让杰克逊对他的离开心生歉疚。上次在他面前流泪不舍的表现就已经够糟糕了。

“克莱尔，听着，”杰克逊郑重其事地说，“我明白我退休会让你在公司失去依靠，但是我不愿这件事成为把你推向薇薇安·格兰特的魔掌的一个原因。虽然我们都知道，我们公司出不起她开出的工资，但是可能我能说服他们给你加点儿薪——而且离你的下一次升职应该不远了。克莱尔，在这里你可以得到足够的尊重和认可。你还年轻，不过戈登明白你有很大的潜力。在你决定跳槽之前，多花点儿时间考虑考虑。”

问题就在这儿，我没有太多时间来思考。也许杰克逊三思而后行的建议是明智的，但是那天早上我收到了薇薇安的助理米尔顿的语音留言。他用严酷的声音通知我，薇薇安给出的条件只在周一上午十点之前有效，一秒都不会宽限。如果我想接受这份工作，就要尽快给她打电话。

“倒像是她的作风。”当我告诉杰克逊这些情况时，他哼了一声。

我心里突然升腾起了一阵叛逆的冲动。为什么杰克逊这么反对呢？也许薇薇安是很粗暴，也许她甚至还有点儿疯狂，可是当一个人处于事业发展停滞期时，将一个可以迅速提升的机会拒之门外，又怎么算得上明智之举呢？除此以外，杰克逊可能早就忘了做初级编辑时依靠微薄的收入勉强度日的滋味，而且他已经出版了那么多优秀图书，经验十分丰富，而我还在渴求积累经验的机会！他理解我的这些渴望吗？当他和作家们讨论写作思路、情节设置等问题时，我在按部就班地填写编辑日志、合同文本和费用报告。当他和乔尼、比琪等知名图书代理商在马克尔餐厅进餐时，我在办公桌旁吃便当，还要应答他随时打过来查询资料的电话。他怎么能告诉我不要抓住这根救命稻草呢？

选择权在我自己手上。

“我要接受这份工作，杰克逊。”我向他宣布。“也许这并不是最完美的机会，而且我明白一定会很辛苦。但是我想如果我能熬过一年的话，对我的职业发展会是一个极大的促进——而且我还能得到一些很有价值的经验。”

杰克逊虚弱地点了点头，难以掩饰心里的失望。“那好吧，反正如果你需要什么的话，尽可以来找我。我希望你一切顺利，克莱尔，我真的希望这样。”说完，他勉强挤出一个微笑。

“谢谢你。我确定这个选择对我有好处。”我撒了个谎，其实此刻我心里一点儿底也没有。

我走回我的办公桌，感到身体在发抖。

“怎么样？”玛拉那卷卷的头发从隔板那边探过来，问道。

我皱起眉头：“他并不支持。”

玛拉点了点头，一言不发地缩回了她的座位。

现在是上午九点四十三分，机遇之门即将关闭了。尽管我在杰克逊的办公室装得很勇敢，此刻我却对这个选择不确定到了极点。

但是我没有退路。在改变主意之前，我拨通了薇薇安的办公室电话。

“格兰特出版公司。”听起来米尔顿好像得了重感冒。

“是米尔顿吗？我是克莱尔——”

“米尔顿不在这个公司工作了。请问您有什么事？”

“哦。好的，嗯，我想跟薇薇安谈谈。我们上周见过，然后——她现在在办公室吗？”

“请稍等。”新助理帮我转接了电话。

等待接通的短暂时间里，我在想米尔顿出了什么事，不过他的状态看起来的确应该早点儿辞职。

“克莱尔，我是薇薇安。什么事？”

“你好，薇薇安。我愿意接受这份工作。”好了，话已经说出口，不可能再回头了。

“很好，很好。对了，我给你开的条件是什么来着？”

哇哦，她不记得了？我复述了上次见面时她说的每一个字。

“好的，不过，工资有点儿太高了。”薇薇安回答，“这个工资比我们这儿的任何一位编辑都高。我不敢相信我当时给出了那么高的工资。这样吧，减去一万美元，这样就符合平均水平了。”

我突然感到一阵恐慌。她是在指责我不诚实吗？我该怎么回应？在我答应接受这份工作**之后**，薇薇安怎么又压低了工资？她是改变主意，不想录用我了吗？就算减去一万美元，这份工作的工资仍然远远高于我在彼得斯－庞弗雷特公司的收入。我还要接受它吗？或者说，难道她是在考验我，有可能她想试探我在谈判中是不是很容易就让步？薇薇安·格兰特肯定不会想要一个不能坚守自己的信念的编辑。

“很抱歉，薇薇安，”最后我说，“你周五给我提供了一份工作，我打电话要接受的也是那份工作的各项条件。如果条件有所变动，我需要重新考虑一下是否接受。”

“好吧，”她不耐烦地软化了态度，“这个工资真的太高了，尤其是像你这样经验有限的新人，但是我实在没时间再争论这个了。我现在急需人手，那你什么时候可以开始上班？这周五行吗？”

这周五？也就是说从现在算起四天后吗？我本以为我能够按照惯例提前两周递交辞职申请，这样我就能有足够的时间来确保我跟杰克逊负责的项目被妥善地移交给其他人。我把这些告诉了薇薇安，期盼这些能给她一个印象，我不是那种没有责任心的职员，突然就辞职，让老板处境困难。

结果她并不理解。“两个星期？简直太荒谬了！我需要你更早过来上班。下周一怎么样？”她提出了反对意见。

我又一次感到一阵担心。我在努力做什么？跟我未来的新老板就开始上班的日期讨价还价，而且刚刚还在工资的问题上毫不让步，这可不像是个好开端。我真不习惯这种对抗性的谈话……彼得斯－庞弗雷特公司一向是官僚作风，促销和报价都是不经讨论，由上级直接派发下来的。我也希望我可以下周一去上班，可是就这么仓促地离开杰克逊让我感觉真的很糟。

“我还是觉得两周时间比较好，”我重复了自己的意见，“或者我可以先在周末工作，还有晚上也可以，这样我就可以尽快熟悉工作流程了。”

“我会让助理发给你一下你即将接手的项目资料。但是两个星期真是太他妈长了，克莱尔，我还是要再说一遍，我现在急需人手。我可以等到下周二，但是不能再拖了。你的忠心需要换个老板了。*现在*。”

说完这句话，她就挂断了电话。

这就是将要掌控我的生活的病态模式的开始：我得到的机会是靠不住的——薇薇安反复无常，上一秒给出的机会，可能下一秒就要收回——这种感觉让我更不想放任机会溜走。

艰难地咽下一口唾液，我敲开了杰克逊办公室的门。

“薇薇安要求我下周二开始上班。”我轻声说。

他的嘴角抽动了一下。“没问题，克莱尔，下周二可以。那你就在这边工作到这周五吧。下周一休息一下，你需要的。要是你确定要做那份工作的话，你可要习惯全力以赴为薇薇安干活了。”

这并不是我期待听到的祝福，但是我还是感谢了他。“如果你需要的话，我这周晚上、周末都可以加班，保证工作交接能够顺利完成。”我提议道。

“谢谢了，亲爱的。但是我觉得你应该会有很多事情要处理，而且，如果我需要帮忙的话，可以叫玛拉过来。我不担心我自己，我担心的是你。”

回到座位上，我给薇薇安打电话说周二可以。这就是我从她那里学到的第一个教训：除非你舍得放弃交易，否则你不可能以平等的心态进行谈判的。如果你害怕失去，那么每次你都会失去。

“这个嘛，听起来他只是为失去你而遗憾。”当我概述了下午的事情后，兰道尔说了他的看法。“要我说的话，这有点儿自私。”

“噢，”我说，“我觉得杰克逊不是自私，他只是对这个机会的看法和我不同。”

“嗯。你觉得这酒好喝吗？”兰道尔转移了话题。“我爸爸在这儿的酒窖里存了好几瓶极品好酒。对了，克莱尔，我妈妈已经催我周末有空时带你去南安普敦见见她。你知道的，她和你的妈妈在大学是形影不离的好朋友，所以她迫不及待地想见见帕特里夏·特鲁曼女士的女儿。”

“我很愿意见见她。”我做梦一样地凝视着他，心不在焉地回答。这么快，第二次约会就提到见家长了？这可完全不同于我以往恋情的进展。

这是我长这么大以来最为奢侈的一顿饭。兰道尔饮食极为自律，点了金枪鱼排和菠菜，我则享用了一块煎得恰到好处的牛排，配上鸡蛋黄油酱，吃起来柔嫩鲜美。

兰道尔招手示意结账的时候，我心里升腾起了一股热切的期待。气氛刚刚好，非常适合进行下面的轻松对话：克莱尔，你想去我家坐坐吗？出于礼仪，假装矜持地犹豫几秒钟。好的，就喝一杯茶吧。我简直等不及开始这场对话。

“我很想邀请你去我家坐坐，克莱尔，”兰道尔一边向我抱怨，一边从胸前的口袋里掏出金笔来龙飞凤舞地签字，“可是我们正在完成公司创立以来最大的一笔交易，所以我还得回办公室去加班。”

回去加班？我瞥了一眼手表。现在已经快半夜了，又是周一。我的心猛地一沉。兰道尔真的以为我会相信他是要回办公室去加班吗？拜——托，在纽约的五年不是白混的，我明白这其实是在婉转地拒绝我。兰道尔至少应该编造一个更体面也更可信的理由，比如说他急着去清理放袜子的抽屉，或者要去喂他的鱼。

“没关系。”我镇静地说，希望我的表情没有暴露内心的不舒服。“祝你，嗯，交易一切顺利。”

“弗兰迪会开车送你回家。这儿离我的办公室很近，我走回去就好了。”兰道尔说着，站起了身。

随便吧，无所谓，我恨恨地想着。你以为我不知道你话中的意思吗？“我很近，可以走过去”其实是说，我会等你们的车走了之后，步行一条街，跳上出租车，直奔夜总会，左拥右抱热辣的巴西名模。

到底是怎么回事？我掩藏了失望之情，可是心里极为闷闷不乐。为什么我会让自己满怀希望呢？为什么我要想太多呢，那束粉色芍药，奢侈的晚餐，过度的赞美，在薇薇安那儿的引荐，见他妈妈的邀请……不过当我回忆所有的细节，反而发现到处都是积极的暗示。这个混蛋做到了所有能做的——就像一个男子在所爱慕的女子窗外演奏小夜曲一样——来让我相信他对我有意思！

在餐厅门口，我双臂交叉抱在胸前，等着兰道尔开始那轮让人扫兴的对话："很高兴我们再次见面了，以后我们应该多聚聚。""是啊，是应该多聚聚。""那好，多保重。"

没想到等到的却是他的双臂环抱着我的肩，手指拨弄着我的发梢。这是怎么回事？

"克莱尔，"他的声音很低沉，双手捧着我的脸。"周五晚上你有安排吗？"他的唇轻轻擦过我的脖子。

"嗯……"我咯咯地笑了，突如其来的幸福感让我说不出话了。

然后不知道怎么的，我们就在接吻了……过了一会儿，我们还在接吻……然后他的双手放在我的腰上，极为亲昵地把我抱离了地面。我真不敢相信——我们的第二个吻比第一个感觉更美妙。我和"蓝带啤酒"接吻了！而且我们马上就要进行第三次约会了！

"那就说好了，周五晚上？"兰道尔问道，嘴角弯弯的。"在诺布餐厅吃晚饭怎么样？你这周能抽出两个晚上陪我吗？"

"我想大概可以，好的。"我笑了。**两个晚上也好，一辈子也好，只要你想要。**

"很好。"他说完，又吻了我一下。然后他极为绅士地为我拉开黑色林肯的车门，手扶车门顶端让我上车。"弗兰迪，把特鲁曼小姐送回家，然后大概两点半来办公室接我。"他告诉司机。

好吧，看来也许他真的是要去工作。这有点疯狂，但是无毋置疑，一个对待工作如此细致之人，耗费长时间在一次放松的晚餐上，再绕回办公室，也是很迷人的。这一切都充满了激情。

在回克里斯托弗大街的路上，我想着那个吻，不禁觉得从头到脚都羞得发烫。天哪，我在跟兰道尔·库克斯约会！从包里掏出手机，我直接打给了碧，掩着嘴悄声向她通报我的最新进展。

我连一条街的时间都等不及跟别人分享我此刻的心情。弗兰迪在驾驶座保准也听到了我的朋友那惊喜的尖叫声。

“我还是不敢相信你要抛下我离开这里了。”

“我不是抛弃你，”我抱着玛拉说。“我们还是会一直联系的，你知道的。”

“杰克逊那边怎么样了？”她问我。

自从周一谈话之后，杰克逊和我基本就没说过话，不过今天早上他在我的椅子上放了一份礼物——舍伍德·安德森的成名作《俄亥俄州的温斯堡》。五年前我面试时我们曾就这本书讨论了很长时间，我真不敢相信他还记得。

实际上，我不需要怀疑，杰克逊肯定会记得这样的细节的。

待办事项一大堆，一周很快就过完了。现在已经是周五下午五点，我在这家公司的最后一天。文件都已经有条不紊地整理好了，

只剩下最后一件事：点击“发送”键，给我的同事们发送告别邮件，通知他们我的新联系方式，并告诉他们我有多么荣幸曾与他们一起共事。我已经把这件事拖了一整天迟迟未做，也许是因为这意味着我和这段人生彻底告别。

我逼自己点击了“发送”——这比起逼自己潜入冰水还要难。

叮。叮。叮。叮。叮。叮。叮。新邮件的提示音响个不停。

我还没来得及扫一眼，玛丽·特丽丝，一个漂亮的图书宣传职员，我曾与她合作过好几本新书。她的脸涨得通红。“拜托，克莱尔，请你告诉我那封邮件只是在开玩笑！”她嚷道。“你不是真的要去薇薇安·格兰特那儿工作，对吗？”

我困难地咽了口唾沫。“嗯，是真的，我——”我能听到背后的电脑一直在提示有新的邮件进来，便回头扫了一眼屏幕。

主题：你知道你在干什么吗？

主题：薇薇安

主题：不不不不并不……

主题：告诉我这不是真的！

等等诸如此类。在我点开几封新邮件时，我的心跳得厉害。我草草浏览了内容，没有一位同事回复的邮件是常规的“祝你好运，我们会想念你的”类的句子，他们全都对这条消息表现得十分震惊。

当我回过头去看玛丽·特丽丝时，发现我的办公桌已经聚集了一小群情绪激动的同事。

“她在一次销售会议上看中了我的朋友，竟然一直缠着他跟进了男厕所。”海外销售部的亨利低声说，“我的朋友对她的公司不感兴趣，她就害我朋友第二周被公司开除了，理由是‘盗窃办公用品’。明显是诬陷，但是我朋友不屑于提出诉讼，懒得跟这个报复心强的社会渣滓在法庭上纠缠不休。”

“哈，她干的这种事多了。”在艺术部工作的一位年轻编辑盖尔接着说，“你为她工作累死累活的，可是你前脚刚辞职，后脚她就会在各种场合告诉所有人你有毒瘾……或是什么精神疾病……爱偷东西……**诸如此类的**。”

“薇薇安曾经无耻地威胁我认识的一家代理商，如果他不放弃追究她明显违反合约的行为，就把他**整垮**，而她要做的是把这本书的作家换成另一个名字！”美术部一向性情温和的麦克斯骂道，“她声称那样可以增加销量！”

“她精神错乱了，克莱尔，”玛丽·特丽丝坚持要把话说完，“我在马瑟－霍林格出版公司工作过，十二层发生的故事总是让人难以置信。那个女人真的有很严重的问题，她简直不是人。”

胡编乱造，我自我安慰地想，尽力不让自己被这些话吓倒。“谢谢各位了！”我假装轻快地说，“但是我已经决定了。”

没有一个人挪动半步。他们只是盯着我，脸上挂满了关切。

玛丽·特丽丝后退一步。“克莱尔，也许你应该——”

“希望我们还能保持联系！”我叫道，打断了她的话。“那么，我要开始收拾包准备回家了。”

最终，过了一小会儿，他们每个人都和我告了别，说了祝福的话。

“我想他们都在夸大其辞，克莱尔。”玛拉善意地说，但是声音里透着不确定。

最好是这样。怎么可能真的那么糟糕呢？薇薇安的确很霸道，也有些不守信用，这些都是明摆着的，但是我还是很难相信——就像一位同事回复的邮件中写的那样——她真的曾经将一把椅子从房间一头砸到另外一头她的一个编辑身上，还真的在某次会议上把一个前任市场主管称为“下贱的妓女”。

这些故事绝对不可能是真的。一方面，马瑟－霍林格的人力资源部门决不会容许类似这样的事件在他们眼皮子底下发生，更不要说发生在他们的员工身上。

除了这些，就像最近的《每日新闻》专栏中引用的薇薇安所说的话，如果她是个男人，就没有人会说她“脾气暴躁”了——在职场上人们总是用双倍标准来衡量女人，真是可悲！

几个小时之后，当我走向门口时，回望编辑部的工作区，对自己的决定更加有信心。

我知道我的选择是对的。

好吧，其实，我也不能预测将来会如何，我只是希望我的决定是对的。

只是一年，我什么都可以忍受。这一切都是值得的。我知道我能做到的。

嗯，好吧，希望如此。

我依依不舍地最后看了一眼复印机，我曾经无数次站在它旁边，一站就是几个小时。深吸一口气，我大步迈向我的未来。

第四章　无事生非

“**谢天谢地**你来了，克莱尔。”薇薇安嘟囔着，在桌子前面就座。

现在情况是这样的：今天是我作为一名编辑在格兰特公司工作的第一天。上午我先去人力资源部门接受入职培训，了解马瑟－霍林格出版公司的辉煌历史，然后回到了那间会议室，坐在我一周多前过来面试时坐的同一把椅子上。

“我快累趴下了，”薇薇安继续抱怨。“这些不称职的家伙……你很快就能亲眼见识了，克莱尔。现在总算是来了一个能干实事儿的编辑，我可以喘口气了。”

坐在我旁边的男人清了清嗓子。让我极为尴尬的是，有两个薇薇安所谓的不称职的家伙——一男一女，都是三十多岁——就坐在会议桌前面，一边翻弄文件，一边做着笔记。薇薇安对他们工作能力的刺耳评价似乎一点儿也没有惹恼他们。事实上，他们看起来好像完全没听到她说了什么。

“好了，从现在开始你要负责十本书。”那位女士首先开口对我说话，声音很清脆。“自从上一任编辑四周之前离职后，这些项目就一直没人接手，所以恐怕你要先跟那些作家们解释一下。”

“对了，我……我是克莱尔。”我笨拙地打断她，并向她伸出一只手。这位女士留着干净利落的波波头，一眨不眨的眼睛透露出她一定长期依赖咖啡因。她也是我见过的最白的人。她的皮肤雪白雪白的，但是现在是盛夏七月。

“真抱歉，瞧我，礼貌都忘到哪儿去了？”她微笑着道歉。“我是达恩·杰夫斯，编辑部经理。”薇薇安尖锐地看了她一眼，她立刻将目光收回到笔记本上。很明显我们之间的闲聊部分到此结束。“好的，你将要接手的其中一本书的作者是大厨马里奥，他是个非常可爱的人，在布朗克斯区开了一家非常有名的意大利餐厅。”达恩停顿了一下，咬着笔头。“你以前做过烹饪类的书吗，克莱尔？”

达恩的架势非常公事公办，但语调很轻柔，好像想弄清楚我在工作初期需要多少帮助。对此我非常感激。我以前从来没做过烹饪书——虽然我可以打电话向玛拉求助，但是如果达恩能提供一些指点，我会很感激的。

不过，在我开口之前，薇薇安已经替我回答了。

“你问她以前做没做过烹饪类的书**是什么意思**？克莱尔是个很聪明的人，达恩，她自己能搞定的！”说完，薇薇安转向我，脸上带着厌恶的冷笑。“为什么这个行业有那么多**白痴**以为一定要有经验才能做？难道他们不明白有些人是有**行业直觉**的吗？”

薇薇安刚才是当面把编辑部经理叫做白痴吗？就在我面前，而且是我上班第一天——确切地说是第三个小时？我看向达恩，以为会看到一些愤怒的表情，却发现她的脸依旧保持平静。

“你要负责的第二本书，”达恩用平静不变的语调继续说，“是一本揭秘——”

“你知道吗？”薇薇安大声插话。“我真他妈不知道我为什么要在这儿，达恩！我现在没时间管这个。带克莱尔熟悉工作职责是**你的**任务——不是我的！还有格兰姆，编辑部主管的任务是保证这些过渡顺利进行！这些责任都他妈不是我的！我没**时间**管这些**屁事儿**！我要管理一个几百万美元的大公司，你们这些**猪头明白**吗？”薇薇安已经离开了她的椅子，上半身倚在桌子上，左侧太阳穴的青筋突突直跳。

我的心都提到嗓子眼了。**这种事发生了。这么快……**

“好的，薇薇安。”达恩十分镇定地回答。“我们现在就可以接手。”

“没问题。”格兰姆同样处变不惊地附和道。

薇薇安气呼呼地跺着脚离开了会议桌。在走到会议室门口时，她转过身面向我，脸上换上了与刚才完全不协调的喜悦的微笑。“我等一下去你的办公室找你，克莱尔。”她的声音甜甜的，脸上找不出半点先前发怒的迹象。“这周哪天有空我们一起吃午饭吧。”

“好——好主意。”我结结巴巴地说。

我回过头看了看格兰姆和达恩，有种古怪的感觉，好像是我害他们被老板骂的。两个人都在忙着整理各自面前摆的一大堆文件。

难道他们都没有被薇薇安的大发脾气吓到吗？她刚才可是用最高音量大吼了一通！这些人是有钢铁般的神经吗？他们怎么能如此镇定自若？难道他们早就习惯了被骂，所以这样的场面是小菜一碟？

最后一种可能性是最可怕的。

“那么，你的第二本书，”达恩继续向我说明，“是一本十四岁的学生跟他的老师的三年恋情大揭秘。这段恋情开始时他才十一岁。很扭曲的故事。我们叫它“性爱史”，不过只是为了工作时叫起来方便。很显然这本书我们是找枪手帮这个孩子写的，这个枪手叫卡尔·哈伍德。我们经常找他写书，因为薇薇安喜欢他的作品。他的所有联系方式都在我给你的那张纸上。”

“第三本是由爱丽科丝·汉利写的讲饮食的书。”格兰姆一口气说完。

我一定是听错了，我暗自想。爱丽科丝是一个青少年明星，以奇瘦而闻名。明星杂志上经常会刊登她身着系带式比基尼瘦骨嶙峋的照片——旁边伴着类似“瘦的要死”“爱丽科丝女扮男装”的标题。爱丽科丝·汉利写饮食的书？再没有比这更滑稽可笑的了。她有什么可分享呢……怎么做冰块，还是如何煮喝了会拉肚子的汤？

“毋庸置疑，薇薇安希望我们以十几岁的女孩子作为目标读者群，”格兰姆说，表情是令人不安地一本正经，“所以你得跟美术部密切合作来做出一个有趣的、容易记住的版面设计。”

他把文件夹推向我。哦，天哪！这是真的。

“这不会有点儿……嗯，**不对劲儿吗？**”我鼓起勇气大声说。“我是说，把一个饮食明显不规律的明星的建议推销给那些容易受人影响的年轻女孩子们？”

格兰姆瞪着我。他是个矮胖的男人，戴着瓶底厚的眼镜，而且身上的衣服看起来似乎已经穿了一个星期，连睡觉都不曾脱下。(后来我了解到，的确如此，而且不止一个星期了。因为在跟一位刁钻挑剔的律师合作出书，他不得不在办公室摆了张帆布床，这样他才能偶尔小睡一会儿。他从上周周五到现在还没回过家。)

“这本书是薇薇安决定买进的。”格兰姆粗鲁地回答了一句，然后就翻开他那堆文件中的下一份。显然关于这本书的讨论结束了。

接下来的一个小时里，达恩和格兰姆有条不紊地带我了解了我立刻要负责的所有项目,并且每句话都必定带有“薇薇安想要”，或者“薇薇安要求”，再不然就是“薇薇安希望”。

我明白了。在我将要接手的这十本书中，作为编辑，我的任务就是实现薇薇安的设想。对我来说，这正合我胃口。我想，**这种方式可以帮助我领悟她是如何工作的**。不过，这并不是说，我迫不及待地想要开始着手做这些书，说得委婉一点儿，没有一本书能激发我的创意。如果是我自己买进的书，我会更有发言权。

“好了，你有什么不明白的吗？”达恩问我，用铅笔轻轻敲着桌子。

“差不多了。要是我有不明白的地方，我应该——”

“有的问题可能格兰姆能回答，不过坦白说，我们知道的信息都已经在那些文件夹里了。祝你好运，克莱尔。我知道接手别人的工作不会太容易。”她仓促地笑了一下，就迅速离开了会议室。格兰姆冲我草草地点了一下头，也跟在达恩后面消失了。留给我一大堆文件。

看来我该卷起袖子大干一场了。

一个小问题：我不知道我的办公室在哪儿。还有，我也不知道女厕所在哪儿。我在那儿坐了一会儿，不太确定接下来该怎么办——

“真抱歉，”达恩再次出现在会议室门口，把头探进来，对我说，“跟我来吧，我带你熟悉一下这里。”

“现在我向大家介绍编辑部的一位新成员。”达恩说。我向会议桌周围的人挥挥手。这是我第一次参加编辑例会，也是我在格兰特出版公司工作的第三天。“克莱尔之前在彼得斯－庞弗雷特出版公司工作。我们都很高兴能和你共事，克莱尔。”

我感激地朝达恩笑了笑，然后扫视着会场，期待看到更多友善的脸庞。唉，我却只看到了很多疲惫不堪的表情，大部分人甚至都懒得向我瞟一眼。之前达恩带我熟悉环境时见过面的一位高级编辑，菲尔·斯特恩，是唯一一个对着我真诚地微笑的人。

在这个行业，参加编辑例会是一项非常普遍的工作内容。在彼得斯－庞弗雷特出版公司时，这是每个人都要参加的一场大讨论。编辑、宣传、市场、审校等全都聚集到一起，提出疑问，发表担忧，汇报进程，要求重审，或者关注一下出版流程涉及的其他相关部门的工作状况。我一直都很喜欢每周的例会，主要是因为戈登那些轻松随意的幽默。

从达恩带我参观完办公环境之后，我就猜想这里的编辑例会应该跟彼得斯－庞弗雷特出版公司的例会不一样。首先，我的新同事看起来都不太爱交际——也有可能他们只是比较慢热，需要一段时间才能跟新人熟起来。每次达恩敲开一扇紧闭的门后，里面坐着的编辑会羞怯地从文件堆后面探出头来，和我握握手，然后又缩回去低下头，好像在寻找掩护。不像以前我在彼得斯－庞弗雷特出版公司的同事们，会在走廊里闲逛、聊天，格兰特的职员在工作时间似乎牢牢守着他们的办公室，除非吃饭、喝水和上厕所时才会出来走动。

我的办公室比我预想的要大一点儿，还有一面很大的对着街道的窗户。一周之前我呆在那个小小的隔间时做梦都想要这样的办公条件。

“薇薇安还没到，我们还是先开始吧。”达恩轻快地说，打破了会议室的沉默，也把我的注意力拉回到会议桌。达恩转向我们公司才华横溢的艺术总监凯伦·海弗楠。格兰特出版公司出版的书籍以富有创意的封面而出名。这当然有薇薇安的努力，但一大部分也要归功于凯伦，我一直都对她的才华印象深刻。作为一个娇小可爱的二十多岁的女孩子，凯伦的勇气让人震惊——在昨天的一个会议上，她坚定不移地对薇薇安的意见提出异议，并且最终还改变了薇薇安的部分想法。我立刻喜欢上了她的那种严肃认真、直截了当的风格。

“她不太喜欢《受鞭打的和受束缚的》那本书的封面，”达恩说。“她给你打电话了吗？她想联系你来着，当时她非常不高兴。”

凯伦重重地叹了口气。“对，打了，我已经知道了。我正在修改。你什么时候要排版？”

“应该是上周四。”达恩查了她的记事本后说。

坐在桌子一头的格兰姆煞有介事地清了清嗓子，说：“谁在看关于成人电影幕后揭秘的那份文书策划？”

扫视了人群之后，我知道他说的是谁了，一定是那个脸涨得通红的人。

“我在看。”玛丽莎怯怯地说。她是一名助理编辑，刚从大学毕业没几个星期。“薇薇安一个小时前刚刚给我。”

“是吗？然后呢？你觉得怎么样？”格兰姆不耐烦地逼问道。

玛丽莎死死盯着她面前桌子上的一个笔记本，我觉得她的目光都快要把本子烧出一个洞来了。我能看出她是一个害羞的人，并不喜欢在这种人多的场合讲话——尤其是谈论色情文学，这让她更为紧张。“嗯，这份策划……嗯……非常粗糙，”她停顿了之后说。“实际上，写得不太连贯。但是我还没来得及看完，因为我正在按照你的要求更新新书清单，而且——”

“哦，真是帮了大忙了，**玛丽莎**。”格兰姆讽刺地哼了一声。“但是这本书的观点不是很具有商业可行性吗？助理们，这就是我们要求你们评价的方面。写作方面的问题，我们编辑可以修改。要是没人告诉过你的话，事实上，我们编辑的工作，就是修改文稿。但是书**卖得好不好**，就不是我们的能力范围了。除此以外，助理们，你们应该明白如果薇薇安交给你们什么东西要你们看的话，你们必须放下手头的任何其他工作先看这个，因为她需要你们马上给出反馈意见。不要**浪费**她的**时间**，她的**时间**是很**宝贵**的。她要的是你们基于事实来估计这本书能否在市场上大卖，而且她要的是立刻知道这一点。”格兰姆结束这场训斥时，两颊都因生气而变得通红。

我注意到菲尔趁人不注意翻了一下白眼。

“对不起，我——”玛丽莎看起来有点儿被吓到了。我朝着她同情地笑了一下，并考虑着下午找时间跟她聊聊。

在这种让人紧张的谈话继续之前，会议室的门忽然猛地被推开了，薇薇安大步走进来。菲尔立刻迅速站起来，把桌子一头的座位让给她。死一般的寂静笼罩着人群。

薇薇安有一种危险而又迷人的特质。这让我想到了在爱荷华见过的龙卷风迅速逼近的场景：你无法从这种不受约束的自然力量移开眼睛，尽管你很清楚它会带来大灾难。

“编辑们。”她怒视着大家，打了声招呼。她使劲把头发拨到肩后，我甚至听到了头发被拨动时的**嗖嗖声**。有几个编辑局促地笑了一下，在椅子上坐正了。会议室里静得只能听到墙上挂钟的滴答声，每个人似乎都因为她的到来而瘫痪了。

最后达恩找回了她的沉着冷静。“你好，薇薇安！”她大声说，“今天下午我们要讨论很多议题。”

如果此刻的场景是无声的，仅从薇薇安脸上的表情来猜测达恩说了什么，那么你会猜想刚刚在这个会议桌前有人说了一些带有讽刺的侮辱言语。薇薇安并没有回应达恩的话，但是她的面部表情十分扭曲，就像闻到了腐烂的肉味。会议室越发安静。达恩只是低头看着她的记事本。“你们可能已经听说了，”薇薇安最终开口了，每个字都说得咬牙切齿，极为缓慢，“公司要求我给助理加薪。我跟人力资源的人在电话上谈了一个小时，来搞清楚去年是**他们**不要脸地去舔工会的屁股，为什么现在他妈的要从**我的**编辑预算里拨款给助理加工资。”她的声音随着怒火上升而变得越来越高。“很显然他们是在拖我下水！每次都是这样！这家公司他妈的要把我榨干了！不管怎样，助理们，你们每月可以多领一百块了，欢呼吧。”

每个人的眼睛都盯着自己面前的桌子，不敢跟别人做眼神交流。

“好了，”薇薇安继续查问，“这周有什么是我需要知道的？顺着座次一个一个告诉我你手头工作的进展。”

接下来大家的反应是令人震惊的。难以置信，一群事业有成的编辑们一个一个结结巴巴地读了他们手头的笔记，头仍然低低地垂着。在薇薇安审视的目光下，全体职员都蔫了。

只有一位女士——耀眼的金发，鹰钩鼻，精致的妆容，穿着剪裁得体、优雅大方的黑色西服——在向薇薇安汇报工作时完全保持了镇定和专业的姿态。从式样简洁、价值不菲的鞋子，到粉色花瓣一样的美甲，她就是“精神抖擞”一词的最生动的诠释。她年龄可能比我大，但是不会大太多。达恩带我熟悉环境时没见过她，后来两天也没见过她，不过我希望她会是个友善的同事。

“最后一项，薇薇安，我已经说服这个作家，写手、摄影、宣传的费用全部都从稿费里出，虽然之前我们答应由我们出这些钱。”这个女人汇报完了，很明显自我感觉良好。

“**本来**就该这样的，露露。”薇薇安心不在焉地说。然后她的目光聚焦在我身上。

“克莱尔！”她兴奋地叫道。“大家都见过克莱尔了吗？”

众人点点头，视线仍然向下。

“大家好，”我愉快地说，“很高兴能——”

“对了，薇薇安，我忘了提环球集团对《脱衣舞女》那本书的电影版权表示了极大的兴趣。”那个女人——显然她的名字就叫露露——打断我的话。

“这件事以后再说。”薇薇安厉声喝道。“你难道没听到克莱尔正在说话吗？”

我极快地介绍了我正在接手的几本书，加上两本我想马上投标的书。薇薇安面露喜色地看着我，就像我刚刚引爆了原子弹一样。

“棒极了，克莱尔！”她欢呼道。“我希望这个屋子里的所有人都能学习你的这种积极性。只不过刚开始工作没两天，她已经要开始做大项目了！这正是我所需要的，编辑们！打起精神，开足马力工作！”

说完这些，薇薇安就站起身，轻快而又敏捷地离开了会议室。会议还没开完，而且我从达恩的表情能看出，她还有好几件事需要跟薇薇安商讨。仍然没有任何人有任何动作。

薇薇安走远之后，露露瞪着我，冷笑着说：“趁着你还拥有，赶快享受吧，克莱尔。”她的声音里有真切的恨意，我不自觉地小声倒抽了一口气。

好像根本没有人注意到她说的话。格兰特出版公司的其他职员只是一个个悄然离开了会议室，没有一个人朝我的方向看。

“你在这儿过得怎么样，孩子？”菲尔·斯特恩探头进来，在我的办公室门口和我打招呼。他可能比我大五六岁，不过他的大大的眼袋让他看起来比实际年龄更老，而且他浓厚而又蓬乱的头发已经有一部分变白了。

“还不错，谢谢关心。”我犹犹豫豫地说。其实我对编辑例会上露露突如其来的攻击还有些不安，不过我并不想因为谈论这件事而加剧任何办公室的政治斗争。

“不用担心露露，知道吗？”菲尔一边说，一边扑通一声坐进我桌子旁边的椅子。“她一度很受薇薇安宠爱，你这儿以前是她的办公室。这也是薇薇安的一种高明的管理技巧，通过调换职员的办公室，来造成一种升职或者降职的错觉。无论如何，露露只是一时发疯，逮住谁都想咬一口，过一段就好了。她只是有些盲目的好胜心，没别的。”

我点点头，仍然觉得有点儿沮丧，不过很感激菲尔能过来安慰我。“多谢了。我明白有时候需要时间才能跟同事搞好关系。可能我刚好撞上她心情不好。”

“但愿如此。不过你要做好心理准备，她一直都那样。薇薇安·格兰特是露露生命的重心。为了讨好老板，她甚至可以把别人推到车轮下面去。不过，除了她以外，这里的其他人都比他们给人的第一印象要更友善一些。问题在于，因为我们公司的员工流动率实在太高了，所以跟新同事示好有时候显得毫无意义。现在的员工好多都是跟你差不多同时进来的，那些呆得久一点儿的老员工已经厌倦了每三周就要欢迎一位新编辑。这儿的换人速度实在太快了。这一点，你以后就知道了。现在大家的反应，你别太往心里去。一旦他们看到你在这儿呆的时间够长，值得交付真心，大家都会对你好的。或者说除了格兰姆和露露。”

我笑了：“菲尔，谢谢你，很感谢你的指点。”

“呵呵，对了，你的话让我想到了其他一些建议。”菲尔点点头，身体前倾过来，声音也压得很低：“关于怎么对付薇薇安。我相信你一定听说了在这里工作可不轻松，她也不是个好对付的老板，所以坚持到最后的人也非常少。”

“我是听说了不少事情。”我承认，“但是我相信大家一定是太过夸张了。”

菲尔冷笑了两声：“关于这一点，不要那么确定。我不是要吓你，克莱尔，不过你要做好心理准备，你所听说过的关于薇薇安的那些故事，虽然听起来已经很可怕，但是其实还是精简过的版本。关于薇薇安最疯狂的故事，我们公司的人力资源部是专门给辞职的员工封口费不让外传的，这些资料是被当做绝密文件的。”

“比如说？”我问他，觉得有些不寒而栗。难道是她的文件柜里摆着头盖骨？还是在办公室聚会上会用活人祭祀？我觉得我好像在参加一个夏令营，而菲尔就是辅导员，半夜用手电筒放在下巴那里，然后开始给我讲恐怖故事。

“下一次，别的地方。”他隐晦地说。

“如果真有那么糟的话，为什么你还能在这儿呆那么多年呢？”

菲尔的眼睛瞪得超级大。“靠严格遵守格兰特出版公司的五条绝对规则啊，克莱尔。当我刚来这儿工作的时候，有人把它们全部告诉了我。现在我要把这些规则传给你。”

“你大学的专业是戏剧表演吗，菲尔？”

“为什么这么问？是啊……我是奥贝林戏剧学院毕业的。”他回答，十分吃惊。

“只是凭直觉猜的。”我笑了。“好了，抱歉跑题了，格兰特的五条绝对规则是什么？”

菲尔清了清嗓子，竖起食指：“规则一：绝对不要把你家里的电话告诉任何一位同事。没有为什么，否则你就别想得到片刻安宁了。”

“是吗？”薇薇安的助理今天早上刚给我发了邮件，要我的电话号码，我还没空回复他。“可是如果——”

菲尔把食指放到嘴边示意我别说话。“给她你的手机号码就够了，别给她你家的号码。我说的够清楚了吧？”

“嗯，是的。我明白了。”

“规则二：不要相信格兰姆——助理们给他起了个外号叫希姆莱（纳粹党警察头子）——也不要相信露露。实际上，你更不应该相信格兰姆。薇薇安对他的辱骂和斥责，他都会加倍施加到可怜的助理们身上。他发火时的样子和薇薇安一样恐怖，在场的人都要遭殃。对了，还有整个人力资源部门也一样，一帮暴徒。只要能讨薇薇安一刻欢心，他们会无数次在背后出卖你。”

“我知道了。”我不安地回答。

“规则三，”菲尔从口袋里摸出一张名片递给我，“找个好的心理治疗师。现在就开始。这位女医生已经跟格兰特的职员打交道多年了，所以擅长对症下药。她的治疗费比较贵，而且我们的保险也不包含这一项——但是人力资源部会给你报销的。在这一点上，我们公司还算有点儿人性化，不过相信我，这是人力资源部门应该做的。”

“谢谢了，不过我真的觉得我不需要——”

“对，我知道你**现在**不需要，”菲尔打断了我的话，“过一段就需要了。规则四：注意，我的意思并不是说你的电话被监听了，我只是说如果你要打私人电话，以防万一，还是离开办公楼再打比较好。”

“菲尔，你的意思是，也就是说——”

“最后一条规则，也叫黄金规则，是这样的，”菲尔悄声说，“在薇薇安发脾气的时候，绝对，绝对，**绝对**不要跟她对视。要是她举起了斧头，一定要避开。”

“斧头？”我吸了一口冷气。

“听着，克莱尔，我知道这样做听起来很懦弱。”他回答。“但是当薇薇安为了什么事情而发火的时候，如果你试图跟她正面起冲突，只会火上浇油。所以别争吵，别把脖子伸出去等着被宰，要回避。”

我的电话响了，菲尔和我同时低头看着那串数字，**薇薇安的分机号码出现在电话屏幕上。**

“真是说曹操，曹操就到。”他喃喃地说着，离开了我的办公室。

第五章　与狼共舞

“有墙！还有窗户！还有一个助理！哇，天哪！”在我详详细细地向碧介绍了我在格兰特出版公司的待遇和福利后，她揶揄我道。今天是周四，我们按照惯例在彼岸花餐厅共进晚餐。由于我在爱情和事业方面都取得了突破性进展，从第一道菜端上来开始，我就没停过嘴，说个不停。

“我知道！我觉得公司很看重我。”我急切地往嘴里塞了一把薯条。我今天又没能吃上午饭，就像我进格兰特以来的这两周大多数时候一样。今天我忙到下午三点半才见缝插针地往嘴里扔了几颗花生豆，除此之外，一整天也就靠早上的一杯咖啡撑到现在。

“那你见识过她那举世闻名的暴怒样子了吗？她有没有拿着订书机在你耳边咔嚓咔嚓地晃？”碧在对付情绪阴晴不定的客户方面经验丰富，但是当她听说那些关于薇薇安·格兰特的流言时，仍然被吓到了。我曾经从之前彼得斯－庞弗雷特出版公司的那些老同事发给我的关于薇薇安的邮件中挑选了一些比较吓人的，转发给碧看过。

“不过就是扔过一次镇纸。”我轻描淡写地说，觉得没必要向她提起我、格兰姆和达恩跟薇薇安开的第一个会，还有其他几次我亲眼见到的小冲突。“对了，碧，我忘了告诉你，我已经买下之前在彼得斯－庞弗雷特出版公司一直等待批复的三本书了。所有需要做的就是直接给薇薇安打个电话，向她介绍书的概念，然后她就让我放手去做，每本都参加竞标！你知道跳过那么多繁琐的环节有多爽吗？”

“真是太棒了！”碧高兴地说。“就是你一直想要的那种工作！现在你可以集中精力去发掘有价值的作品并编辑修改，不用再协助——”

“对啊，当然了。**现在**我的大部分时间都用来把我接手的那几本书继续做下去。有几本还相当不成形，不过一旦找到正确的发展方向，然后呢，我就能成功编辑出几本好书了。”

“为了你的进展，干杯，克莱尔！”碧举起杯子和我碰杯。“看来你是做了正确的选择。不过还是要小心——关于薇薇安的流言虽然有些失实，不过**有一部分**是真的，对吗？”

“我也不知道。”我说，不觉有了些防备意识。“我觉得大家对薇薇安的评价太不公平了。她只是希望大家都努力工作，能提出好点子。她为了公司的发展真是殚精竭虑，而且她只是想让她手下的员工都能达到她的标准。”

“好吧，”碧怀疑地点点头，咬了一口她的鸡肉。“要是你这么说，就算了。”

也许我在上个星期的工作中好像极为受宠——但是事实上，我为薇薇安感到有些不公平。除去几次发脾气之外，我并没有感到什么，只对她在工作上的洞察力、热情、支持和敬业精神印象深刻。“我正在跟一个天才学习呢。”我滔滔不绝地说，“她的大脑的运转速度快得惊人。”

“我真为你高兴，克莱尔。听起来太完美了。对了，说到完美，快给我讲讲你和兰道尔的进展！”她拍着双手，就像孩子看到了冰激凌一样。

噢，兰道尔。我们俩之间的进展非常顺利——我开始新工作的第一周，他表现得非常支持，每天晚上都会给我打电话问我的工作进展。第一周的最后一天，他甚至还派人送了玫瑰花到我的办公室。上周末，我们再次共进了晚餐——这次是在拉·瑟琪餐厅——结束时是更为美妙的吻别。我完全陶醉了，我都已经给我们的孩子想好名字了。

昨天晚上是我们的第四次约会。我八点零五按响了他的公寓的门铃，然后兰道尔穿着解开衣领的短袖衬衫和牛仔裤过来开门，将我带进家门。我猜想兰道尔住的地方应该不错，的确如此，不过我所谓的不错的标准只是干净的床单，没有蟑螂类的害虫出没。不过我完全没有预料到兰道尔那宽阔的单身男士公寓的窗外竟然可以看到麦特公园，还有中央公园、第五大道、上东区……更不要提屋子里摆放的那些毫不亚于窗外美景的各种当代艺术品。

而且坦白说，我完全惊呆了。

"碧，他的浴室里挂的是罗斯科的画！"我小声说，仍然很震惊。"他的那间浴室——应该说，他的**五间**浴室之一——都比我的整个公寓还要大！"

"这个……克莱尔，你的公寓顶多十平方米，"她提醒我，"你的淋浴室就在厨房里。"

"就是说嘛。"我叫道。"我得在**厨房**里**洗澡**，但是兰道尔连**厕所**里都挂着**罗斯科**的画！看看吧，碧，太不公平了！还有……他还有一个专门的厨师。她的名字叫斯维特拉娜，她长得就像个邦德女郎！还有，碧，我跟你说，吃饭之前他拎出来一**桶**鱼子酱，还有那张餐厅里摆的超级长的餐桌，你知道吗，完全就跟电影里那些有钱人家的一模一样——"

"我真不敢相信你说的这些！"碧插话说。"听听你刚才说的，克莱尔。过去几年，我一直听你给你约会的每一个男人身上那些很**明显**的缺陷找一些蹩脚的借口。现在你是在跟地球上最棒的男人约会——千万别告诉哈利我说过这些——就是那个我们俩十年前无比迷恋的男人，而且他看起来对你很着迷，你却因为他太有钱、太有成就而对他有偏见了？”

的确，听碧这么一说，我发现我是挺蠢的。“可是我真的不是对他有偏见，”我更正她的话，“我是被他吓到了。”

“是啊，我明白。”碧说，“不过试着放松下来。我们现在讨论的可是兰道尔·库克斯。你得想办法接受他的这些现状。”

碧说得对，我表现得完全像个白痴。既然我能够忍受詹姆斯在布鲁克林一个废弃的仓库里肮脏的角落里凑合着住，那么我也应该能够接受兰道尔的超大公寓和奢华的浴室装饰。他表现得体贴周到，而且吻功也很棒……我怎么会这么蠢呢？

然后我又痛苦地回忆起了那生动的一幕……昨天晚上我简直就是落荒而逃！吃完晚饭后，兰道尔带我回到客厅，试着开始下一步的进展，当时我却僵成一团，很不自在，然后就编了一个谎话，说第二天要早起开会，接着就立刻离开了。

“我真是个笨蛋。”我哀吟道。“兰道尔一定会觉得……我都不敢想他是怎么想的。要是我那些笨拙的反应已经彻底毁掉了一切机会，怎么办？”

“男人都喜欢挑战。也许他会觉得你并不是那么容易就被取悦的。”

天哪，希望她说的是对的。我的手机在包里振动，拿出来看，是个未知来电。

“快接吧，说不定就是兰道尔打来的。”碧带着急切的微笑说。

我接了电话。

“克莱尔，薇薇安。”我发现薇薇安总是不会花太多时间来问候和寒暄。相反，她会报上自己的名字，然后径直开始说她要说的所有内容，最后结束时轻快地说一句“给我回电话”。这样虽然不是最让人舒服的谈话方式，但是的确很有效率。“我要和你谈谈我关于明天的几个想法。你现在手头有纸和笔吗？”

“你好，薇薇安。”我朝碧抬了抬眉毛，然后从包里摸出笔记本。“好了，你说吧。”

二十分钟后，碧同情地冲我笑了笑，在桌上留下几张钞票，离开了。我觉得很糟糕，因为我还没来得及听她讲最近的生活——不过我也没时间担心这些。我的每个脑细胞都在积极活跃地记笔记，因为薇薇安正在以拍卖师的语速喋喋不休地说着关于书的想法。我们当天下午已经谈过了，但是之后她又想到了很多新点子——一大半似乎都十分具有潜在的可行性。我一直急急忙忙地写了一个多小时，将薇薇安的天才想法记满了半本记事簿。幸好彼岸花餐厅的服务员并没有抗议我一个人占一张桌子这么久——我想这可能是对常客的一种额外优惠。他们甚至还送过来一朵插在水杯里的玫瑰花。

“明天早上十点之前向我汇报这些项目的进展，这样我们才能立刻开始下一项工作。”薇薇安挂电话之前作了总结。

十点之前？我重重地咽了一口唾液。我怎么可能在明天早上十点之前完成所有项目的前期资料搜索，找到风格适合的作家，并且填充各种细节内容来支撑她的初步构想的框架？

我的胃一阵抽痛，但是我已经准备好迎接挑战了。是时候承担重任了。不错，我是感觉有一点儿超出负荷——无论是工作上还是跟兰道尔的进展——但是也许这也意味着还有更大的发展空间。

第二天早上六点一刻，当我踏入十二楼时，我以为整个公司应该还没有人。但是我却发现有一半同事已经开始工作了——比同行业其他公司的职员大概提前了三个小时。*难怪靠着一群瘦骨嶙峋的编辑，我们公司一年能够出版一百本书*，我在心里暗想。办公室的门都紧闭着，但是灯却亮着，而且我还能听到里面传来的噼里啪啦敲击键盘的声音。

到上午十点的时候，我已经喝了三杯咖啡，完成了薇薇安昨天提到的六个创意——这六个是最吸引我的创意，所以做起来充满了乐趣。我很喜欢这种从最初的构思创意开始，一步一步完成一本书的过程。在彼得斯－庞弗雷特出版公司时，编辑们是通过代理商来购买书稿的，但是在格兰特出版公司，是由公司内部提出和完善一本书的创意——一般这个工作都是由薇薇安来完成，因为毫无疑问，她的想法和创意总是层出不穷而且无人能及——然后再去找最优秀的作家和写手来完成书稿的创作。这种工作模式真让人兴奋——把最优秀的创意和团队聚集到一起，然后通过头脑风暴找到最合适的写作方式——不过时间也过得飞快。

十点钟到了，我该向薇薇安汇报工作进展了，还是有点儿紧张——毕竟，我只完成了昨天她交待的一半工作量。如果我继续全力以赴的话，可能到了中午可以完成剩下的一半，我希望这个结果能让她满意。我只是觉得，向她汇报一部分总比全部错过截止时间要好一点儿。

"薇薇安·格兰特的办公室。"格雷格接起电话，这个新助理和米尔顿的声音很像，都有点儿鼻塞。

"你好，格雷格。薇薇安在吗？我想——"

"她现在在洛杉矶。我只是中午代班接电话。"他阴郁地回答。

她在洛杉矶？我还没意识到薇薇安在西海岸投入了多少时间和精力——这是她区别于其他出版商的又一杰出之处。她一直在不遗余力地推动图书向多媒体行业进军，提出电视节目的创意，并积极促进图书电影版权的销售。"好的，我再跟她联系。谢谢你，格雷格。"

有人敲我办公室的门，然后我的助理大卫探头进来。我和大卫第一次见面时就对他印象不错，他是一个聪明、称职又上进的年轻人，刚从西北大学毕业。在我之前，最初决定雇用他做助理的那位编辑突然辞职，他已经在格兰特出版公司漂了好几个星期了。那段期间，他要同时为三个不同的编辑做助理，每个编辑都催着他帮自己做紧急的项目，所以他真是疲于奔命。我想找一个多少懂点儿行业知识的助理，他想只效命于一个上司，我们俩一拍即合。自己一个人干了这么久，突然有一个助理，我觉得有点儿别扭，不过大卫既聪明又细心，对我帮助很大，我知道我一定会很快适应这种工作上的新转变的。

“玫瑰花，刚快递过来的。”大卫微笑着把门开得更大些，露出了一大束三十六朵长枝红玫瑰。我冲过去看上面的卡片，立刻感到一阵兴奋涌遍全身。

克莱尔，

祝你今天过得快乐。一想到你，我就感到快乐。

前几周和你一起时都很精彩。

期待与你再次相约。

兰道尔

“追求者吗？”大卫问。

“我猜是的。”我咧着嘴笑了。我真想在这儿翻几个跟斗！总算可以松一口气了——看来兰道尔并没有因为那天晚上我的匆忙离开而放弃和我发展下去。至少他还愿意再试一试。我迫不及待地想告诉碧这个好消息。

“那今天上午你有什么需要我做的吗？”大卫问道，紧了紧他的领带。我把薇薇安的两个创意交给他去搜索资料，并把搜索的要求告诉了他。大卫点点头，匆匆记下了我昨晚记下的那些要点。“我大概一小时之后能完成。”他回答时带着一种让我嫉妒的自信。能把一部分工作分配出去，就能减轻一点儿我的负担。但愿我能在接下来的两个小时里把剩下的四个创意做得差不多。

尽管如此，第一件事还是先给兰道尔的办公室打电话向他道谢。当然，接电话的是迪尔德丽，她问我周六晚上是否有空和兰道尔共进晚餐。我急切地说可以。她告诉我兰道尔会议结束后会给我打电话。

我兴高采烈地回头开始工作，每隔几分钟就停下来深深地闻一闻玫瑰花，再读一读那张卡片。

大概十二点半的时候，我还没接到薇薇安从办公室打来的电话，我让大卫去问问格雷格是怎么回事。大卫几分钟后回来了，轻轻地搔着头。

“格雷格已经走了。”他说，然后压低声音说：“我有感觉他会走的。显然，昨天因为他没能在二十分钟内帮薇薇安找到去洛杉矶的私人飞机，薇薇安暴怒，他吓坏了。他一小时前走了，给人力资源部打了电话提出辞职。”

在一天的中间突然提出辞职？我从以前公司的同事那儿听到的那些恐怖的故事在我脑子里盘旋。

“不管怎么样，我问过强尼——就是那个新助理——，他觉得薇薇安可能今天一天都要开会。”

“我觉得呢，她很有可能今天晚上打过来电话，比如说咱们这边的八点钟左右。”

“我真不敢相信格雷格就这样辞职了——都没有提前说一声！”

大卫关上了身后的门。“克莱尔，实际上，格雷格在这儿待满一周了，只差一点儿就到平均值了，”他轻声说，“那间办公室招的人一般都待不到两个星期。要么就是她炒了助理的鱿鱼，要么就是助理逃离了这家公司。我想也可能两方面都有原因。我来这儿只有八周，但是我已经见到五个助理来了又走了。”

“你是说真的吗？”我问他。大卫点点头，准备帮我接起正在响的电话。

“我来吧，”我拿起话筒，“我是克莱尔·特鲁曼。”

“我是薇薇安。”她重重地说。我搜集到的相关信息散乱地扔在桌子上，趁着她继续说话的时候，我赶紧把那些笔记按顺序排好。“我有一些新的想法需要你跟进。首先，我们要联系到那个跟杀死她姐姐的凶手结婚的那个女孩。昨天晚上他们在他的牢房里举行了结婚仪式，你看到这条新闻了吗？在《星星报》上，让你的助理给你订一份。给那个女孩打电话，问她愿不愿意出一本书——出价两千五吧。给我列一份能写这类书的写手的名单，我们要在八周之内让这本书出现在书店里，赶在这个女孩从新闻头条消失之前。和达恩谈谈这本书的截止时间，别听她说时间不够——时间从来都不够，我听她嘟囔时间不够都听烦了！第二，我们要取消跟大厨马里奥签的那本书。我知道我们跟他签了合约，但是他也太不入流了——有人**听说**过他吗？全都是茱莉的馊主意，把他叫来写书。现在茱莉已经辞职了，你去找法务部的人谈谈，看怎么解除合约。我们没必要把钱浪费在出版这种人写的垃圾上面。”

我的心往下一沉。茱莉是一位前任编辑，她辞职后我接手了她正在做的书，其中有一本的作家是亚瑟大街一家著名的餐厅的老板马里奥。我前一天刚给大厨马里奥打过电话，介绍了我的身份，并向他保证我们对他的书非常感兴趣。

“听起来你是位善良的小姐。”在我们谈话结束时，他说。“你一定要来我们餐厅吃饭！带上你的朋友！当然是我请客了。”

该死。取消合约可不是个好差事。我可从来没向作家宣告过这种坏消息。更糟糕的是，我知道大厨马里奥已经向摄影师许下了重诺，只等他的第一笔预付稿酬到账。我真不想因为我们公司而陷他于不仁不义之境。也许我应该向薇薇安解释一下具体情况，为马里奥争取到一些赔偿费用。她肯定不会喜欢，但是这样才公平。我得先弄清楚马里奥已经花了多大成本，然后再向薇薇安提这件事。

“噢，我真烦死每天晚上那个右翼大嘴巴塞缪尔·斯洛恩在福克斯电视台喋喋不休的胡扯了。那人真是个白痴——我知道我们出过他的书，但是我还是觉得他是个傻子。我讨厌他。他是个得意忘形、让人恶心、蠢到极点的政治男妓。给我列个作家清单，我要出本书让他身败名裂。最多四周就要把这本书写出来……”

薇薇安又继续扔给我五本书的创意，然后宣布她已经到了“播音室”，过几个小时再打给我听我汇报进展。我发现自己一直在屏气凝神，大气都不敢出。又有新任务？我还没来得及完成之前的任务，也没机会向薇薇安概述之前的进展。

而好戏才刚刚上演。

第六章　如今世道

迟到了！

我慌慌张张地跑进地铁站，手里的冰咖啡随着跑动溅到了塑料杯外面。菲尔要我今天早上早点儿过去，和一个可能要签约的新作家以及他的代理人开个会，可是我睡过头了——一部分原因是头一天晚上我在办公室一直工作到凌晨一点。当兰道尔去外地出差时——这周是去东京——我会利用这段时间多加班。

我直到早上七点才睁开眼，比我设定的闹钟晚了整整一个半小时。幸运的是，如果早起梳洗打扮是一场奥林匹克运动会的话，我一定会夺得金牌的。要是有必要，我可以在五分钟之内完成出门前的所有准备。快速冲个澡，梳两下头发，抹一点儿润肤露，止汗露，涂上睫毛膏，喷上香水，套上标准的职业套装：一身黑色。因为八月份还有些热，所有今天我穿的是短袖轻薄线衣和短裙。我几年前就放弃了搭配衣服的色彩——这是我正式成为一个纽约人的标志之一——专注于将我的衣柜的功能打造成能在十秒之内为一个忙人准备一套适合办公场合的行装。

杯子里的咖啡已经有一大半洒在我的手上，然后滴在车站的地面上。我喝了一大口。

拼命把自己塞上了人满为患的城铁之后，**我想给自己找个舒服的地方**——但是旁边一个有体臭的男人也跟着我移动。最终，晃动的列车把我们带到了第五十一大街，车站里的空气仍然粘湿而又难闻。在我艰难地挤上台阶时，我再次感到了那种熟悉的绝望，觉得自己像一头母牛，被夹在潮湿的人群中，朝着办公室缓慢移动。在我头顶，人行道上几乎寸步难移。

为什么这么堵？再往上走了两步后，我找到了答案：有一个成年男子穿着婴儿玩偶装，举着一块三明治牌子，正在向从他身边经过的行人派发传单。我感到一阵恼怒，双手不自觉地握成了拳头。

“没错，朋友们，爱宝贝正在进行周年清仓大甩卖，”他的声音回荡在台阶附近，“所有商品一律特价！也就是说，旋转手机、婴儿套装、大包尿布，一件不留，全部甩卖！拿着吧，先生。减价百分之六十，朋友们！”我已经快走到路面上了，再走没几步就到了。

“谁知道什么时候股票又会大跌呢？趁着特价赶紧买吧。”那个声音继续叫着。在我旁边的一位年纪大点儿的女士被这句话震动了。在我另一边的一位男士——穿着一套海军蓝的西服，看起来像个保守的律师——正在全神贯注地跟他自己进行辩论。而且我确定他既没举着手机，也没戴蓝牙耳机。最近我发现越来越多的纽约人——看起来都是神志正常的男女——在大街上走路时会毫不尴尬地自言自语。很明显，在外人面前表现得像个神经病的羞耻之心，在我来这儿的五年间已经完全消除了。

我走进户外的空气——不过，虽然是户外，却还是充满了汽车废气和某种烤肉的味道，那是街边那个小贩那里传来的（我从来没走近仔细辨认过具体原料）。

“**克莱尔**……克莱尔？”有个男人的声音在叫我，我吃了一惊。我环顾四周，并没有在周围不满的人群中发现熟悉的面孔。

然后我意识到：天哪，是那个超大号婴儿！

此刻他正奋力分开人群朝我挤过来。有那么一小会儿，我担心我是不是被选入某个电视台的街拍活动了，但是随着那个婴儿缓慢地靠近过来，那张脸越来越熟悉。不过他是谁呢？而且谁会在打扮得这么蠢的时候还会坚持要跟一个很久以前见过的人打招呼呢？我都为他感到脸红。

“克莱尔·特鲁曼？”他问道。“我是卢克，杰克逊·梅维尔的侄子。我们见过的，在——”

“我记得你，卢克！”一下子我全都想起来了。卢克是杰克逊的侄子，他为了自己的艺术追求，穷困潦倒，但是却拒绝接受父母的一分钱，当时他靠搞音乐来维持生活……也或者是个剧作家？反正杰克逊对他是评价甚高。我听杰克逊提过卢克很多次，但是实际上只见过他一次。“很高兴见到你！”我回答，把视线集中在他的脸上，就像没注意到他的那身打扮。“你最近怎么样？”

“呵呵，自从上次在杰克叔叔的七十岁生日时见过你之后，每况愈下。”卢克真诚地笑着说。“现在我忽然很庆幸我接下了这个穿大号纸尿裤的兼职，不然就不会碰到你了。”

我和他一起笑了。不管他看起来打扮得多么蠢，你不得不佩服这个男人的自信。他绝对拥有梅维尔家族的那种魅力。虽然穿着肮脏的衣服，打扮得邋里邋遢，他看起来还是很可爱的——如果你能忽略掉他身上的那些装束。当然，这一切都需要一个假设的“如果”。

“对了，我快要下班了。你有时间去喝杯咖啡或者吃点东西吗？”卢克问我，一边轻轻拉着我的胳膊避开人流高峰。

“我真希望我能去。”然后我向他解释了我早上要开会，现在快迟到了，在这个过程中我尽量避免去看他脖子上挂着的那个大号橡皮奶嘴。

我们站在路边聊了几句。原来卢克一直在打各种奇怪的零工来维持生活，在这种情况下，他还同时在哥伦比亚大学取得了创意写作的学位，而且他的第一部小说马上就要完稿了。

"你写完后可以拿来给我看看。"我在包里翻着名片。"我现在在格兰特出版公司做编辑——可能你已经听说过了，是个完全不同于彼得斯－庞弗雷特出版公司的地方。我一直在寻找优秀的新小说。"

"太棒了！我会很感谢你的。"他说。他拥抱了我一下（中间夹着三明治牌子所以显得很奇怪），然后我们各自上路了。

"代我向杰克逊问好。"我回头朝他喊道。杰克逊刚刚在弗吉尼亚州开始他的新生活。我刚来格兰特时还跟他通过几次电话，但是最近我实在太忙了，还没有时间给他回电话。

卢克说他会的。然后我就开始朝着办公室一路小跑过去。

"这个房子最需要的是，"妈妈在电话里叫着，我把电话夹在肩膀和耳朵之间，这样可以空出两只手来翻我的资料夹。"更多的柠檬黄色，更多的粉红色，更多的海蓝色，更多的深紫色，更多的亮紫色，更多的……"

电话重重地摔在桌子上，我还能听到妈妈在继续罗列她的彩虹色彩清单，很明显她根本就没注意到刚才那声重重的响动（每次她一开始长篇大论，一向非常灵敏的感知能力就会急剧下降。）

妈妈有一个改造房子的设想。还有几个月才到纪念爸爸的聚会，但是妈妈已经早早开始准备收拾房子了。这个聚会对她和对我都一样意义重大，我知道她希望任何一个细节都完美无缺。

这是我们五年前开始的一项传统。在一月份离我爸爸生日最近的那个星期六，我们会敞开家门，欢迎所有朋友、家庭和社区居民进来，吃点东西，喝点饮料，并背诵他们最喜欢的诗歌。去年，我们通过募捐仪式筹到了足够的资金，设立了一个以爸爸的名字命名的大学奖学金。最开始的时候，只是十几个人在客厅的小型聚会很快发展成了一个大规模的群体集会。今年，妈妈预计会有两百多人来参加。

“那你觉得要是把厨房涂成薄荷绿或是番茄红会不会看起来更好一点儿？”她问。

“选绿的吧，妈妈。还有你想让我做点儿什么？要我去找厨师还有定菜单吗？我还可以给草原之光书店打电话，看他们能不能为我们的抽奖环节捐一些书作为奖品。”草原之光是市里一家独立的书店。每年我的生日那天，爸爸都会带我去那儿——那里有全国最好的儿童读物专柜——买五本新书。在我们过去筹办的几次纪念爸爸的诗歌集会上，他们都很慷慨地提供了帮助。

“那太好了，宝贝。不过你确定你能忙得过来吗？”妈妈不安地问。“你刚刚开始新的工作。要不今年你就不要管了。”

我真不想承认，但是她的确说到了点子上。我才来格兰特一个月，但是我的待办事项清单已经疯长到了一个可怕的长度。光上个星期，我就被要求从一个离职的编辑那里接手五本新书。用薇薇安的话来说，那个编辑是个“不能胜任工作的废物”。我不敢确定薇薇安的判断是否准确，我只知道，留下的工作全都转到了我的肩上。

不过，我还是应该参与筹备纪念爸爸的聚会。毕竟，爸爸从来没有因为工作而错过辅导我写作业，看我的舞蹈表演和足球比赛，或是晚上给我盖被子。我一定要挤出时间来。

“好吧，亲爱的。”妈妈不情愿地答应了。“不过你要是太忙了一定要告诉我。别把自己累坏了。”

“没问题。”我揉着咕咕叫的肚子回答。邮件系统提示有新邮件，我瞟了一眼就知道是薇薇安发来的：用的是她标志性的十六号大小的字体，造成的效果就是每封邮件看起来都像在咆哮。“嗯，妈妈，我等一下打给你行吗？或者明天？我还没吃午饭呢，现在非常饿——”

“你还没吃午饭？克莱尔，现在都快下午四点了！我知道你的新工作压力很大，但是千万别忘了照顾好自己啊。”

“我知道，妈妈，我会的。”

“碧告诉我你最近瘦了！”

唉。每次碧和妈妈联合起来时，我都很烦。“妈妈，我很好……我只是还在适应新工作的节奏。”

“她还告诉我你这周每天晚上都工作到半夜。”

碧翠斯和妈妈经常通电话。事实上，她们俩交流的频率可能比她们跟我交流的都多，特别是我来格兰特工作之后。我很高兴她们能如此亲密，不过当碧经常把我的一些生活细节告诉妈妈而让她担心得睡不着觉时，我就不希望她们这么亲密了。

“这不是什么大问题，妈妈。我只是要在这儿赶上别人的进度，仅此而已。”

“那好吧。只是别被薇薇安牵着鼻子走。碧告诉我——”

“妈妈，她才没有牵着我的鼻子走。”我打断她的话。“她教会我好多东西！这是关系我一辈子的一次机会！我真不明白为什么只有我一个人明白要珍惜——”

“好吧，我明白了。我道歉。”妈妈轻轻叹了口气。

“过几天再给你打电话，妈妈。爱你。”

我很不想挂电话，但是我快饿得不行了，都觉得眼冒金星了。我草草浏览了一下薇薇安的邮件——没有什么要紧的，十分钟还是能等的——我抓起钱包往外走。街对面的那家名字起得很妙的餐厅——汉堡天堂正在召唤我。

不幸的是，我还没走出办公室，门就被推开了。

“你——好，你这个迷人性感的小妖精。”康黛丝·玛斯特踩着四寸半高的细高跟鞋，扭腰摆臀地走进来。

康黛丝是我新签的一个作家，在 20 世纪 80 年代是个国际超级名模，出没于各种火辣派对，严格坚持“只要亿万富翁”的约会原则，尝试了地球上所有能上瘾的毒物，整容的次数连她自己都数不清了。她结过几次婚，生了几个孩子，然后用这些人生经历炮制出了好几本畅销书。她现在仍然容貌出众，不过频繁出入整容医院已经让她的脸看起来有点儿吓人。而且她还总是精力旺盛，活力十足，兴奋的劲头让人十分怀疑她一定还在吸食**某种**毒品。

“嗨，康黛丝！最近怎么样？”我说，心里期盼能快点把她送走。大卫站在走廊那边，带着歉意耸了耸肩膀，不过这又不是他的错。阻拦康黛丝闯进我的办公室的困难程度完全不亚于让一只全力冲刺的大象停下来。

“还不错，宝贝，还不错。”她一边回答，一边用手指梳着金发。“你觉得我的新鞋怎么样？是古奇的，宝贝。今天是我穿戴四件古奇的日子。”她兴致勃勃地指了指她的鞋、包和短裙，然后轻轻撩起裙子，挑起了紧身丁字裤上的皮带子给我看。这是全美国无数男人排着队伸长脖子想看到的场景，但是却让我觉得非常诡异。“古奇的。”她炫耀道。

“嗯，不错！”我点点头。

“我想到我下一本书的主题了！”她尖叫道，然后弯下腰给了我两个空气吻。“等着，美人，趁我还没忘，我给你带了一点点小意思。”她把手伸进包里，摸出一个团成一团的红色花边皮带，然后嬉笑着朝我扔过来。

我说了谢谢，但是没有捡起来。我忍不住在心里怀疑那根皮带是不是干净的，说不定是她昨天晚上解下来，然后今天早上随便塞进包里的。

“系着它能保你健康，美人！”她冲着我响亮地隔空吻了一下，然后又走开了，轻快地走到我的书架旁边，边走边拿下一大堆格兰特出版的书，一股脑地塞进一个超级大的香奈儿购物袋里。“我来这时喜欢存点儿货。”她解释道，在每个书架前努力把书往下拿。菲尔已经警告过我康黛丝的这种狂热的抢书癖好。有一次她带了四个助理来办公室帮她拖走她掠夺的战利品。菲尔很确定地说她肯定在网上商城卖这些书。

“好了，现在说说我的书。”她把那个装得鼓鼓囊囊的超大号购物袋递给她那个看起来胆战心惊的助理，看着他走出门，然后开口说，“是关于我寻找真爱的历程，包括一路上遇到的各种伪君子、恶棍、流氓。比如说去年夏天我在汉普顿约会的那个男人，纺织品生意做得很大，开一辆很大的红色悍马，是杰安商场的最大股东，而且每次出行都坐东航的头等舱——听起来真像是中了大奖，是吗？不过有一天他开着灯脱下衬衫，我才发现他全身上下到处纹满了阴道的图案！真是个变态！你能想象吗？所以说，你看，这本书就是关于超级红的红旗还有挥舞这些红旗的男人们的故事。听起来怎么样？你喜欢吗？”

一本关于坏男人和肮脏的性交的书？完全符合薇薇安的胃口。不止一家代理商承认了，只要给薇薇安提交一个关于女人被迫害，而且罪犯是个男人的创作预案，就一定能得到薇薇安百分之百的肯定。要是再加点儿疯狂的性描写，就成了她最喜欢的方案。

“听起来不错，康黛丝。”我鼓励她，“你现在就开始写你刚才提到的那些故事提纲吧。我们当然会想要你之前那些书没有爆过的料，让你的助理把提纲送过来给我，然后我们就可以进行下一步工作了。”

“太棒了，美人。肯达尔！”助理跳进办公室，热切地准备服务。“请你把我的东西都收拾好。司机在外面等吗？”

“是的，康黛丝，在五十四大街。”

“真带劲儿。好了，我要去跟我的男人菲尔打个招呼，然后我们就出发。谢谢了，克莱尔。我希望你能坚守阵地。”康黛丝冲我眨了下眼，又给我了两个空气吻，然后摇曳生姿地沿着走廊走向菲尔的办公室。

我小心翼翼地把桌子上的那根红皮带扔进垃圾桶，这时电话响了。

“你今天能不能腾出一个小时走出办公室来练瑜伽？”碧问我。“在欧姆健身馆有个班八点开始，就在你的办公楼旁边，我觉得可以稍微帮你放松一下。也许上完课我们还能一起吃点儿东西——要知道，你已经缺席过两次我们的周四晚餐之约了。”

在这种时刻，瑜伽听起来是非常痛苦的——我一点儿力气也没有。不过可能等我吃点儿东西之后，它就会变得有吸引力了。我答应碧到时见。

汉堡天堂。现在就去。

“我五点回来。”我扭头告诉大卫，转过拐角，然后跟露露差不多同时走到电梯。她表情阴郁。啊，糟了。现在我们得假装友好，直到电梯从十二层降到一层。

而且肯定要我先示好，因为自从我到这里之后，露露除了损我就没干别的。在编辑例会上，她总是与我针锋相对，意见相左。当我提出一个看起来很有意思的议题时，她会在旁边打呵欠。当我谈到我所读过的最烂的作品时，她会以前所未有的礼貌请求我给她一份复印稿，为了所谓的再次考虑这部作品。

好吧，就让我来主动示好，拍拍马屁吧，当我们沉默着走进电梯时我心里想。“嗨，露露，最近好吗？你的衬衣真漂亮。”

露露按下了一层按钮，面部表情完全没有变化。“克莱尔。”她用低沉的声音慢慢地说。

然后就没了。在电梯下降的过程中，没有友好的闲聊——甚至连声问好都没有！只是说了一下我的名字。露露那涂得很完美的嘴唇再也没有发出任何声音。

算了吧。我管这些干吗呢？每一层都用了相当长的时间，不过最终我们还是到了一层，金色的电梯门打开，我们得到了解放。当然，露露先走出了电梯，脸上带着呆滞的微笑大踏步走过大厅，还向保安挥动手指，就像她并不是这个世界上最贱的那个女人。

幸运的是，我去汉堡天堂时不可能再跟她同路了。听菲尔说，露露只从街道尽头的那家有机健康食品店点沙拉。他把那家店称作豆腐渣店。哼，在我看来，她只吃豆腐也浑身是劲。

碧和我平躺在垫子上，等着开始上课。房间很快就挤满了人，不过我旁边还有空位。我闭了一会儿眼，希望能缓解一天的压力。那些让我恼火的事都无关紧要。我要**忘了**爱丽科丝·汉利的混蛋经纪人调戏地叫我“可爱小脸蛋”，**忘了**一个追讨拖欠了很久的稿酬的代理商在电话里大发雷霆（我们的确已经出版了他提及的那本书，但是出于一些原因，薇薇安拒绝承认这本书已经做完了。“我讨厌这本书。”她这样解释，好像这就是不支付那个作家稿酬的正当理由），**忘了**电梯间里露露的那张臭脸。

当我睁开眼时，一个打扮的十分整洁的金发女子，连脚趾甲都修剪成完美的法式指甲，正在展开一张印满路易·威登标志的垫子。我看了几眼才认出她来。

是露露。连她的名字叫起来都那么娇俏。

她的垫子离我不到一寸远。真是“猿粪”啊！我应该再次主动示好吗？我不能完全装作没看到她，另外，我也不想跟她一般见识。

“嗨，露露！”我低声说。

“哦，嗨。”露露冷冰冰地说。然后她把身体向前屈，直到额头碰到两膝间的垫子。她平时总是一副僵硬死板的样子，就像腰后面别了一根棍子，没想到她的柔韧性这么好。

“请在垫子前方摆出一个舒适的坐姿。”瑜伽教练说。

在接下来的练习中，露露的每个动作都做得完美无缺。我注意到她的额头有一点微微的闪光，但是一滴汗也没有流下来。

与她相反的是，我几乎控制不住地一直像球场上的玛丽亚·莎拉波娃一样喘着粗气，身下的垫子也被汗水打湿了。过了二十分钟之后，每一次我顽强地向前弯的时候，我的手和脚都像在滑板上一样四处乱跑。我的头发全湿透了，上衣和短裤看起来就像暴风雨时忘记从晾衣绳上收回屋了。当练习终于结束时，我用上衣没被汗水浸湿的衣角擦着额头的汗。连碧都皱了皱眉毛。

我卷起垫子，看着露露，决定做最后一次尝试，向她示好。我们刚刚在一起调理了那么长时间的气息，也许她能感受到我伸过去的橄榄枝了。“你做得真棒，露露。”我说，“我真佩服你。你做瑜伽很长时间了吗？”

露露什么都没说，有那么一会儿我真怀疑我的话又会像上次在电梯里一样消失在空气中。她瞪着我，然后俯下身开始说话，每个字都咬牙切齿，就像对我的反感一样：“不是‘做’瑜伽，而是‘练’瑜伽。要知道，并不是**每件事**都是一场竞争。”她说完就把背包甩上肩，大步朝门口走去。

向她示好的努力到此为止。

“喂，亲爱的，我刚下飞机。你现在有时间吗？能不能一小时后来我的公寓？”兰道尔问我。

“当然可以！”我马上回答，估计碧应该会原谅我这次放她鸽子，临时取消和她共进晚餐的计划。我在脑子里计算着时间：

我可以跑回我的公寓（十五分钟），冲个战斗澡（五分钟），换衣服（十五分钟，因为是去见兰道尔，所以需要额外的四分钟来搭配内衣裤），直接冲向他的公寓（二十分钟）。我已经好多天没见他了，因为他最近在东京忙一笔大交易，连电话联系都很难。好在我自己的工作也忙得不可开交，没什么时间为他不在身边而感到抑郁。

“是兰道尔打来的吗？”我一挂电话，碧就问我。

“对啊。”我点点头。

“那今天晚上你们会一起过夜吗？”她问。

这一点我还没想过，不过既然她提起了……兰道尔和我已经开始约会一个多月了，每周会见几次面……我曾听到他和一位同事打电话时把我称作他的女朋友……而且我被这个男人迷得神魂颠倒。

“实际上，会的。”我微笑着说。“今晚我们会一起过夜。”

第七章　霍乱时期的爱情

“克莱尔？”大卫敲了敲我的办公室门。我正忙于阅读一本书稿，四个小时没离开过座位了，我的背已经僵硬得像一只大虾。“大厅里有人要见你，他的名字是卢克。你要见他吗？”

卢克·梅维尔？我告诉大卫带他上来。

“还有，碧给你打电话了，1 号线，又一次了。”

“喂。”我接起电话轻声说。这已经是今天早上她第三次打过来了。

“怎么样？”碧急切地问道。

“是的，昨天晚上我们一起过夜了。”我答道。这会儿我不太想讨论昨天晚上的事，更不想分析它，或者坦白点儿说，连想都不想。因为今天我的工作排得很满，还要开一天会。还有就是，因为这次我又搞砸了。不过我并不担心：兰道尔和我只是需要时间。第一次本来就不会很完美，这是一条经过实践检验的真理。但是我还是不想跟任何人谈论这次经历，即使是碧也不行。

卢克的头探了进来。当他看到我在打电话时，立刻缩了回去。

“我再给你打好吗？”我问碧，“我有访客……”

“好吧。”她说，很明显因为没有听到昨晚经历的细节而有些沮丧。“对了，哈利和我刚订好去爱荷华的机票。等下我会把航班信息发给你。我知道还有好长时间……但是你也知道一月中旬去爱荷华的机票会比较紧张的。”

“是啊，不亚于任何一个热门旅游胜地，我知道。妈妈要是知道你们要去，会高兴死的。我在想要不要邀请兰道尔，不过我们才刚开始约会——”

“当然要请他了。好了，别忘了给我回电话。”

我走到走廊，找到了卢克。他正站在那些书架旁边，上面摆的都是我们公司最近十年出版的所有图书。

“你们这儿有好多很了不起的作家！”他评论道，表情有些不太相信。当人们发现原来格兰特出版公司出版的书不只是出版黄色小说、低俗小说和政治书籍时，他们都是这种反应。“哦，我是不是来的不是时候？很抱歉我没提前通知你就贸然上门了。”

“你在说什么啊？随时欢迎你过来。”现在杰克逊已经在弗吉尼亚开始安享晚年了，所以卢克算得上是我跟梅维尔唯一的联系了。虽然长相不同，但是家族的相似性还是很多的。卢克比杰克逊矮一点儿，瘦高个，大概有六点五英寸，他的五官更瘦削，肤色更深，但是他们俩有一些内在的气质非常像。

我必须承认，今天卢克看起来非常帅。他穿着褪色的短袖和卡其短裤——至少比起上次的玩偶服和橡皮奶嘴，有了很大的进步。嗯，我得给他介绍个不错的女孩，前提是他还是单身。因为现在拥有了兰道尔，我恨不得全世界都陷入恋爱中。也许玛拉可以？她最近过得不太顺利，要是能给她介绍一个像卢克这样的男人应该不错。

“哈，谢谢。我真的很抱歉就这么闯过来了。”他再次道歉，然后像一个举重运动员一样，把一大摞稿纸举过头顶。他那明显的眼袋……还有总算可以松一口气的表情……

“这一定是你说的那部杰作！”我叫道。“你写完了吗？”

卢克笑了，坐进我为客人准备的椅子，伸直了长腿。“嗯，差不多了，我现在还说不好。不过你要是睡不着的话，用它来催眠效果倒是不错。”

“真的吗？”我笑了。“说到这儿，你有多久没好好睡了。”

“别被我骗了。”卢克揉了揉眼睛。“我休息得挺好的。但是每次见出版商的时候我都要做好伪装。在这个城市，要是你想让他们拿你当回事，就一定要身上沾着墨水，浓浓的烟味，脸色苍白，好像几天没吃过饭，奄奄一息，这样才有效果。”

“说的也是。或者打扮得像个大小孩？”我一回忆起那个场景就忍不住要笑出声。

“完全没错。”他一本正经地点点头。“这两种打扮都更容易给人留下印象。”

然后，毫不耽搁地，他把书稿递给了我。分量不轻。“写得还很粗糙。”他解释道，“还有好多地方需要修改。结尾太仓促，情节发展太慢，而且我还没能想出一个合适的标题。所以，我的意思是说，如果你没时间的话，也没关——”

“卢克，”我打断他的话，他深呼吸了一口气。“我想读一读你的书稿。谢谢你送过来。”

我常常想象，作为一个作家，这一刻应该和第一次从学校接孩子的感觉非常相像——骄傲而又充满期待，但是又担心他会被人挑剔、欺负，或者干脆被人忽略了。作为编辑，我应该尽可能地减少作者在等待时的煎熬和痛苦。

我能感觉到卢克的焦虑不是一点半点，所以我暗下决心不会让他的书稿积上半点灰尘。不管我眼下有多少工作等着处理，我一定要尽快阅读一两个章节。我真的很想读读看他的书稿，因为杰克逊总是夸赞他的这个侄子多么有才华。打开第一页之后，我扫视了前几行文字，然后抬起头，这才突然意识到我当着卢克的面来读的话，一定会让他更为忐忑不安。

“那么，我想我大概可以庆祝一下了。”他打破了短暂的沉默。“我的意思只是说庆祝书稿完成了。天知道到底能不能出版。除非你看了毫无文采的第一句话就愿意接手……”

“我要考虑一下。但是你的确应该庆祝一下。书稿完成已经是个很重要的里程碑。”

“不知道今天晚上你有没有时间跟我一起吃晚饭？最近我迷上了西村的一家意大利小餐馆，叫咪咪家，那儿的——”

“我超爱吃咪咪家！”我脱口而出，因为实在是太吃惊了，竟然还有别人知道那家店面极小但是味道很赞的夫妻餐馆，过去几年我一直把那里当做我的私人厨房。黄油意大利面加上南瓜酱真是美味，还有马铃薯汤团……我一想到就会流口水。

“太好了！八点见怎么样？”卢克问，看来他把我之前的那句话当做是同意了。我没有纠正他。毕竟，这又不算是他叫我出去约会。我们是朋友。或者说目前还算不上是朋友，但是我们都认识杰克逊。而且卢克很可能是想在我读他的书稿之前先讨好我一下。

更何况，我的脑子里一旦想到了咪咪家的美食，就不可能打消念头了。在经过六周忙碌的工作之后，今天我恰好有机会吃一顿正经饭，咪咪家的饭菜听起来就像是天堂。而且兰道尔今天会加班到很晚，所以也算不上我错过了一次跟他相处的机会。

我的电话响了，薇薇安的分机号码出现在显示屏幕上。“我的老板，”我带着歉意告诉卢克，“八点没问题。”

“晚上见，克莱尔。”卢克说，挥挥手离开了办公室。

“三个星期了，她还没给我回电话，克莱尔。我的客户根本就不知道事情进展到哪一步了！她和格兰姆的电话都他妈的打不通。”德瑞克·希尔曼，一个洛杉矶的代理商，负责代理情色小说女王敏迪·莫里的书，在电话里听起来快要抓狂了。一般情况下，他的声音听起来只是带一点点怒气，看来这次事情闹大了。

整个事情的过程是这样的：敏迪一个多月之前就已经提交了第二本书的提案，主要内容是教导女人如何诱惑丈夫放弃色情爱好而回到床上，但是出于某些未知原因，尽管薇薇安口头表达了对这个提案的兴趣，发了一些信息和邮件，但是她始终没有给出一个明确的出价。我已经对德瑞克找遍了各种借口，但是毕竟纸是包不住火的。

“这个，德瑞克，”我开口了，“是这样的，我们刚刚确定下来这个提案的大纲，所以——”

“打住，全是废话。我已经跟薇薇安合作过二十多本书了，宝贝，我很清楚她根本不需要看什么提案大纲，就可以做决定到底出价多少。她到底是怎么回事？她今天在办公室吗？现在这种情况下，我只能派哈罗德过去当面跟她谈了。请你转告她这些话，好吗？”哈罗德·克拉默是一个残酷的律师，能把一匹赛马控告得大汗淋漓，是薇薇安最讨厌的人之一。毫无疑问，她不想跟他打交道。

“再等几天吧，德瑞克，这个周末我就能得到她的明确答复了。她快从洛杉矶回来了。”

“薇薇安在洛杉矶？天哪，我怎么不知道！一般情况下我都能感觉到她在城里的……天上阴云密布，墙上往下滴血。听着，宝贝，我今天晚上之前要知道最终结果，不然等着瞧吧。我真是受够了。”

“德瑞克，我会尽力争取的。不过很抱歉，我现在——”

“忙得不得了。我明白。不用道歉，也不用找借口了。只需要今天晚上之前打电话给我一个报价。”他猛地挂断了电话。

“你准备得怎么样了，孩子？”菲尔出现在我的办公室门口，手里抱着二十多个文件夹，问我。“你要过来吗？”

“要去哪儿？”我问他，心中立刻警铃大作。我是忘记了一个会议吗？

“当然是销售会议啊。你的春季工作计划中没有，嗯，十几本书打算买进吗？”

我能听到血涌到脸上的声音。销售会议——每个编辑向公司的销售部门介绍各自手头的目标图书，并促使他们作出决定购买这些图书——安排在下个星期。“我想你可能记错时间了，菲尔。”我试图保持冷静地开口，“那个会议是下周三举行的。”

菲尔只是看着我。他的脸上出现了红色的斑点，就像他正在零度以下的天气里打橄榄球。“她不会是——我真不敢相信——克莱尔，露露这周一给大家群发了一封邮件，说这次会议要提前一周举行。就是今天，还有不到十分钟就要开始了！我们都在拼命演练到时发言要说的话！你**确定**你没有收到她的邮件吗？”

用颤抖的手指滑动着鼠标，我浏览了整个收件箱。这一个星期我都没有收到过露露的邮件。“真的有可能是露露给所有人都发了邮件，只漏了我没发吗？”我问菲尔，不敢相信她会做出这种事。

“我也什么都没收到。”大卫从菲尔背后喊道。

这个贱人。

但是我没时间发火，也没时间计算我的仇恨。

“确切地说，我还有几分钟时间？”我一边朝菲尔喊，一边匆忙地走到文件柜前面拉出文件夹。十二本书。我需要在公司的销售部门面前极具说服力地介绍这十二本书，然后他们来决定如何分配今年的预算。我来格兰特出版公司的第一次销售会议，也可以算得上是今年春天最重要的一次会议，竟然全部被露露破坏了！

最后关头才得到通知并不是我惊慌失措的唯一原因。每次在公众场合发言，我都像石化了，紧张得说话结结巴巴。我唯一的希望是提前做大量的准备，我本来打算周末两天全都用来准备我的发言，但是现在看来没希望了。

“我会第一个上去讲，然后尽量讲得慢一点儿，这样你可以多准备一会儿。”菲尔仍然有些震惊。“我估计你能准备十五分钟。不过说实话，我也只能撑那么长时间了。”

我看了一眼大卫，我忠实的助手，他刚跑到文件柜这边来帮我。“你负责上面这六本。”我指着他刚打开的图书清单说。“我来负责剩下的。每本书列出三个要点，要保证这三个要点简洁易懂。”大卫点了点头就去工作了。我们两个在沉默中狂乱地草草写着笔记，组合着各种材料。

“还剩两分钟。”大卫看了看手表，说。“我的做完了。”

“我也做完了。我在电梯里再看。出发吧！”

我们冲到电梯里，重重地按下三层的按钮。在电梯下降的过程中，我的眼睛飞快地扫视着我们俩做的笔记。

“会议室在哪儿？”我站在两条走廊的拐角处，喘着气问。

“向左转——”大卫指着大概四十步之外的双扇门说。我立刻冲过去，一把推开门，然后——

“克莱尔！”格兰姆坐在一张挤满了人的超级大的会议桌一头，叫道。整个公司的所有编辑部成员——除了身在洛杉矶的薇薇安——都坐在会议桌的一边。我看到菲尔旁边还有一个空座，走过去的时候瞟了一眼混蛋露露，她正睁大眼睛，摆出一副无辜的表情。

一会儿再收拾她。现在，工作最要紧。

“大家好，现在我们来认识一下新编辑，克莱尔·特鲁曼。”格兰姆说。“克莱尔，你来的正好，下面就请你给大家介绍一下你春季计划中的十二本书吧。”

我坐下后拿出那些笔记。就在那一刻，我突然发现：我并没有感到紧张。不知道怎么的，刚刚那十五分钟的恐慌，在身体里面奔腾的肾上腺素，还有刚才在走廊的狂奔，竟然神奇地治愈了我的公共演讲恐惧症。在我开始讲解第一本书之后，我感到越来越放松，越来越自信，比之前任何一次在人群面前讲话都要口齿清楚。大卫做的笔记正是每本书的要点，所以我圆满地回答了所有销售部代表提出的问题。

当我讲完时，我看了一眼露露。她的胳膊抱在骨瘦如柴的身体前方，表情僵硬而且还微微撅着嘴。我能感觉到她满是怒气。

“你讲得很棒，孩子。”我们一起回十二层时，菲尔把胳膊搭在我肩上说。

“多亏了大卫的帮助。”我说，这时大家都进了电梯。“露露，我好像没有收到你那封通知会议改期的邮件。你知道为什么通讯录上没有我的邮件地址吗？”

“通讯录上没有你？”她头也不回地说。“也许我需要更新一下我的通讯录了。”

“多么漂亮又真诚的道歉啊，露露。”到十二层了，下电梯时，菲尔说。“要知道，如果不是克莱尔和大卫在这种压力下表现出的风度和才能，你可能会让公司损失了十几本好书。我不知道薇薇安知道了会怎么想。”

露露立刻转过头来，眼睛里满是恐惧。

“回去检查一下你的员工通讯录。”我对她说完这句话，就转身向我的办公室走去。看来今后我得时时处处小心谨慎，不过我的怒气已经消得差不多了。菲尔说得对：我**讲得**很棒。

“克莱尔！”咪咪穿过小小的餐厅过来抱住我。“看看你现在都成什么样了！皮包骨头，我的**小公主**！你怎么瘦了这么多？”然后她转过去面对着卢克，在他脸上重重地掐了一下。我知道那一定很疼，可是他依然勇敢地保持着微笑。“我最喜欢的两位顾客，一起出现了！啊，咪咪我真高兴啊！”她咯咯笑着把我们带到一张桌子旁边。

咪咪家的装饰非常过时——红色方格桌布，蜡烛插在旧酒瓶上，瓶身流满了蜡烛油，背景音乐是20世纪40年代的老歌——但是在纽约任何一家别的餐厅都享受不到咪咪亲自去门口迎接的殊荣。这位重量级的咪咪立刻就能带给你一种回家的温馨感觉。

我们落座的时候，卢克对着我害羞地笑了一下。他穿了一件质地柔软的牛津布上衣，黑色的头发有一点儿弯。

“我的男朋友非常喜欢吃肉酱意大利面。”我看着菜单，脱口而出。当然，这跟事实毫无关系——兰道尔从来不会碰这种热量如此高的食物，而且我们并没有完全确定男女朋友的关系。但是，尽管昨天晚上不太顺利，我还是对兰道尔非常着迷，何况今天这样的场合，我需要提到他的存在。我最不希望的就是误导杰克逊的侄子，让他以为这顿饭不只是一次朋友间的晚饭。

“算你走运。”卢克从菜单上抬起头对着我笑了一下。“我的女朋友是一个严格的素食者，也就是说我在禅味餐厅总是吃得很煎熬。最近我**刚刚**成功说服我自己面筋是一种可以吃的东西。”他停顿了一下，思索之后说：“不，实际上，我还是没成功。”

女朋友？我还以为他是单身。没想到他已经有女朋友了……坦白说，我有点儿失望。卢克应该很适合玛拉的。可爱，聪明，来自一个关系亲密的家庭，还有那双性感的深色眼睛。哦，看来我牵红线的计划受阻了，不过卢克有伴儿了也许更好，这样我就不用担心他会会错意了。我往后坐进椅子，极为放松地呷了一口酒。

“我从杰克叔叔那里听到好多关于你的事情，”卢克说，“他可是你的超级粉丝。”

“我很想念他。你以前去过弗吉尼亚吗？凯丽只是告诉我现在她每天都骑马，杰克逊经常去徒步旅行。”我想到那个场景，强忍住笑意：杰克逊是我认识的最整洁的一个人，我真的想象不出他在树林里骑马的样子，我甚至不能想象他穿着短裤的样子。

“哈哈，我觉得对杰克叔叔来说，徒步旅行就意味着要放弃衣帽架了。”

我笑了一下。“我只是好奇没有了红笔，他每天的生活是怎么度过的。你见过比杰克逊更热爱编辑工作的人吗？我是说，有一次我甚至看到他在已经出版的书上画修改符号呢。”

“啊，我知道。有一次，我和他在街上走，他还停下来纠正公交站牌旁边的涂鸦呢。虽然杰克叔叔现在退休了，但是我敢保证他的红笔一定还在继续用呢。”

我在咪咪刚烤好的面包上抹了一些橄榄油。“退休之后的过渡期一定很别扭，不再每天去办公室了。我都不能想象如果不做全职工作会怎样。”

“是吗？那你也是生下来就很喜欢编辑工作喽？”卢克微笑着问。

“这个嘛，也许有一点儿夸张，但是我真的很热爱这份工作。实际上，是我的爸爸教会我怎么编辑的。我的第一本写作格式手册就是他买给我的。有时候我好像还能听到他的声音，提醒我什么时候用‘这’，什么时候用‘那’，纠正我无意间用错的一个近义词。”

“我觉得**我的**家庭更喜欢娱乐逗趣。”卢克说。“你的爸爸也是一位编辑吗？”

“他是一个诗人，也是爱荷华大学的教授。他五年多以前去世了。”

“真抱歉，克莱尔。”卢克说着，帮我续上酒，然后忽然抬起头看着我：“等一下，你的爸爸是叫查理斯吗？”

“没错，查理斯·特鲁曼。你读过他的作品吗？”

“何止读过，我**非常喜欢**他的作品！我上大学的时候一直把他的那首《安宁》钉在我的书桌旁边！那首诗我读了不下一百遍！我真不敢相信你的爸爸就是查理斯·特鲁曼。”

我觉得心里乐开了花。爸爸对诗歌倾注的心血仅次于他对妈妈和我的感情。有人能如此赏识他的作品，这让我兴奋异常。

“我可以向您介绍今晚的推荐菜品吗？”服务生问。他介绍了好几个菜，每一个听起来都比上一个更诱人，让人流口水。

“也许告诉你我们**不**想吃的菜会快一点儿。”卢克眨眨眼睛，开了个玩笑。我们两个点菜的时候，就像被遗弃在荒岛上好几个月，而这是我们重返文明世界后的第一顿饭。

时间过得飞快。卢克和我聊起来没完没了——从我们一直都很喜欢的作家（他喜欢福克纳和海明威,我喜欢塞林格和昆德拉），到我们最不能忍受的事情（他的是牙缝里有菜叶，我的是美国人在讲话中掺杂英国俗语）。

“这是账单。”服务生热情地笑着把账单放在我们两个中间。我们都立刻伸手去拿——我先拿到了，然后卢克的手盖在我的手上面，我的身体没来由地像过了一阵电流。

“拜托，让我来吧。”我坚持道，“我付得起，你的书还没出版——”我一点儿也不想让他来付账，因为他可以说是个忍饥挨饿的艺术家，而且我也亲眼见到了他在打各种短工来赚钱。

但是卢克紧紧地抓着账单。“当然不行了，克莱尔。你工作那么忙，愿意出来为我庆祝就已经够给我面子了。**虽然**你最近才刚刚见到我穿着玩偶服的那个窘相。”

他微笑了，我再一次注意到他的眼睛是多么闪亮。

好吧，那就让他付吧。说不定他跟那个素食主义女朋友可能会发展不顺利，那样玛拉至少还有机会。

成功争取到付账的权利之后，卢克坚持要走路送我回家，虽然我家离他家至少隔着十条街。我到家时，他轻轻地吻了我的脸颊。

今天晚上在爬七层楼梯时，我一直面带着微笑，通常情况下，我都是面无表情或者面部扭曲地爬楼的。一进屋子，我就换上睡衣，把卢克坚持要我打包带回来的奶油馅饼放进盘子，钻进被窝，然后开始读他的书稿。

第二天，拖着疲惫的身躯，带着兴奋的心情，我敲响了薇薇安办公室的门。我手里拿着一份刚刚复印好的卢克的书稿。今天早上一进办公室，我就让大卫帮我复印十份出来，这样我就可以马上开始找人来看卢克的书稿。复印完之后，大卫就沉浸在书稿里了。

“进来。”里面不太热情的声音叫道。我推开那扇沉重的门，立刻感觉到一阵寒流（薇薇安总是把她的办公室温度调到零度以下），看到我的老板面前摆了五六本杂志。我走近之后发现全部都是《皮条客》。

“你觉得这个女孩做《快上我吧》的封面怎么样？”她问。

《快上我吧》是一本非常淫秽的小说，主要讲的是一个女人二十年间的淫乱的性生活，始于夏令营时的胡搞，终于跟一个同性恋的中产阶级妇女的奸情。这本书完全可以当做“道德”或者“体面”的反面教材。

“我觉得如果我们给这本书换个封面的话会卖得更好。”薇薇安继续说，翻出一张插图举着让我细看。

给《快上我吧》换个封面，就跟要给泰坦尼克号换套甲板一样无伤大碍。我避开了正面回答，只是点点头，然后装模作样地咳嗽了两声。

“薇薇安，我想跟你谈一本我想买进的书。”我郑重其事地说。

“我从来没有读过这么好的作品。昨天晚上我一夜没睡，一直在读这本书稿。它以俯视的角度写了——”

“文学的还是商业的？”薇薇安一边问，一边拧开了旁边的一个瓶子，里面似乎装满了海藻。她喝了一大口。“新的减肥食谱。我只能吃甘蓝和生洋葱。”

“嗯，文学的，但是能引起普遍的共鸣，因为——”

“还有亚麻仁。不过拜托，不是每个人都喜欢吃亚麻仁的。关键问题在于，这本书能不能大卖。”薇薇安总是以陈述或者命令的方式来提出问题。就像她不愿意承认她是在向其他人寻求任何问题的解答方法。

“能，我想它一定——”

“书名是什么？”

“暂时还没定。作家的名字叫卢克——实际上，他是杰克逊·梅维尔的侄子。他刚在哥伦比亚大学拿到美术硕士的学位，而且——”

“杰克逊的侄子？”薇薇安的头向后仰，像一匹野马一样喘着粗气。“老天，为什么你不早说呢？你说要是老杰克逊知道是我在出版他的亲戚的书，他会不会后悔退休了呢？我喜欢这个点子，不错的点子！开始干吧。你觉得出多少价就能立刻买到这本书？”

什么？事情真的就这么简单吗？今天早上来上班的路上，我在脑子里预想了无数个与薇薇安对话的版本，但是完全没想到会是这样的。薇薇安连一个字都没看过卢克的书稿，她真的会只为了激怒杰克逊这种幼稚的想法就做下决定吗？

“克莱尔快回神！”薇薇安厉声说。“多少钱？”

“我不知道，我和卢克还没谈过价钱问题。我昨天才拿到书稿。”

“还有其他马瑟－霍林格的编辑拿到这本书吗？”她问。

“没有。不过我记得卢克说过他还把书稿给了一个在法劳·斯特劳斯·吉罗公司的朋友。”

“也没有代理商？”

“没有代理商。”我确认了这条信息。

薇薇安看起来很高兴。“那，给他出一百。用这笔钱让杰克逊蒙羞，值了。”

我停顿了一小会儿，才感谢薇薇安，然后离开了她的办公室。我真的很不喜欢她做这个决定的理由，但是我实在太想做这本书了，就懒得吹毛求疵了。只希望杰克逊对薇薇安做他侄子的出版商的不满，能够被我做编辑的事实抵消。

十五分钟后，在卢克欣喜若狂地接受了我们开出的条件后，我正式成为卢克·梅维尔的编辑。

第八章　阴魂不散

唉！嘶，哎呀，嘶，哎呀，嘶。

一天十八个小时忙着应付蛮横难搞的作家、脾气暴躁的代理商和各种无理的要求，结束工作之后，我全身的骨头都在疼，走起路来都一瘸一拐。有几种方法可以帮我消除疲惫：泡一个暖暖的泡泡浴，去找一个名叫汉斯的瑞典按摩高手做一次深层按摩，吃好多奶油巧克力软糖。

也有一些事是我最不希望发生的，其中一件就是凌晨两点钟，当我从浴缸里跳出来去接响个不停的无绳电话时，我的小腿重重地撞到了浴缸的瓷器边上。

顾不上包上浴巾，在地板上留下一串水坑，我向尖叫的电话跑过去。这个时候给我打电话的会是谁呢？在我猜测各种可能性的时候，我尽可能让自己不要害怕。兰道尔又出差了，现在还在去欧洲的飞机上。薇薇安没有我家里的电话——我听从菲尔的建议，没有告诉过她。只有紧急状况时，妈妈和碧才会这么晚打给我……越想越怕，我的心都提到了嗓子眼，因此也就没注意到化妆台的抽屉开着，然后就——

哎呀，嘶，哎呀。莫非存在一种诡异的宇宙定律，规定了一旦你撞伤过小腿一次，接下来你的小腿就会撞上周围半径三十步之内所有又硬又尖的东西，而且还撞上同一个部位？我趴到凌乱的床上四处搜索着……找到了。

“喂？”我喘着气接起电话。

“克莱尔。薇薇安。关于那本《甜美可口》你准备了多少资料了？”

是薇薇安。我的心跳并没有因此而放慢。她怎么会有我家里的电话号码？公司的登记表上我没填这一栏，而且还跟她的助理撒了个谎，说我只用手机，没有座机。我甚至还要兰道尔帮我保密。她是怎么找到这个号码的？而且为什么她要在凌晨两点给我打电话？

“克莱尔？你在听吗？那本书做到哪一步了？我可没时间等你发呆！”

要听实话吗？自从薇薇安几天前向我提过这本书的一些概念后，我还一个字都没动过。因为她每天都有那么多新的想法要我去实施，有些就没时间做了。不幸的是，《甜美可口》就是被忽略的那部分中的一个。布朗克斯·泰尔是说唱音乐界热门明星之一，他的上一张唱片销量达到了白金级别，而且他还参演过两部电影。薇薇安想出版一本收录他所有歌词的书，而且是原版未删节的那些歌词。我给他的经纪人打过三次电话了，但是他还没给我打回来过。

我知道这么回答一定不合薇薇安的心意。正确的回答应该是：**这个，薇薇安，当我二十四小时之内没接到他的经纪人回电话之后，就直接冲到布朗克斯的办公室，守在那里，直到他答应见我。然后我成功说服他在完成《甜美可口》之后，要为他的歌迷写一本书，当然这本书要由我们格兰特公司来出版，而且他还同意为这本书专门写一首歌。就是这些了。**

“很抱歉，我还没有多少进展。”相反，我只回答了这一句，胃在缩紧。我已经成功保持四个月没有挨过薇薇安的责骂——菲尔坚持说这是公司的最高纪录——但是此刻我明白我的受宠时代即将终结。“我明天尽快收集信息向你汇报。”

电话那头一阵沉默。我想象着一枚炸弹的导火线正在慢慢燃烧。

“好吧。”最终薇薇安说。

好吧？我终于敢长出一口气。我没听错吧？既没有指责，也没有暴怒？

“对了,你跟兰道尔进展如何了？”薇薇安问。我打了个寒战，用毛巾裹着身子。“他的爸爸床上功夫非常逊。那个男人虽然在生意场上十分了得，但是那玩意儿就像个粉刺那么小。不过总好过什么都没有吧，就像我现在。你知道我上一次做爱是多久以前吗？”

事实上，我对这个问题的答案非常清楚。在上个星期的一次员工会议期间，薇薇安极为生动地描述了某天下午她跟比弗利山庄酒店的一个性感男侍应生的幽会。他骑一辆维斯帕，还给胸毛打了蜡。“一般来说，”她对着二十位她的亲密部下吐露心声，“年轻男人都不懂如何取悦女人。就像你，哈里，你可能都不知道怎么激发‘性’趣。但是摩托男却是个例外。”哈里是美术部的一个助理，他的脸憋得发紫。第二天他就辞职了。

“我太饥渴了，”薇薇安继续说着，我僵坐在沙发上，试着从这场谈话中灵魂出窍，“刚才我用椅子的扶手自慰。我儿子刚好走进来看见这一幕了，他尖叫着：‘妈－啊！’。这完全破坏了我刚才的好兴致和那种浪漫的气氛。我看，他需要跟他的心理医生谈谈了。”

直觉告诉我那个孩子并不会因为看到这一幕而产生心理阴影。

“你以前从来没给我家里打过电话，薇薇安。”我眼睛都快睁不开了，看着床头柜上面的闹钟，说道。“你怎么知道这个电话号码的？我很少呆在家里，所以我觉得不用把这个联系方式告诉别人了。”

“哦，露露告诉我的。”薇薇安漫不经心地说。

我干吗还要劳神问这个问题呢？除了她绝不会有别人。只是露露是怎么找到这个号码的，我只能猜测了。我把头靠在枕头上，尽力保持清醒地听着我的老板开始讲述她是如何失去童贞的。

我拿出日程安排记事本，在厚厚的待办事项清单上添上“换座机号码”一项。

在我工作的第五个月的月末，那一天终于还是到来了。

我打算星期五晚上多加会儿班，这样就能做完我从那个最近离职的同事那里接手的十本书了。

在过去的五个月里，我与其他同事逐渐亲近起来，一起在露露的办公室门外的走廊上做鬼脸，在编辑会议上交换同情的微笑，在一个重大提议被否决后发送一封“你还好吧？”的问候邮件，但是这里的道别完全没有什么仪式。在彼得斯－庞弗雷特的时候，我们都会按照惯例为每位离职的同事举行一个欢送酒会。要是我们在格兰特也这么做的话，那我们全部都要变成酒鬼了。

在格兰特唯一的规矩就是要交接文件。每天早上上班时，我都会发现桌子上多了一大堆文件和资料。有时站在办公室的门口，看着每周都会增高的新文件的小山，我会越来越焦虑。

在我跟最新接手的一批作家联系时，他们表现得似乎已经震惊到麻木了。大部分作家已经被三四个格兰特的编辑辗转接手过了。当我打电话过去做自我介绍时，其中一个女作家疲倦地表达了希望我能比上个编辑坚持的时间长一点儿。我向他们保证我会的，他们也假装相信我的话——但是我敢说他们之前一定已经听过好几次这样的保证了。

星期五傍晚，在经过了一周的混乱和动荡之后，十二层安静得像一座坟墓。薇薇安前一天已经飞去洛杉矶了，其他员工也陆续离开办公室去享受难得的周末了。

我也期待着这个寒冬的周末能好好过。兰道尔和我已经安排好了一个“出逃”计划，开车去长岛的蒙托克跟碧和哈利会合，并在那里过夜。我简直等不及了，能离开这座城市真是太好了，尤其是就目前形势来看，我得被迫困在城里过好几个节日了。年末的时候我有好多工作积压在一起，而且都快到截止日期了，其中一本书要在圣诞节那一周之前编辑出版。所以妈妈十分体谅地提出过来纽约这边和我过那个星期。比理想状况差了一点儿，但是至少我们能团聚了。

希望她过来的时候能跟兰道尔见上面。而且我也期待着这个周末兰道尔能跟碧和哈利多相处一段时间。我们两个各自的工作都安排得满满的，每个星期只能挤出有限的几次约会的时间，再多就不可能了，这就使得我们根本就不可能进行四人约会。虽然目前我们已经约会了快六个月了，但是我还没见过一个他的朋友，这是很奇怪的。认真算起来的话，有一次我们在街上倒是碰到了一个他在高盛银行的同事，跟他年龄相仿，对我男朋友简直是卑躬屈膝，不过也就见过这么一个。

我的男朋友。现在我仍然感觉像是在做梦。兰道尔真是个模范男友，符合我对男朋友的所有期望。他是如此的体贴——在城里最好的餐厅订餐，总是关心我一天的工作和心情，还经常往办公室给我送花。看来我之前对我们不太成功的第一次没想太多是对的……之后只过了没几个星期，形势就一片大好了。

陷在这些思考中，我坐进椅子，然后听到我左边隔壁的达恩的办公室电话响了。然后走廊斜对角的露露的办公室电话响了。我扫了一眼电脑屏幕上的时间:快十一点半了。都已经这么晚了?

然后我的办公室电话响了。不幸的是，我接起来了。

“人都他妈的去哪儿了？”薇薇安在电话里咆哮着。她听起来已经勃然大怒了。“我不在办公室，大家就以为放学了吗？我今天早上五点就开始工作到现在，一会儿还有三个会要开。为什么我比所有员工加起来还要勤奋呢？你这一个星期又干了什么呢？我还没听到你跟我汇报过一个字——我真不知道你每天在你那间办公室**干吗**呢——”

我僵住了，震惊了，笔悬在便条簿上面的半空中。薇薇安知道现在纽约是几点了吗？她是不是拨错分机号码了？她是不是本来想打给另外一个人呢？我听到过她破口大骂过几乎所有的员工，但是截至目前我还算相对安全。倒不是说她过去五个月一直在夸赞我，不过她也没有把我骂得四分五裂。我只是没想到我的好运气会在这个周五晚上耗尽，被她逮到。

我急促地喘了一口气，然后硬着头皮接话。“嗯——这个，我正在尽快做我这周刚接手的几本书。”

薇薇安从电话线里都能嗅到我的恐惧，然后她就开始攻击了。“我说话的时候**不要**插嘴。还有，不管怎么说，什么叫‘正在尽快做’？”她模仿着我的尖细的嗓音。“你要看文件，你要和作家谈话……拜托，这可不是研究火箭发射，也不应该占用你那么多时间。哦，对了，我还收到你说要竞标另外一本文学小说的留言了。我受够了这些提案了，克莱尔。我们可以做几本，**没问题**，但是这些书没有利润，不会大卖！够了，够了，我受够了。可能杰克逊·梅维尔会做那些只有十个人会买的高级文学垃圾，但是我不会。格兰特是一艘座位紧缺的飞船，克莱尔，你要是想在这儿生存下去，就必须从你的象牙塔里爬出来了。你要了解人们的阅读动向。为什么只有我一个人**明白**这一点呢？为什么只有我一个人有这种该死的**直觉**？你们这些自命不凡的优秀人才们，你们这些落后于时代的常青藤高材生们，你们真他妈的……真他妈的缺乏活力，真让我恶心。”

我不能呼吸了。我觉得我就像刚引爆了一个炸弹。薇薇安真的对我说了那样的话吗？当我勤奋努力地工作，想证明我是一个称职的编辑的时候；当我一次接手二十五本书却毫无怨言，即使这样让我几乎没有时间去做我手头的项目的时候；当我从来这里之后就没有休过周末的时候……

"你多大了，二十六吗？"薇薇安厉声说，她的怒气通过电话线传到我紧紧握着的电话上来。"你还不够**成熟**，这些超乎你的理解。我真不知道当初我怎么想的竟然会雇用你。不管怎么样，我该走了。我还有工作要做，克莱尔，我不能浪费一个晚上给你打电话。"

电话挂断了。

我的头埋到双手里。我不能呼吸了。有几分钟，本来很安静的办公室里充满了我大口吸气的声音。

我的大脑理智的一面告诫我，总有一天，我会像薇薇安共事过的任何一个人那样，被她劈头盖脸地痛骂。但是妄想的另一面却总是怀抱一个愚蠢的希望，以为也许我会是一个例外，会是那个被优待的女人，会是那个五好学生。

我收拾了自己的东西，怀着沉重的心情，离开了文件扔得到处都是的办公室。对一个天生的工作狂来说，没有什么比被老板指责**一无是处**更受打击的了。以前从来没有人对我这样吼过——至少没有这样尖酸刻薄、毫不留情的。

办公室的蜜月时期正式终结。

"宝贝，应该不会有那么糟糕的。"兰道尔晃着苏格兰威士忌里的冰块，轻笑着说。由于碧和哈利已经动身前往长岛了，我就给兰道尔打了电话寻求安慰和支持——我们感情的新阶段。他答应我在哈德森书吧小喝两杯，然后他得再回去工作。"她可能是今天过得不开心，然后想找个人发泄一下。这在商业圈里很常见。我最开始在高盛起步的时候，每天都饱受摧残。要是每次我的顶头上司因为跟我无关的事而冲我发火我都放在心上的话……天哪，那我连三天都撑不过去。”他回忆着过去，笑了。

我明白兰道尔说得对。我表现得太幼稚了，我需要变得更坚强。没错，我的老板刚才臭骂了我一通——每一天，都有成千上万的职员在经历这些。我应该能够处理好这样的事情。我只是还不习惯——仅仅是这个原因。过去我一直都被保护着，或者说娇宠着。“只要你尽力了就好，我们为你感到骄傲。”我的父母一直这样向我保证。努力了就有收获，杰克逊对我用了和我父母一样的原则。我知道他们的出发点都是为了我好，但是他们让我变成了温室里的花朵。

但是现在我要承担起更多的责任，这就意味着我要学会躲避拳头和棍棒。兰道尔是对的。

在迅速喝完第二杯酒之后，我觉得比刚离开办公室时好受了一点儿。泪水干了，现在冷静下来，我感到无比疲惫。当然，内心深处还是有痛苦的感觉，这种薇薇安的怒火留下的伤痕是用一整壶夏敦埃酒也消除不了的。

要是薇薇安觉得我太不称职了就开除我怎么办？我不能向我那事业有成的男朋友吐露心里的这种不安全感，但是格兰特公司的确一直都有人离职。我可能会失去这份工作——也许我可以乞求彼得斯－庞弗雷特出版公司再给我一次机会，在我从那里辞职几个月之后。多丢人啊！要是周五晚上还拼命工作都能招来她的怒火的话，谁知道哪天就会有订书机飞到我头上，解雇通知放到我桌上呢？就像很多人清空垃圾箱一样，薇薇安会不假思索地频繁开除员工。

我向女服务生招招手，示意续杯。五个月前我怀抱的那些希望——证明我自己可以胜任格兰特的编辑一职，发掘优秀的作品，让事业再上几个新台阶——现在看来都是幻想。我在糊弄谁呢？我还不够成熟，尽管我拼死拼活地努力工作，但是也许我的经验实在不够，处理不好这么多项目。也许这些超乎我的理解。

“我不想看到你这么不安，克莱尔小熊。”兰道尔叫着他新创造的昵称。他轻轻地揉着我的肩膀，说：“也许这些压力根本就不值得。要不——”

“不行。”我打断他，摇了摇头。尽管我被吓到了，但是我知道我不能放弃。我发过誓要坚持一年，一次打击并不足以让我退出。“我要证明她是错的。”我低声说，更多的是说给我自己听。我只是需要比现在更加努力。我吞下一大口酒。

“我相信你一定能做到，宝贝。”兰道尔鼓励我说。“你是个天才，薇薇安·格兰特有你这样的员工真是幸运。她也明白这一点——她只是今天晚上过得不太顺利，而你刚好踩到了她的导火线。我相信这一切会过去的，克莱尔小熊。”

“谢谢你，兰道尔。”我吻了吻他的脸颊。“我觉得好多了。”他已经替代了碧的角色。

“我很高兴。”他亲了亲我的鼻尖。“我不想看到你那么不安。我真希望我不用回办公室了。”兰道尔皱着眉头，看了看手表，“但是要是今天晚上我完不成工作计划的话，就要拖到明天做了。”

“不用了，我真的没事了。”我安慰他。虽然一想到我要一个人回到公寓，我的心在隐隐作痛。我不想再回忆起今天晚上……或者更糟糕的，回忆起薇薇安说过的话。我可以回兰道尔的公寓等他回来——可是谁知道他又要被困在办公室多久。而且每次单独跟斯维特拉娜在公寓里单独相处的时候，我都觉得很别扭。

兰道尔大步走向吧台去结账。看到那个迷人的女调酒师注视着我的男朋友，我郁闷地又喝了一小口酒。奇怪的是，这并不令我困扰——我知道兰道尔是一个多么值得信赖的可靠男人，而且我几乎从来没看到他看别的女人。在这方面他跟他的父亲可完全不同。除此之外，我也没理由责怪那个女人。兰道尔穿着他那做工精良的西装，还戴着爱马仕领带，真是帅死了。

哈哈，我在心里给自己打气，也许我的工作刚刚撞到了南墙，但是只是我还拥有一个完美男人。

他走回桌子，一只手放在我的肩上。"明天下午三点去接你好吗？哦，我差点忘了告诉你。我的爸爸妈妈很意外地要来南安普敦这边过周末，我觉得他们可能是要见一个承包商谈谈新别墅的产权问题，管他呢，你觉得在我们出发去蒙托克之前能安排一个小时去见见他们吗？要是我们参加他们六点开始的鸡尾酒会的话，一定能赶上跟碧和哈利一起吃晚饭。"

"你的爸爸妈妈？很好啊。"我回答，然后站起来吻他一下道别。这个完美男人急着带我见他的爸爸妈妈。好棒，我还是很幸福的。

第九章 仇富心理

“我当然想让你见见我的父母，不过要是你觉得——”

“不，不，我很想见他们，只不过——”

兰道尔把手指放在我的嘴上。出城之后我们已经间歇地进行了好几场这样内容一样的对话，每个人都是话说到一半儿都被打断了。没错,昨天晚上我是答应了去见兰道尔先生和夫人,喝杯酒，然后再去蒙托克跟碧和哈利共进晚餐。而且我当然很想见他们二位。但是我有一点儿紧张。万一他们觉得我不适合做他们儿子的女朋友怎么办？一周承受一次自尊心的打击就够我难受的了——拜薇薇安所赐，昨天晚上我已经把这周的配额用完了。

“你完全没什么好紧张的。我妈妈听说我和帕特里夏·特鲁曼的女儿约会时快要高兴死了。”兰道尔说，“相信我，这是她最大的梦想变成现实了。”坐在驾驶座上，他伸出胳膊环在我肩上，然后把我的头推向他，别扭地靠在他满是肌肉的肩膀上。我保持这种不舒服的姿势过了一会儿，车子颠簸了一下，我的太阳穴撞到了他的肩上，然后我就坐直了身子。

几分钟之后，他拍着我的膝盖说:“我们到了！”

到了？我还以为我们是在一条幽静的小路上走着，两旁都是高大的橡树，现在我才意识到这实际上是库克斯家庄园里的私人车道。兰道尔把保时捷停好，我从车上下来，看着四周的环境：出自名设计师的大房子，绵延的草坪，精心打理的网球场，还有房子后面洒满阳光的水池。我像闯进了美国梦的样板间。兰道尔极富运动美地伸展了四肢，保罗衫稍微上提，露出了一小块腹肌——真是与这个场景无比融合啊。

“我们到的时间刚刚好。”他说，极为宠爱地拍了拍爱车的发动机盖。

当我们走进宽敞的大理石前廊时，我听到一阵低沉的男低音大笑，还有一阵尖细的女高音欢笑。兰道尔拉起我的手朝那片笑声和酒杯碰撞声走过去。

“亲爱的！”露西尔·库克斯一看到我们出现在客厅门口，就站起来朝我们走来，分别热烈地拥抱了我们，还在我的两边脸颊都留下了一个有些潮湿的吻。她是我见过的最黑也是最瘦的女人，穿戴得极为得体，

“兰道尔，我的宝贝儿子！你一定是克莱尔吧！我们早就想见你了，宝贝。兰道尔老在我们面前夸你。”我心里立刻感觉到一阵温暖，兰道尔一直在夸我吗？

兰道尔的爸爸一直没能抢到开口的机会，走上前来和我握了握手。我看出兰道尔的外貌是遗传自谁了。虽然现在已经六十多岁了，但是兰道尔的爸爸仍然很帅。他的颧骨有一点儿陷进去了，有几根鼻毛露在外面，但是这些并不能掩盖他的英俊。“很高兴见到你，克莱尔。”他用洪亮的声音说。“好了，现在最重要的事就是——你想喝点儿什么？”

两杯浓烈的伏特加之后，我们四个已经谈笑风生，其乐融融。我温和地打量着屋子里的每个人。看着兰道尔的爸爸再一次帮我往杯子里加酒，露西尔又递给我一支登喜路香烟，我在心里想，**我能够融入这样的家庭**。能认识这些对自己的坏习惯不加掩饰的人，感觉很新鲜。

我的胃开始悄悄抗议了——今天一天我还没吃过东西，我的脑子里一直在饱受折磨，既对薇薇安的怒火心有余悸，又担心今

天见家长的事情。这时，就像接收到了信号一样，一个穿着熨烫平整，没有一处褶皱的制服的女佣托着一盘小吃出现了。我感激地吃了一片熏火腿包着的甜瓜。真是来得太及时了。如果我再不吃点儿东西的话，我绝对撑不到晚饭了。兰道尔的爸爸端着酒杯，并没有吃。

“不用了，谢谢，卡洛塔。”露西尔连看都不看一眼托盘，直接拒绝了。

“我不要。”兰道尔也附和道。

女佣把银质托盘放在我和兰道尔的爸爸之间，他很高兴地三两口吞下一个螃蟹蛋糕。“这些很好吃。”我说着，捏起第二块。

库克斯先生点点头，推荐我试试鲑鱼泡芙。

“你*是*怎么保持这样的好身材的，亲爱的？”当我从闪亮的盘子里拿起一块泡芙时，露西尔带着僵硬的笑容问我。

“妈妈——”兰道尔带有警示意味地低声说。我把泡芙放在面前的餐巾上，突然觉得我要是有个长鼻子就好了。难怪这个女人能养出一个每一口饭都要嚼上几百次的儿子了。

“克莱尔，我在大学时非常喜欢你的妈妈。”露西尔一边说，一边把她那瘦骨嶙峋的手指搭在我的胳膊上。谈话立刻分成了两个小团体。兰道尔和他的爸爸开始谈论投资，他们都翘起二郎腿，展示着同一款古奇皮鞋，还有相同的山羊绒袜子。露西尔则把她那营养不良的身子更凑近我这边。

“哦，谢谢。”我回答。“她也说——”

“我们在*瓦萨*的时候情同姐妹！我们几乎什么都一起用——梳子、学习笔记、衣服，甚至还有*男朋友*！”露西尔回忆着过去，发出了一阵笑声。“要知道，我从来没有一个这样亲密的好朋友，不管是大学之前还是毕业以后。提西－提西是唯一的一个。”

提西－提西？以前我还从来没听到有人叫妈妈这样一个难听

的外号。多么可悲啊，一份友谊可以疏远到这样的地步。我想起了碧翠斯。最近我的时间基本上都被工作和新恋情占据了，所以我们的谈话已经被缩减到了不到两分钟的“签到式谈话”。**我们俩**以后会像妈妈和露西尔那样过着截然不同的两种生活吗？以前我从来没想到过这种可能性，现在想到了都觉得吓人。据露西尔所说，她和妈妈以前也是密不可分的，但是现在她们已经十多年没见过面了。

“我对你妈妈的想念是说不完的。”露西尔继续用戏剧化的语气说。她那窄小的额头轻微地抖动着，如果她没有注射那么多肉毒杆菌素的话，我想她的表情应该是两边的眉毛悲伤地聚在一起。“真是太不如意了，克莱尔。你知道的，她在那边的生活状况。我的心都跟着她去了。我**真**希望我们能说服她搬回纽约来。”

妈妈在那边的生活状况？上次我回去的时候，她住在一个美丽的小农舍，周围是一片广阔的土地。她的周围有一群喜欢她，也了解和爱戴爸爸的朋友。她创作的作品都很棒，最让她高兴的是，现在全国的很多小画廊都开始销售她的作品了。

“实际上，我觉得她挺喜欢她现在的生活状态的。”我纠正了露西尔的话。

“哦，我知道她**说**她很快乐，亲爱的，可是说实话，那怎么可能呢？住在乡下？远离文明，不能经常旅游，还不得不出售她自己的画？要是你爸爸当时能……算了，我想不应该怪罪死去的人了。”

血立刻涌到了我的脸上。我严厉地瞪了兰道尔一眼，但是他还沉浸在他爸爸的谈话中，没有过来缓和一下气氛。他的妈妈是想让我见到她不到二十分钟就告别吗？如果她真是这么想的话，那么刚才她对我的爸爸侮辱性的言语和对我的妈妈居高临下的评价已经奏效了。

别冲动，克莱尔。我深吸了一口气。

“库克斯夫人，她真的过得很快乐。”我语气坚定地说。“爱荷华市可能并没有霓虹闪耀、车水马龙，但是那里的文化生活是非常丰富的。而且妈妈也很高兴她的作品需求量持续增长。我想从很多方面，包括经济方面，这都是令人满意的。”

“嗯哼。”露西尔点点头，可是很明显并没有被说服。“好吧，亲爱的，我希望是你说的那样。”

妈妈曾经喜欢过这个女人？她们真的曾经是好朋友吗？

“对了，我也认识薇薇安·格兰特，”露西尔继续说，示意卡洛塔给我们再添上酒。我发现兰道尔的爸爸在听到薇薇安的名字时极快地转了一下头，但是露西尔没有注意到这一点。“薇薇安是一个**可怕的**女人。她总是那样**干劲十足**。哦，我想我很尊重她在事业上取得的成就，但是她生活的其他方面呢？最重要的是要保持家庭和事业的平衡，你说对吗？”

露西尔说得对：薇薇安的确很可怕。在经受了昨天晚上她对我的打击之后，我现在很想听到对她的批评，不管是关于哪方面的。我又喝了一口伏特加，强烈地点点头表示赞同。

糟了，在我晃完头之后，房子好像一直在轻微地摇晃。

露西尔温和地对我笑了，就像我除去了什么隐形的障碍。“能遇到一个跟我想法一致的年轻女孩子真好啊，克莱尔。尤其是让我儿子这么着迷的人。也许我该跟你说这些，他的上一任女朋友，克罗尔”——她提到克罗尔的名字时拉长了脸，我立刻明白了她对克罗尔的看法——“太专注于她的事业了。她整天把工作挂在嘴边，真的。一个女人追求事业本来没什么错，只不过——自私一点地说，作为一个母亲，我希望兰道尔能找到一个……事业心没那么强的老婆。”

什么？我的事业心不强吗？“实际上，库克斯夫人，我工作很努力的……”

“当然了，宝贝，我的意思不是说你对工作的态度不认真。就当我什么都没说过吧。”

至少，她对时机的把握非常好：空腹喝下三杯浓烈的鸡尾酒之后，我应该不难忘记刚才她说过的话。

“对了，还有克罗尔的父母那边的问题。”露西尔继续长篇大论，显然她的兴趣还停留在兰道尔的前任女友上。“我该怎么婉转地表述呢……算了，我办不到。她是在一个拖车场出生的，克莱尔，真的，拖车场。也许听起来很荒谬夸张，但是我保证*我没骗你*。”露西尔摇着头，好像还没有完全接受这个事实，“当然了，这个没什么，我们不能因为这个就对她有偏见——她自己很争气，从耶鲁法学院毕业了——不过兰道尔的爸爸和我觉得，家庭背景不同的话，两个人*很难相处得很好*。要是将来我们的孙子想成为一名世界顶级网球俱乐部或者高尔夫球俱乐部的会员，怎么办呢？我知道，那是*令人震惊的*，可是有些世界顶级俱乐部的入会条件是非常严格的，即使是库克斯家族成员也不一定行。所以要是没有能力，何必给自己找麻烦呢？”

我答不出这个问题，因为这个到处都是印花棉布的房间突然让我觉得头晕目眩。

“兰道尔，”我有些大声地打断他们的谈话，“我们得看着点儿时间。碧和哈利还等着跟我们八点见呢。”他只是笑了笑，点点头，又继续说话了。

露西尔也继续说下去。“我知道我现在还不应该表态，亲爱的，”她用一种男士们绝对能听到的好像带着阴谋的低语说道，“不过你*就是*我希望兰道尔娶回家的标准人选。就像之前我说过的，我就是喜欢你的妈妈。她总是那么优雅、娴静、美丽。你知道的，她可以选择世界上任何一个男人。哎，维斯特维里牙膏的继承人哈里森·维斯特维里三世肯定能够令她一见倾心。”她极小声地咯咯笑了。

“你们二位美女在谈什么呢，妈妈？”兰道尔终于插话了。

“没什么，只是女人间的谈话。”露西尔咯咯笑着说。“听着，亲爱的，你就不能留下吃完晚饭再走吗？今天厨师要做她的拿手好菜——烤鸡，而且我们也想跟你们两个多呆一会儿。”

“你觉得呢，克莱尔？”兰道尔问，“要是我们今晚住在这儿，明天再过去跟碧和哈利吃早午饭，他们会介意吗？”

什么？！房间终于停止缓慢地旋转，猛烈地刹车停下了。碧和哈利已经用了一下午来准备今晚的菜，还有迎接我们的到来。我们不能到了最后一秒才取消这个计划！虽然我现在脑子有点儿晕，但是这一点还是很清楚的。

“我真的很希望我们可以，”我停顿了一下，对露西尔说，“但是恐怕我的朋友会着急的。他们期待着能多和兰道尔聊聊，而且这顿晚饭已经计划了很久了。”

“没问题，真可惜，不过我们能理解。”露西尔说，“改天吧。克莱尔，我真的希望能很快和你再见，还有你妈妈！下次她来城里，你一定要告诉我。我会很高兴见到她的。”我们四个站起来，互相吻别。我尽力保持着身体平衡。

兰道尔扶着我坐进保时捷松软的座椅之后，我抑制着心中的怒气，向他的父母挥手道别。他一关上车门，我就立刻冲着他发火了：“我真不敢相信你竟然那样做了！”

“我做什么了？”

“要取消跟碧和哈利的晚饭？还让我来做坏人，告诉你妈妈我们不能跟他们一起吃晚饭？”

兰道尔的视线盯着前面的路面，我们都沉默了一分钟，车子上了高速公路，一轮圆月挂在半空。

“对不起，宝贝，我考虑不周。”最终他开口了，吻了吻我的手背。

但是出于某些原因（很有可能是伏特加），他下意识的让步只是火上浇油。“还有你妈妈不喜欢你的前女友是怎么回事……就因为她不是在庄园里出生的吗？还是因为她太专注于事业了？兰道尔，那样真是心胸太狭窄了，而且同样的话也可以用在我身上！”

“我妈真不应该谈到克罗尔的！她什么都不应该说！”兰道尔听起来气坏了。他用了一会儿时间来让自己平静下来。“但是你的家庭背景又不是那样的。你妈妈出身波士顿名门，你的爸爸是一位令人尊敬的学者。跟拖车场一点儿联系都没有，克莱尔。”

“这并不是我生气的原因，兰道尔！”我愤怒地嘟囔着。他怎么就不明白他妈妈那种唯我独尊的傲慢态度让我受不了呢？而且听起来她对我跟他的“匹配度”还曾经做过考虑呢！还有关于工作的那一部分呢？“你明白我的工作对我非常重要，对吗？”我在座椅里转了个圈，面对着他问。

他飞快地扫了我一眼。“克莱尔，后座有依云矿泉水。你先喝点儿水吧。我觉得你可能喝太多酒了。”

“你明白我很在意我的事业吧？”我重复问。我知道我听起来像是在挑衅，可是我管不住自己的嘴巴。

“我当然明白了，克莱尔。我的老天！我真的不知道你到底是为了什么发这么大的火。要是你没忘的话，当初是我帮你*得到*这份你非常在意的工作的。喝点儿水吧。你现在就像个孩子。”

他的话像一记耳光打中了我。*孩子*。先是我的老板这么说我，现在又是我的男朋友这么说我。

“听我说，”兰道尔的一只手放在我的膝盖上，用一种更加冷静的声音说，“对不起，我很抱歉妈妈惹你生气了。她的本意是好的，但是有时候她说话不经过大脑。她绝对不应该提到那些关于克罗尔和工作的废话。我想她可能是见到你有点儿紧张，所以就开始胡言乱语了。无论如何，**我很抱歉**。关于更改计划的建议，只是因为工作日程的安排，我很长时间没见到我的父母了，而且我觉得跟他们见面时间太短了。他们早就期待着见你了，我妈妈一直在说这件事呢。”

我感到所有的怒火都熄灭了。我这是在做什么啊？露西尔说的话的确惹到我了。不过我真的需要车门一关就把怒气撒到兰道尔头上吗？他的确不应该提议更改晚餐计划。他只是想在父母面前尽尽孝道。为什么在我们等了几个月才实现的第一次完整的周末约会时，我如此扫兴呢？

“对不起，兰道尔，我不知道我是怎么了。”我轻声说，心里觉得很不好意思。他递给我一瓶矿泉水，我喝了一大口。

“别担心。接下来，我们只要放松，尽情享受这个晚上，好吗？”

我点点头，又喝了一口水。保时捷行驶在这个没有星星的冬日夜晚。我凑过去吻了他的脸颊，他微笑了。英俊、聪明、孝顺……而且宽容。真是一个完美男人。

碧激动地冲我们挥着手，门廊的灯光打在她的周围。坦白说这一刻能见到她，我无比高兴。经过连续数周的工作能力考验，再加上刚刚跟露西尔的那番谈话，我急切地盼望着跟我最好的朋友坐下来详详细细地交流最近的生活。

“嗨，你们好。”我们下车时，她冲我们喊道。

幸运的是，来蒙托克的四十分钟车程，还有路上喝下的矿泉水已经消除了我的醉意。我恳求兰道尔同意把车窗打开一条缝，他讨厌风会吹乱他一丝不苟的发型，但是这次为我破例了，凉凉的清新的海风让我清醒了很多。

“碧翠斯，你总是这么漂亮。”兰道尔说，吻了她的脸颊，然后和哈利拥抱了一下。

“哇，这个房子太棒了！”当我们走进最近刚装修好的厨房时，我说。在这里感觉非常舒适，我喜欢他们的墙纸，那张古典的大餐桌，还有碧精心设计挂在墙上的家族肖像。

“是啊，她设计得很不一般吧？”哈利带着我们走进客厅，问道。

“真漂亮！”兰道尔环顾四周，感叹道。“说到这儿，碧，你有兴趣帮我设计一下在楠塔基特的新房子吗？我觉得你的眼光很不错。”

“真的吗？”碧兴奋地问，“我很愿意！没问题。”

“太好了。我下周让我的秘书跟你联系具体的事情。哦，我差点儿忘了——这个给你，先生。”兰道尔递给哈利一瓶沾了一点儿灰的酒。“85 年的波得路堡，还不错的年份。”

“哇！”哈利惊呼。“这瓶酒可太珍贵了！谢谢，兰道尔，你太客气了。”

我感到一股热流。这幅场景多么美妙啊：我了不起的男朋友跟我最好的朋友相处融洽。大家就像一个大家庭。

“跟他父母的见面怎么样？”当他们两个去开酒时，我们俩一起坐进沙发，碧低声问我。

“晚点儿再谈，一言难尽啊。”

“啊，克莱尔，上周我忘了告诉你一个小八卦。”哈利端过来两杯酒，对着我说。“你肯定猜不到，上周我去办公室附近一个不起眼的小饭店吃饭时，撞到了谁在亲热。”

“亲热？你一定是又看了《纽约邮报》的八卦专栏，对吧？”

“你就猜猜看吧。”哈利大笑着说。

“好吧。给我一个提示——明星，政界，还是我们以前的熟人？”

“一个是政界的，还有一个……我不确定，算得上是明星吧。至少我认出她了。握着手，含情脉脉地看着对方，完全是热恋的样子。你放弃了？”看起来哈利差不多要揭晓谜底了，所以我点点头。“是薇薇安·格兰特和副市长。”

“你看到他们——等一下，副市长叫什么来着？”

“斯坦利·匹兹别克。我觉得你看到他的脸就能认出他了。左半边有个很大的伤疤，块头很大……就是那个市长的得力干将，有印象吗？”

“那个人？你看到他和薇薇安在亲热？”我不太确定这个动词的确切含义，但是听起来好像跟温馨、甜蜜、搂搂抱抱有关，很难跟这两个人联系在一起。哇，这可真是个劲爆新闻。

市长还有副市长，就是匹兹别克，靠着他们的竞选口号“纽约人需要强硬的爱”，在上次竞选中以压倒性选票胜出。上任之后，市长实现了他的竞选承诺，严厉整顿和打击了团伙犯罪和白领贪污问题，很明显匹兹别克在这些整顿行动中是强有力的执行者。但是最近我看新闻中说，很多纽约市民觉得他们的强硬政策有些过头了。我对他们的执政能力还没有什么明确的观点，但是有一点很明显：斯坦利·匹兹别克看起来不像好人。

“哈利，斯坦利不是结婚了吗？”碧问。

“没错，还生了四个孩子。”

啊，好吧，我们回到了熟悉的社会话题。薇薇安引诱别人的丈夫，薇薇安破坏别人的家庭……现在这个社会是怎么了。

“我痛恨男人做出那样的事——他的妻子辛辛苦苦支持他的事业，现在他却拿这个来回报她的付出，”碧气呼呼地说，“还有那四个可怜的孩子！”

我注意到兰道尔的额头绷紧了。唉，碧为什么要说这些呢？二十多年前，兰道尔也是可怜的孩子之一——而且他还在走廊里碰到过偷情之后的薇薇安。薇薇安还无情地拿那段回忆来说笑呢，我打了个寒战。又多了一个鄙视她的理由。

“嗯，碧，你做饭需要帮手吗？”我拼命想把话题从薇薇安的绯闻岔开。“厨房里飘过来的香味都让我流口水了！”

“说实话，今天晚上哈利是大厨。他的招牌菜是炖小牛肘。”

“炖小牛肘？”兰道尔重复了一遍，“你可真是多面手啊，哈利！闻起来真香啊。”

“哈哈，差不多要好了。咱们去餐厅吧。”哈利在前面带路。

“这个周末过得真愉快。”在从长岛回来的路上，当我们开车穿过中城隧道时，兰道尔说。“碧和哈利都很棒，克莱尔。”

“我很高兴你跟哈利相处得这么好。”我笑着说。

今天早上我们分头活动。他们两个一起去打室内网球，我和碧就没有那么活跃了：我们煮了一壶咖啡，装了一盘炸面圈，窝进沙发里，聊了好长时间。我感觉好多了。蓝蓝的天空，新鲜的空气，知心的朋友……提醒我除了困在办公桌前面，生活还有如此美妙的一面。

“哦，亲爱的，你不用把我送到家门口的！”我突然发现兰道尔正在往市中心开，我本来以为他会直接开到78街的车库，然后我在那儿打个车回家。

“我知道我不用，克莱尔小熊。”他对着我笑了一下，抓起我的手轻吻了一下。“但是我想送你到家门口。”

“好吧，那……嗯，从那儿往左拐。”我发现当我们开过我家那条街时，兰道尔的眼睛微微睁大了。他以前从来没来过我住的地方——我们总是去他的家见面，因为那里舒服一点儿，而且他早上要非常早就起床——现在我有一点儿紧张他会怎么想。当我们红灯前停下时，他条件反射式地按下了四个车门的自动锁门键，为了保护我们的安全。

过了一会儿，兰道尔的保时捷停在了我住的楼前面破烂的遮雨棚下。一群少年立刻跑过来围着车打转，就像它是从天而降的一样。

"这些流氓在周围，我不能让你下车。"他带有保护意味地宣布。

"流氓——哦，你是说这些孩子吗？他们一直都在附近晃。完全无害的，我保证。"我吻了他的脸颊，然后伸手去拿后座的行李袋。

"克莱尔小熊，我觉得你需要找个更好的住处，"兰道尔环视着四周，直截了当地说。我顺着他的视线看去：就在这时，过去几年像家一样亲切的街道突然变成了一个大垃圾场。路边到处是垃圾，不远处还有形迹可疑的男人在游荡。我想在兰道尔看来，我住的地方一定太差劲了。"我**真的**不放心你晚上一个人回这里。"

开始的一小会儿，我觉得有点儿戒备，然后我也被兰道尔真诚的关心打动了。"也许是换个地方的时候了。"我同意了。把搬家列入待办事项清单。当然，我真的能挤出时间去找新住处吗？看来我要比露西尔还瘦了。

兰道尔伸出手来握着我的，脸上是一副很严肃的表情。"我有件事情要告诉你，克莱尔。我已经考虑了好几个星期了，而且今天我们聊天的时候我妈妈也提到这件事了。我觉得这件事是有意义的。"

"什么是有意义的，兰道尔？"我问，一提到他的妈妈还有她的意见就让我感到不安。

"你觉得搬到我的公寓怎么样？那边地方很大，而且你不用把你的东西带来带去——”

我的心跳停住了。搬过去？他是说真的吗？他考虑这件事好几个星期了？而且这也是露西尔的建议？

“我知道我们只约会了六个月，但是我感觉很好。你搬过来的话，我们可以有更多的相处时间，而且也可以帮你节省开支，还有——”兰道尔停住了，酝酿着言辞，“嗯，克莱尔，我爱你。我爱你，我希望我们能住在一起。”

我简直不敢相信自己的耳朵。那句带有魔力的话，和搬过去一起住的提议，就在路边，同时说出口了？兰道尔·库克斯说他爱我？还想跟我一起住？这是几年前碧翠斯和我梦想中的场景——现在终于梦想成真了！我真想沿着大街狂奔，高声欢呼，还有——

“我明白，你需要时间考虑。”兰道尔有些阴郁地说。

糟糕！有时候我忘了男人并不会读心术。

“我也爱你，兰道尔！”我说着，伸出胳膊环抱着他的脖子，吻上他。“我当然愿意和你住在一起。”

说实话，还有什么好考虑的？没错，事情来的有些突然，我完全没想到他会有这个提议，但是我已经习惯了害怕承诺的詹姆斯，他连一张卫生间的除臭贴纸都不让我贴。我当然想和兰道尔住在一起。如果兰道尔准备好让我们的关系有一个巨大的进展，我也准备好了。

“很好，太好了。”他高兴地点点头。“我让迪尔德丽明天给你打电话商量具体细节。真是太棒了，克莱尔。我那儿的衣柜很大，二层还有个健身房，你想吃什么都可以叫斯维特拉娜给你做。”

他继续说了很多，但是我脑子里只回响着一句让我幸福的话：*他爱我。兰道尔·库克斯爱我，而且想跟我住在一起。*

“好了，趁着我的车门还没锁上，下车吧。”最终，兰道尔半开玩笑地说。

我吻了他，然后打开车门下车。“我爱你，”我说，弯腰探进车里再次吻了他。

“我也爱你。快进去吧！”他指着街道那边一个摇摇晃晃的醉汉催我。

“我怎么忍心离开这个好地方呢？”我笑着关上车门，然后背着行李袋朝楼梯走去。搬到一起。哇，**这是件大事**。我的脑子有点儿发晕。

我承认，**我其实有点儿舍不得这个小窝**。拿着周日的报纸，我跳进旧沙发。虽然又小又旧，但是这里就像我的家，而且我已经在这里呆了五年了。不过住一段时间之后，兰道尔的公寓也会像我的家的，这一点我有信心。

我走了两步，进入厨房，拿出几片面包，准备做个三明治。在冰箱里翻东西的时候，我按下了座机的答录机。

“克莱尔。薇薇安。”第一条留言吼道，答录机完全再现了她声音里的怒气。我僵住了，暗骂自己忘了去更换电话号码。周五晚上的痛苦回忆又出现在我的脑子里。“我不知道你他妈的在哪儿，克莱尔。我今天给你打手机一整天了，但是你一直关机。**你知道的**，我最讨厌的就是我要找人时联系不到他。不管怎样，我有一些工作要交给你做，所以听到留言给我回个电话。”

不要，不要，不要，不要，不要，**不要**。我今天晚上不想给薇薇安打电话。还是等到明天再说吧。我已经任她呼来唤去好几个月了，她怎么就不能让我消停一个周末呢……再让我多享受一会儿幸福的恋爱感觉吧——

“克莱尔！”第二条留言喊道。“薇薇安！给我回电话！我不知道你以为你是谁，也不知道你凭什么以为你可以像这样擅离职守，我要求你给我回电话！”

我低头看看答录机。红灯闪烁着，屏幕显示一共有十八条语音留言，不到三十六个小时，就有十八条留言。我靠着桌子，重重地揉着太阳穴。我知道这些留言全都是薇薇安的，或者至少大部分都是她的。我应该现在给她回电话吗？是有什么紧急事件吗，还是她只是想找个人大骂一顿来消消火气？

星期天晚上八点钟。我可以选择今晚受刑，也可以等到明天早上。无论哪种选择，今晚我都不可能睡得好了。我拿起电话打给薇薇安。

“哈，真他妈的及时！”她接起电话就立刻发飙。“我怒了，克莱尔，N−U−NU！”我听到电话里还有别的人在说话。“不要！我说了不要碰我的脚，你这个白痴！只按摩我的腿，这句话很难懂吗？！听着，克莱尔，我们明天早上再谈你的事，现在我没时间。你要明白，我也有自己的生活要过。我不能放下我手头的事情来迁就你的时间。明天一上班就给我打电话。”

电话挂断了。

我把面包扔回冰箱，灌了一大口白葡萄酒。我试着找回几分钟前的那种幸福感觉，但是我对薇薇安的恐惧占据了上风。

第十章　喧嚣与躁动

“**克莱尔？！**”

我沉重的脑袋立刻从桌子上抬起来，充血的眼睛在突如其来的亮光前眯了起来。**不会吧，我又睡着了？**我本来只是想让累的发疼的脑袋休息片刻，但是根据我手上的书稿空白处出现的弯弯曲曲的红线来看，我一定是又睡着了。不过想想前一天晚上几乎彻夜未眠，加上手头的书稿，也就不足为奇了。这本书是一个男人写的回忆录，他是世界上最大的——

“**克莱尔，你在吗？**”公司内线又响了。薇薇安的声音里充满了敌意。

“我在，我在。”我按下红色的通话键，咕哝着回答。

“**我要你来我的办公室。**”薇薇安噼里啪啦地说，“马上过来！”

去她的办公室？我的心一下子提到了嗓子眼。我已经试图避免进入那个充满恶言恶语的地方一个多星期了。薇薇安第一次对我开骂之后的一个月，我都过得如履薄冰。现在每天只要不用跟她面对面接触，我就谢天谢地了。薇薇安在公司内线里骂人就已经够狠了，在她那间与其他办公室隔绝的，华丽而又冷酷的办公室里，加上厚厚的隔音墙，她会**不遗余力地**使出她骂人的看家本领的。

“我现在就去。”我对着小盒子回答，刚才的昏昏沉沉全被一阵恐慌感赶走了。我迅速用手指梳理了一下齐肩短发，上一次洗头发是在三天前（工作任务的轻重在一定程度上决定了这种糟糕的个人卫生状况），所以我决定还是用铅笔把它卷成一个发髻。

然后，低头一看，我才发现今天早上我不假思索地穿上了从椅子上抓起的第一件衬衣，那是上周五我穿过的黑色尖领衬衣，那天工作非常忙。这件衬衣看起来像从垃圾桶里捡来的，腋下散发着难闻的气味。

朝门口走去时，我瞥见了我挂在墙上的巨幅日历。现在是一月，终于熬到了第七个月。一半的里程碑。圣诞节来了又去了，可怜的妈妈坐在我的沙发上，看着身旁的我一直在工作……新年也是如此。兰道尔的工作日程安排得满满当当，根本没有过节的可能，但是他还是抽身过来跟我和妈妈喝了杯咖啡。见面时间很短，但是至少妈妈总算见到他了。妈妈觉得他是个不错的男人。我看得出来妈妈对我搬过来有一些顾虑，但她还是表现得非常赞成。

我把星期一从日历上划去。这一天过去得真不容易。每一天我最高兴的时刻就是在日历上划一个大大的叉号，就这样一天一天，一周一周，逐渐累积。有时候我觉得自己像个犯人，在牢房的墙上画着横线计算天数，不过通常情况下我打叉时都会感觉好一点儿……因为每一个红色的叉号都意味着距离我给自己规定的格兰特一年之刑的结束更近了一步。

新年刚开始的一段时间我简直成了夜猫子。我从别人那里接手的书增加到了三十二本，因为交接工作的频率比平时更多了。下周是我们的销售会议，所以我最近正在疯狂搜寻一些材料，任何材料，这样到时才能介绍和推荐我负责的每一本书。这就意味着，取消和兰道尔的约会，还有像昨晚一样，在办公室加班到凌晨三点半。这个周末，我就要正式搬进他的公寓了，多亏有迪尔德丽和露西尔来插手协调各种细节问题。露西尔对我要和她的儿子同居一事表现得异常高兴，事实上，她已经养成习惯，每天都要给我办公室打几次电话，商量一些关于我搬过来的事情，而且是细节问题，比如说，我想在新衣柜里放木质衣撑还是丝质衣撑。

“*你他妈的在哪儿呢，克莱尔？*”内线里的声音把我从沉思中惊醒。“*你以为我说的‘马上’是什么意思？*”

我的手开始发抖。我的左眼在跳。*五秒钟镇定下来*。我的胃又开始抽痛了。今天早上我做什么惹薇薇安发火的事了？听起来我的老板像往常一样斗志昂扬。

我深吸了一口气，然后迅速朝着薇薇安的办公室走去。路过露露的办公室时，我不由自主地偷瞄了一眼。最近薇薇安调换了我们的办公室，把我安排在实习生旁边的一间没有窗户的小办公室，把我之前的办公室给了露露。

在她收拾得异常整齐有序的办公桌（强迫症的表现）后，露露正一边喝星巴克咖啡，一边勤奋地敲击键盘。她的头发是詹妮弗·安妮斯顿（又长又直的金发时期）式的完美发型，而且她身上的明黄色毛衣看起来*明显是*刚刚洗过熨过的。

她真该死。

当我还是个孩子的时候，我天真地以为，只要我长大，我就不会再碰到班级恶霸或者老师的宠儿了。但是在过去的七个月里，我发现了大量的证据表明，随着年龄的增长，这两种人的恶行也越来越糟糕。薇薇安就是小学里的非常恶毒的小霸王的成人版本——把老实孩子的头按进马桶里，还拿走他的午餐钱，逼他穿高跟鞋，还侮辱他的妈妈。而露露则扮演了三十多岁的班级里的马屁精角色，像那种非常完美的女孩，坐在前排，每次老师提问时都把手举得高高的，外表完美无瑕，内心却好胜心强、极端自私。绝对不能相信她。

露露重新成为薇薇安身边的宠儿，而我则被流放到不毛之地，这个事实并没有让我产生一点儿讨好她的想法。老实说，如果要选择把一个人直接扔到索马里去，露露是少数几个我会举双手赞成的人选之一。

“菲尔！”就在我转过弯要去薇薇安的办公室时，突然撞上了他。他看起来非常狼狈。最近我都没怎么见过他，因为他也像我一样，被手头的很多书缠身，忙得不可开交。

“要是我的话，我会尽量避免现在进去，除非不得不去。”菲尔提醒我，“霸王龙正在气头上呢。”

“真不走运，我是被传召来的。”我的心沉到了谷底。薇薇安现在正处于比平时更糟糕的怒气中，这个消息让我很想找个安全的地方藏起来，但是我又不得不往前冲。我给了菲尔一个安慰的拥抱。“放轻松，兄弟。没关系的。”

“你也放轻松。”他叹了口气，然后蹒跚着回办公室去了。

我再次深吸一口气，使出全身力气推开薇薇安办公室那沉重的门，走进去。空气寒冷，我立刻感到我的嘴唇发紫，胳膊上的汗毛都竖起来了。薇薇安正在打电话，用一只手指示意我稍等一下。我拘谨地坐在沙发上。

我想起了以前在彼得斯－庞弗雷特出版公司时杰克逊那间舒适的办公室，里面灯光柔和，摆着垫子很厚的皮质沙发，家人的照片，木头的书架，老式打字机。很多个晚上，当杰克逊在办公桌后面工作时，我会捧着一本书稿和外卖食物，窝在沙发上看上好几个小时。玛拉也经常这么做。那里就像一个家里的书房，我们就像一家人。

但是过去的都已经过去了。

现在我坐在薇薇安光滑时髦的黑色皮质沙发上，硬得就像公园里的长椅。灯光是冷色调的，墙上挂的画都像生殖器崇拜，大部分是纽约直入云霄的摩天大楼。没有书架，取而代之的是打着后背光的展示柜。离我最近的玻璃柜里放的是薇薇安编辑的《王子》第一版，在沙发另一头的玻璃柜里放的是《快乐的妓女》第一版。从我的老板最为珍视的这两本书，你大概可以了解她是什么样的了。

“你知道你他妈的在说什么吗？**天哪**，你不就被提名过一次国家图书奖吗，一下子就——”薇薇安一反常态地停顿了一下，长长的指甲急躁地敲击着桌子，就像机关枪在发射子弹一样。

她让我想到了旧时代的恶棍：稀奇古怪的大翻领条纹西服，手指上带着粗大闪亮的宝石戒指，身后跟随着一大群没骨气的人力资源职员，根据她的指示把马瑟—霍林格出版公司的规定改得面目全非。我不止一次想过会不会哪天早上发现身边有一个马头。

要是有人敢惹到她，薇薇安一定会用尽一切手段来整他：她可能会一时兴起，随意取消某人的合约，败坏别人的名声，甚至摧毁别人的精神。但是，更糟糕的是，薇薇安会对察觉到的任何**一点**冒犯发起反攻，意思就是说，以薇薇安那疑神疑鬼、高度敏感的个性，会把别人的无心之作升级为对她的冒犯。在薇薇安看来，每个人都在跟她作对，触犯她的底线，轻视她的权力和地位。

“你刚才说什么？”她对着话筒大吼，用手势示意我继续等着。“咱们把一件事说清楚吧，你这个分文不值的臭文人。我不是贱人，而是**贱王**。要是这周四我还拿不到完成的书稿——是的，我说的是**这**周四——那我这个贱王就要收回发给你的每一分预付款。**你明白吗**？我才不管你妈妈是不是只剩几个**小时**的活头了——”

她啪地一声挂了电话，然后按铃叫了泰德。他是新来的助理，二十四岁，以前是内衣男模特，今天早上在一封发给公司所有成员的邮件里，他打了个“做者”。

“把海拉姆·皮特斯的名字从电话簿上划掉，”她对着内线大声说，“倒霉鬼。”

哦，不会吧。可怜的海拉姆。菲尔一定会疯掉的。他做了那么多努力想保住海拉姆。海拉姆的上一部史诗小说已经获得国家图书奖的提名，这给他在文学创作领域带来了无上的荣耀。而且海拉姆的性格也非常好，大家都很喜欢他。菲尔提过，因为海拉姆的妈妈得了很严重的病，他这次晚了两个星期发来他的新书书稿——在薇薇安的眼里，这项罪行让他变成了“分文不值的臭文人”。

薇薇安将冰冷的目光转到我身上，我立刻觉得血液变凉了。“你看到《白宫秘闻》的封面了吗？”她用平静的声音问道，太过平静了。

我的脑子里闪过了最近看到的探索频道的节目：轮船失事后，一群人在大海里，眼睁睁看着一群鲨鱼在他们周围绕了快一个小时，但是直到鲨鱼停止转圈，鱼鳍从海面上消失了，他们才意识到真正的危险来临了。不出所料，鲨鱼们从海水深处跳上来，嘴巴大张去咬他们的腿。只有一个人幸存下来，讲述了当时的场景。平静可不是好兆头，对鲨鱼和薇薇安同样适用。

“嗯，是的，薇薇安，我看过了。我觉得凯伦做得很好。那些封面充满活力，引人入胜——”我清了清嗓子，绞尽脑汁想着褒义的形容词。从一开始进入出版行业，我就懂得了要学会多用形容词。评价一本书稿，不能说好或坏，而是要说极具争议的、令人心碎的、独一无二的，或者缺乏结构的、观念陈腐的、缺乏创意的。“那些封面*很鼓舞人心*。”我说完了。凯伦是一个非常有才华的美术总监，但是今天早上我听到她房门紧闭的办公室里有压抑的抽泣声，我猜最近薇薇安没有给她好脸色看。我看到凯伦为《白宫秘闻》设计的封面时欣喜若狂，其他人看到时也是一样的反应。

“鼓舞人心？你真的这么想吗？”薇薇安的声音再次拔高了。现在她开始发火了。“坦白说，克莱尔，你根本就没搞清楚鼓舞人心这个词的意思。你还呆在你的象牙塔里。本来不需要我**说的**，那些封面**太糟糕了**。是糟糕！这是我这辈子见过的最没有想象力的封面。还有你，作为一个**编——辑**，应该管好美术总监，确保她掌握那本书的核心精神！你应该**做好**这些工作的，克莱尔。”

我听到我自己倒抽了一口气。薇薇安有一种诡异的本事，能把我的名字说得像在骂人。

“为什么就**他妈的**只有我一个人**明白**这一点呢？”她越过桌子尖叫着，闪动着绿色的眼珠。

十有八九，薇薇安会使用下面这三句她最喜欢的责骂中的一句：1）为什么就他妈的只有我一个人明白这一点；2）我他妈的不是你老娘；3）为什么我总是要替每个人做他那该死的工作。如果你非常幸运的话，还有可能会听到一些新创的词汇和语句。

“对不起，薇薇安，”我含糊地说，“我现在就去凯伦的办公室。都是我的错，我应该多给她一些意见的。”当然，我和凯伦已经就这本书的封面的设计方向讨论过好几次，而且她还阅读了整部书稿。而且我真的**非常喜欢**她已经做好的封面，可以媲美获奖作品了。但是争辩只会更加激怒薇薇安，就像我刚来时菲尔提醒过我的那样。

我只希望凯伦和我能提交出一些让她满意的结果。一般来说，这就需要在封面中加上一些扭动的、半裸的身体，但是这是最近我们的书单上少见的并不是纯粹描写性的一本书，所以我们需要更有创意一点儿。

“我不可能替每个人做他那该死的工作。”薇薇安厉声说，然后坐回椅子面对着电脑。我想这就意味着我可以出去了。我缓慢地退出办公室，就像薇薇安是什么洪水猛兽，任何剧烈的活动都会激起她食肉的天性。

“你不舒服吗，克莱尔？”当我在饮水机旁边经过露露时，她傲慢地问。“你看起来像出了很多汗。哦，等一下……难道是因为你的新办公室里没有阳光吗？”她扑闪了两下睫毛，假装非常关心我的健康。

“我没事，露露。”我咬着牙挤出一句话。

这一天接下来就是一系列会议，代理商愤怒地打来的电话，还有砍掉一片森林做出的纸质文件。我忘了吃午饭，要不是我的手指开始在键盘上发抖的话，我很有可能也会忘了吃晚饭。我吃了半根从桌子抽屉里翻出来的、几周前咬了一口现在已经发硬的威化棒。我让大卫帮我过滤掉所有电话，除了薇薇安的，这样我可以多完成一些工作。大概晚上十点的时候，我拔掉电源插头，离开了办公室。

室外的空气清新而又凉爽。微风吹在脸上感觉很好。冬天很快就要让位给春天，在我每天在办公室埋头坐上十四个小时的时候，又一个季节从我身边溜走了。我决定步行到市中心的地铁站，稍微活动一下腿脚。手提包里满满的，都是我准备带回家加班修改的书稿。

兰道尔今天早上飞去伦敦开一个重要的会议。这样也挺好的，真的，我想一个人品味在旧公寓的最后几个晚上。感觉就像一个时代的终结。

我长出了一口气，在寒冷的空气里立刻化成了白雾。

突然我想起了一件事——我完全忘记了给卢克·梅维尔回电话了。他今天早上打来过，但是一整天过去了，我都没想起来给他回个电话。我摸出手机，虽然现在真的太晚了，我还是打了过去。电话响的第二声，卢克就接起来了。

“你好，我是克莱尔。很抱歉这个时候打扰你，但是我今天白天一直很忙，还有我想告诉你，下周周五之前我会告诉你我对你的书稿的审阅意见。很抱歉让你等了这么久……最近我有点儿忙。”

“如果你过来跟我喝一杯的话，我就接受你这两个不必要的道歉。”卢克说。我能听到背景里人声鼎沸。“我在佩里街上，离你住的地方很近。你想过来异度空间酒吧这边见吗？”

“我很愿意过去。”我回答，同时发现这就是我打电话的真正原因。我需要一个朋友，还有一杯酒。

第十一章　荒凉山庄

今天早上醒来第一件事，就是感谢上帝，**感谢上帝刚才只是个梦**。我翻了个身，按掉闹钟的铃声。刚才的梦里，薇薇安正因为我没能力编辑一本完全用梵文写成的书稿而大发雷霆，她正朝着我扑过来，嘴里还露出了吸血鬼的獠牙。

接下来我意识到：**我要吐了**。

洗手间就在几步之外。**住的地方小还有这样一个方便之处**，以前都没注意到，我一手托着头发，想着。

这可太糟了。我还穿着昨天的那身尖领衬衣和短裙。昨天我就觉得这件衬衣又难闻又邋遢了，现在更是难以忍受了，我一把脱下，卷成一团，然后扔进了垃圾桶。啊哦，我这辈子都没觉得自己这么恶心过。

昨天晚上的记忆只剩下一些片段。在异度空间酒吧里找到了卢克……喝下第一口威士忌酒时我的欣喜……谈论他的书稿……又一轮酒……抱怨工作，薇薇安，露露……又一轮酒……吐露内心的复杂心情，关于离开旧公寓搬去和兰道尔一起住……又一轮酒……卢克诉说跟他的素食主义女朋友的矛盾（据说他偷瞄了一眼山羊皮大衣，被她抓到了）……又一轮酒……然后卢克走路送我回家，他的胳膊环着我的肩，因为我冷得发抖……在我家楼下，他吻了我的脸颊……

我抖了一下。哎呀，毫无疑问最后这个片段的回忆让我觉得很不舒服。我还使劲拽着卢克的袖子，想说服他上楼再喝一杯。

我觉得还没跟他聊够。最后他上来了没有？**吻完脸颊之后还有别的后续行动吗**？我使劲搜索着大脑，想回忆起更多细节……但是失败了，我只记得一个人走上楼梯，脸上带着傻笑。昨晚没有发生什么事情，我非常确定。

不过为什么我觉得有些诡异的、模糊的……**负罪感**？

也许我只是把宿醉的痛苦当做了负罪感。

我冲了澡，然后拖着酸痛的身体去上班。很明显今天要打车去上班了，我可没有挤地铁的力气。

“早上好，克莱尔。”半个小时后，我经过大卫的办公室时，他说。“薇薇安在找你，她从大概八点半就开始给你打电话了。她好像……”尾音消失了。

“情绪不佳？”我一本正经地帮他补充。“你的意思是说她没有像往常一样问候你‘你叫什么来着，让那个没用的笨蛋白痴给我回电话’？”

恐怖式幽默是我们在格兰特出版公司的唯一一点儿乐子。

就在那时，我注意到了大卫脸上没有一点笑意。他正在频繁地清嗓子，听起来就像汽车在发动的声音。哦，不要。**拜托别让她**……我转身时祈祷着，然后看到了薇薇安，像一头鼻孔喷沫、准备进场的公牛。她刚才就在我背后。

“我看午饭之前你是不会回电话了。”薇薇安厉声说，踮着脚尖来缩小我们的身高差距。我想她一定很抓狂，因为她身高只有五尺一寸，比我矮了大半头，所以她得把脖子快扭断才能跟我面对面说话。现在我把高跟鞋当做主要的反抗行为，每一天都会穿上——无论我的脚磨得多疼，无论我酒醉之后起床多么难受。

我扫了一眼大卫桌子后面的表，上午九点零三分，心生畏怯，准备好接受暴风雨的洗礼。

“我们需要谈谈。”薇薇安尖声说。“我有四本书要你负责。

都是三个星期的处理周期，每个作家从现在算起有三个星期的时间来完成书稿。你能做吗？”

我宁愿接受一场劈头盖脸的痛骂。我甚至愿意接受竹签扎手指的处罚。

四本书，同期进行，而且一个字都还没写，这就意味着接下来的六个星期，我每天都要工作*至少*二十四个小时，即便如此，我也很有可能没办法如期完成。不幸的是，我已经被迫走过这样的独木桥了，去年十一月，我实在没办法了，把睡袋都放到办公室，偶尔才能打个小盹。菲尔也是一样，格兰姆熬夜的次数跟他回家的次数差不多。无论兰道尔怎么说，在投资银行工作跟我们完全没有相似性，除了他们的工资去掉后面的一个零之后跟我们一样。

四本书，同期进行。天哪。根据以往的经验，我知道这项任务可是吃力不讨好。因为不用说，一定会有其中一本书，而且是*至少*一本会出状况，到那个时候，薇薇安的怒火会对准我一个人集中发射。

她问的，实际上是我能不能以身殉职。

“这些可，嗯，有点儿多。”我嘟囔着。“我可以试试看……但是这四本书真的需要同期进行吗？那样工作量会比较大，薇薇安。”老天，我可真够懦弱的。我的骨气去哪儿了？为什么我不能为自己辩护一声呢？“不过我会尽力做的。大卫，请你问泰德要这四本书的条约，然后我们就开始着手做这些——”

薇薇安哼了一声。“条约？没人告诉过你吗，和作家谈判商定条约是*编——辑*的任务。你以为我有时间管这些小事吗？跟那些笨蛋代理商纠缠？我会告诉你每本书的出价，你来负责实现它。”

“没问题。”我回答。我早就该知道会是这样的。换句话说，我需要说服每个代理商接受薇薇安的出价（这些代理商全都跟薇薇安打过交道，因此也明白他们是在小心谨慎地送羊入虎口），向作家解释每本书的概念，说服他或她在，哦，十天之内写出一本四百页的书稿。如果他或她办不到的话，上述步骤再来一遍，找个写手来写（一般来说，答应在这么不近人情的期限内写书的人，都是跟我们公司签有合约的）。最终完成书稿，让大家（大家指的就是薇薇安）满意。这些工作量再乘以四。

然后就到了**真正**有趣的环节——过了这两周之后，因为书稿不可避免地会有纰漏，我们就得骚扰筋疲力尽的可怜作家，让他们在两周之内重写很多章节，然后把这些新鲜出炉的垃圾送去出版。**这些工作量再乘以四**。

"但是你看,薇薇安,工作量很大。"我有些为难地重复了一遍。"能不能让另外一位编辑帮我分担一本。我只是不想承诺我完不成的任务，而且坦白说，这项任务不是任何一个人能完成的。"

好了，我说出来了。

没有预想中的爆发，相反，薇薇安看起来很高兴。有一种沾沾自喜的胜利感。

"你说得对，克莱尔，你可能做**不**完。"她赞同地说。"菲尔的工作也排满了，但是我相信露露一定会很高兴接手其中两本的。她自己手头已经在做两本了，但是你了解露露的，她总是乐于接受新任务。要是我能克隆她就好了！"

啊啊啊啊！圣人露露！我知道薇薇安在使用激将法，但是我还是很不喜欢露露的圣人形象又被拔高了一点儿。要是我不接受的话，难道我在格兰特的等级还能再降一级吗？要是下次薇薇安要我搬到一个大柜子里，借着手电筒的光办公呢？我摇了摇头，暂时还没办法说出心里翻腾的那些真实的想法。

"算了吧，"过了一会儿，我说，心里痛恨自己的妥协。"我可以全部都做，薇薇安。告诉我你计划的出价，然后我们就从那些开始做起。”

“好的，那么，你来我办公室吧。”她粗鲁地说完，然后昂首阔步地走开了。

我转向大卫。“你能帮我问问泰德，薇薇安今天上午什么时候有空吗？”

“我会跟现在的助理联系的。”大卫说。然后，他压低嗓子说：“昨天下午泰德逃离牢笼了。听说她拿着台灯砸到了他的头上。不过，他受伤并不严重，这倒是个好消息。”

我点点头，他坚持了两周半，已经超过平均值了。我并不是要说泰德的坏话，但是我非常怀疑他可能理解不了薇薇安的那些微妙的心理战术，所以才多坚持了一个星期。

“迎接接下来富有挑战的几个星期吧。”我试着微笑，但是我的面部肌肉拒绝合作。

“我们能熬过去的，克莱尔。”大卫安慰地说。

我迅速走进办公室，这样他就不会看到刺痛我双眼的那些泪水了。**成熟一点儿**，我责骂着自己，带着怒气抹掉眼泪。我发过誓决不在办公室里掉眼泪，虽然我已经看到不少同事哭过。十二层的女卫生间经常回荡着哭泣的声音，而且菲尔告诉我男卫生间也是如此。

我打给碧翠斯，需要先减减压才能投身今天的工作。“我觉得我的老板想让我死，”我低声告诉我的好朋友，“以前有因为工作太多累死的人吗？”

“当然了，而且那种死法很可怕。”碧说。她沉默了几秒，我能想象出她正在咬着指甲，组织着措辞。“克莱尔，我知道你给自己定了一年的期限，但是现在你是不是该考虑换份工作？”

我当然已经想过这个问题了，但是很难解释清楚薇薇安激发出来的我内心那种强烈的固执，所以在一年之内放弃的想法已经被我在心里排除了。我不能让她的计策得逞，我不能祈求她的开恩，而且我也不能撇下卢克的书稿不管，让它迷失在格兰特这个大黑洞里，是我介绍他过来的，现在我有责任确保他安全脱身。

“现在我连找工作的时间和精力都没有。”我告诉碧。“我这周末就要搬家了，然后下个星期咱们要去爱荷华，现在除了别的事情，我又刚接手了四本书……而且我觉得我还没从昨晚的醉意中完全清醒过来。”

“昨天晚上？”

“对，我晚上去跟卢克喝酒了，快把那个可怜的人唠叨死了。不管怎么样，碧，我得回去——”

“你能向我保证照顾好自己吗，克莱尔？我很担心你。”

“我会尽力的。”

“好的。今晚给我打电话吧？我要赶去上十点的瑜伽课。对了，你今晚上要不要过来跟我们一起看《基辅的单身汉》？”

“除非它是凌晨三点钟开始的。”

“噢！太扫兴了，克莱尔。今天晚上要大结局了！哈利还觉得那个达拉斯拉拉队队长肯定能出奇制胜。”

她的话让我感到无限伤悲，因为我完全不知道她说的那个达拉斯拉拉队队长是什么人。

我挂了电话转回电脑旁边，我已经对着它那冰冷的蓝色荧光很长时间了。碧得到了玫瑰花和瑜伽，而我只有电脑辐射，还要在老板的皮鞭下卑躬屈膝。即使这样，我得到的评价却只有不成熟。

我的咖啡杯快空了，我端着杯子去茶水间泡新的。

“真是太棒了！”经过会议室时，我听到薇薇安在里面惊呼。“我就知道好运来会是举办明天的新书发布会的理想地点。那些脱衣舞娘不在台上跳舞的时候，可以去端饮料！我们的销售代表还可以享受赠送的大腿舞——这会增加很多乐趣的！门票抽奖的奖品就用可以吃的内衣套装！*真是妙极了！*”

“哦，我的老天，”露露夸张地说，“你真是个天才，薇薇安！你是怎么想到这个点子的？还有这个聚会真是天才的点子！天才！真是太棒了！”

这个女人真是太会溜须拍马了。

“我知道，露露。这就为什么我能打败其他人，坐上这个行业的龙头老大。”薇薇安吹嘘着，“他们都是，就像……行尸走肉。缺乏思想的僵尸。没有新鲜的视角，没有一点儿诱惑力，干巴巴的，还自以为是……”

我意识到自己正在走廊里来回走，赶紧朝茶水间走去。我的头都大了。明天晚上是《吹箫：图解口交历史》的新书发布会。我本来以为出版这本书就已经把我们公司的品味拉到最底层了，但是现在看来很明显还有下降的空间。比如说把新书发布会放在这个城市最臭名昭著的脱衣舞俱乐部——好运来举行。

我在咖啡里加了糖，然后回到办公桌前。我有一座小山一样的文件需要处理，我得加紧工作，才能不被它们淹没，还有大概有一百个人的电话要回。大卫在每个名字后面做了简单明了的标记。在大概第五十个名字的时候，我能从他的字里行间看出来，有几个数次打来电话的不满的人很快就要倒戈了。我得先给这几个回电话。

“克莱尔？”菲尔站在我的办公室门口，两手抱着他的台灯、纸盒、画框，还有一盆绿色植物。

该死，我心里骂道，这个词在我空虚、疼痛的脑子里不断回响着。

“她去年就说要把我的头挂在街上了，克莱尔，”菲尔耸耸肩，

"更不要说其他那些酷刑了。今天她终于爆发了。"

我真不敢相信，薇薇安竟然解雇了菲尔，一个高级编辑？他在这个行业是数一数二的，在我们公司更是首屈一指的。没有了他，我该怎么熬过这一个星期？在跟露露对抗时，谁还能做我的同盟？而且更重要的是，菲尔将没办法养活他那日益壮大的家庭……我觉得我好像又想吐了。他的妻子，琳达，三个月前刚刚生下他们的第二个儿子，而且我知道之前菲尔就已经有点儿捉襟见肘了。他过去的工作经历很不错，但是现在市场不景气，找工作并不容易。

内线响了。是那个卑鄙的女人。"**克莱尔，来我的办公室。立刻。**"

菲尔虚弱地笑了一下。"坚持住，孩子。"说着他给了我一个拥抱。"我没事的。我在别的出版公司还有朋友，我相信一定会很快找到新工作的。只是小心别让她伤到你。"

"**克莱尔！我让你来我的办公室，现在！**"薇薇安在内线里吼道。她的声音就像一股电流，我不由自主地从椅子上跳了起来。菲尔只是摇了摇头，朝走廊走去。

带着怒气，我冲到了薇薇安的办公室，门也没敲就直接闯进去，看到一如既往打扮得体的露露——一套浅灰色的正装，珍珠饰品——已经坐在老板的对面。

"你解雇了菲尔？"我怒气冲冲地问。"你怎么能这样，薇薇安，他是全公司最好的编辑！这样做太没道理了！"

屋子里静得连一根针掉在地上都能听到。就在这片沉默中，我突然意识到，我以前从来没敢这么大胆地质疑薇薇安。我看到她的脸上闪现了一丝震惊，但是她很快又掩饰过去了。

"他没能力了，"她反击我，"没价值了。我留他在这儿的时间已经够长了。现在，关键问题是他的书由谁来接管。达恩他妈的怎么还没到？”

“我来了。”达恩推开了办公室的门，抱着一堆几乎和她一样高的文件夹。“好了，我已经列好了菲尔的文件清单，他的文件夹都在这里了。我觉得比较合理的方法就是你们两个人平分这些文件夹。”她充满歉意地看了我一眼。

“哦，没**问题**。”露露用甜得发腻的声音回答。“我非常愿意接受他的项目，给它们注入活力！”

“嗯，很好。”达恩说着，把文件重重地放到旁边的桌子上，然后像赌场的发牌员一样面无表情地开始把它们分成两堆。

在场的人难道只有我觉得担忧吗？一个像菲尔那样做出杰出贡献的高级编辑竟然会毫无预警地就被解雇了？达恩和菲尔已经一起工作四年了，在格兰特这样的地方，这四年就像二十年一样漫长，但是她对薇薇安无情地抛弃菲尔的事实表现得极为冷漠。

仔细回想一下，我从来没见过达恩流露出一点被惹恼的情绪，虽然一般情况下薇薇安的怒气都会直接撒到她的头上。我觉得这样有点儿恐怖。

“这样就好了。”我们分完菲尔的书单之后，她简短地说了一句。

“我可以留下来跟你再谈几件事吗？”当我们整理好各自的文件准备离开时，露露问薇薇安，她点头同意了。达恩和我沉默着走回办公室。

“有什么事是你不能从容面对的吗，达恩？”我们走到我的办公室门口时，我问她。“坦白说，菲尔毫无缘由地被辞退，你看起来一点儿也不心烦。”

达恩停了下来，她的眼睛开始在走廊里四处扫视，就像一只捕食的野兽。过了一会儿，她发现我们是附近唯一的两个人，放下心来。“如果你让她看出来你被惹怒了，”她的声音小得我都快都听不到了，“那她就赢了。”然后她悄无声息地朝楼道走去。

我走进办公室关上门，突然觉得有点儿冷。我甚至希望我没有问过这个问题。把达恩当做某种智能机器人，要比亲眼看着她——一个活生生的人——却长期与她的虐待狂老板保持着一种不正常的关系，要容易得多。

我一关上办公室的门，就感到心里有什么破裂了。我把脸埋在双手里，放声大哭。

第十二章　瓶中美人

“要来一杯贝利尼吗？”一位身着丁字内裤，头上插着白色羽毛的金发脱衣舞女问我。这是薇薇安为她们特别订制的服装。

“嗯，不用了，我很好。”我喝不完一杯贝利尼就会退场的。

音箱里播放着重低音音乐，为舞台上那个只穿着内裤的脱衣舞女绕着中间的钢管跳舞提供了节奏。我扫视了整个大厅。可怜的大卫跟其他几个明显感觉不舒服的助理坐在一起，没有一个人知道眼睛该往哪儿看。

薇薇安为了这次发布会真的是不遗余力。整个楼层都能听到她跟公司执行总裁桑尼·温特沃斯争吵的声音，他们一直在争论这家曼哈顿有名的脱衣舞俱乐部是否适合做新书发布会的会场。最后她胜出。可是又有哪一次不是这样的结果呢?

“克莱尔，”露露无声无息地出现在我身边。她穿了一件黑色紧身超短迷你裙，搭配了一顶牛仔帽，看起来就像一个瘦版的布兰妮·斯皮尔斯。“这个聚会真是太天才了，对吧？”

露露从来不跟别人闲聊。我明白她是想故意激怒我。

“是*不错*。”我低声说。如果天才指的是不顾他人想法、极度不合时宜，而且很有可能招来几场官司的话，那么她说对了，这个聚会的确*很天才*。如果天才指的是脑子不正常——在会场上向众多行业顶级销售精英和媒体要人派发性玩具，那么她说对了，这个聚会的确*很天才*。

“你看到我的纹身了吗？”露露问我。她伸出她那瘦弱的胳膊，上面贴了一张纹身，写着“我爱我的老板”。“我是在一个歌迷网站上买到这个的。我要去给薇薇安看看。”说完，她就走了。

我以前怎么没注意到这个女孩是这样一个马屁精呢？在过去她不跟我说话的几个月里，我只是觉得她是个贱人。现在我的看法更尖锐了：露露疯了，薇薇安疯了，这样的疯子在管理我们这个精神病院。

“你好，克莱尔。”桑尼平静地说。他一定是刚走到我身边，而且他胳膊上挽着外套，好像随时准备离开会场。

我很欣赏桑尼。我来公司的第一个月，参加了欢迎新职员的早餐会，那时第一次见到了他。虽然他处于马瑟·霍林格出版公司食物链的最顶层，但是我们立刻就熟识起来。他十分平易近人、容易接近，很难想象他在一家大型出版集团身居要职。桑尼个子不太高，大概五点五英尺，头发剪得很短，戴着半框眼镜。他性格沉稳，含蓄克制。

“你面对这些好像和我一样窘迫。”他低声说。

我不知道该如何作答。如果桑尼早就知道这场聚会是荒谬不合理的，那他为什么要同意呢？他是薇薇安的老板，如果有一个人能制止薇薇安的话，那个人就是他。

“我真不敢相信。”我说。在一个阴暗的角落，一群人正围着这本书的作家，听他讲解如何实施一场完美的口交。来自会计部门的玛丽正在一个小黄记事簿上做笔记。我们公司的一个销售代表正在被迫接受大腿舞。站在公司总裁旁边看着这些场景，让我觉得尤为尴尬。

桑尼悲伤地摇了摇头，然后说：“可不是嘛。”我突然有点儿同情他。不错，他是个懦夫——但是他自己也知道，这是最坏的惩罚。

而且我们全部都和他一样，是个懦夫。我不想丢了我的饭碗，桑尼不想得罪公司最大赚钱机器。毕竟，格兰特公司为马瑟·霍林格集团贡献了三分之一的经济收入，而整个集团有十二家下属公司，所以这个贡献是惊人的。从经济方面来说，薇薇安一个人抵得上四个人。因此，公司完全忽略了她在其他方面应该承担的责任——跟不满的离职职员打官司，在每次争论中都站在她这一边，在这个城市最不适宜的场所举办新书发布会。

“桑尼宝贝！”薇薇安大声叫着，摇摆着穿过会场向我们走来。“这个聚会是不是你见过的最性感火爆的一场？我们在震撼整个出版界，宝贝！我们**做到了！**”她看起来极为得意。她的红发都梳向脑后，扎成一个高高的马尾，这让她的脸处于一种持续的吃惊表情。而且她还换掉了平日的权威西服，穿着一件红色蕾丝紧身马甲，蟒蛇纹短裙，渔网袜，到大腿的黑色皮质长靴。总之，像她这样年纪的老板，这样的打扮效果是令人惊悚的。

“我们到底**在**做什么？”他嘟囔了一句。我看了看薇薇安。她脸上的笑容已经消失了。

“你说这话是**什么意思？**”她抿着嘴唇，讥笑道。“这个聚会棒极了！是一个巨大的成功！贝特西怎么没来？她一定会喜欢这里的！”贝特西是桑尼的妻子，她是个一本正经、极端保守的女人，在聚会上少言寡语。我真的完全不能想象一个像她那样的人会出现在一个脱衣舞俱乐部。

“实际上，她正在等我回家吃晚饭。”桑尼说。然后他向我们短暂地告别之后，就朝着出口的方向走去。

“真是个妻管严。”薇薇安尖酸地大笑，“**我老婆正在等我回家吃饭呢！**天哪！什么样的男人会因为老婆做的夹肉面包而离开脱衣舞俱乐部呢？这样的男人不应该掌管这家公司，你就等着看吧。在马瑟－霍林格出版公司只有我最有种。”她冲我眨了眨眼睛，似乎刚刚发现我站在她旁边。然后，她托了托胸，以挤出更深的乳沟，就走回喧嚣的人群中去。

“你想来段舞蹈吗？”一个胸部足足有D罩杯的亚裔女人用女子学院训练出来的礼貌问我。

“不用了，我打算走了。”我说着，朝衣帽寄存处走去。

然后我看到了他：斯坦利·匹兹别克，穿着一件黑色的皮夹克，还戴着几条金链子。一个像芭比娃娃一样的金发美女正在他身上扭动，而他和薇薇安隔着会场极富诱惑地互相对视着。

我突然间觉得如果我不马上呼吸一些新鲜空气的话，我会吐在大厅的粉色香槟喷泉里面。我从寄存处那个女孩手里抓到我的羊毛大衣（兰道尔送的圣诞礼物），朝着门口跑去，刚跑到路边，我就吐了出来。这已经是一个星期内的第二次了。

“我告诉过你走莱克星顿大街的！”薇薇安坐在林肯城市车里，身子往前探出很多，正视着司机的脸，对着他吼道。他立刻遵照她的指示急速转向，薇薇安和我因为惯性都被甩到了车的一边。

“狗娘养的！你想害死我吗？”她尖叫着。

我看到他在后视镜里耸了下眉毛，也许他真的这么想过。

现在是最漫长的一周的星期五早上八点。薇薇安和我要去住宅区跟一位营养学专家瑞秋·巴恩斯会面。最近她成功地将很多纽约上东区的苗条女人打造成她们梦寐以求的无脂柳条状态，因此广受报道。她的秘诀？一个消耗体力的美国海军式的训练项目，加上一套她保证健康的一天五百卡路里热量的食谱。一个月只需要支付超级超级低的一万美元，巴恩斯的客户们就能知道那个秘诀：什么都不吃，像奥林匹克运动员一样运动，就能让她们瘦成皮包骨头的样子——

“这个月之内必须有三本最畅销书。这个数字是不容争辩的！”薇薇安对着手机粗声粗气地说。而此时我们的司机正遵从指示，尽可能快地把我们送到目的地，以临近死亡的速度在车流中穿梭。我目不斜视，尽力保持着方位感。这是我避免再次呕吐的唯一方法。最近我对自己的胃不太信任了。

薇薇安突然抬起头看着我问：“你怎么了，克莱尔？”

“我觉得有点儿不舒服。我只需要——”

“真恶心，你要吐了吗？离我远点儿，我现在没时间恶心。”

“我不是要吐，我只——”

“嗯，不管你是不是恶心，不要只是坐在那儿瞪着窗户。我付你钱不是让你他妈的来看风景的！在我们到达第八十大道之前，我要你想出三个新想法。别浪费我的时间。”她将注意力又转回到电话上，“我发誓，我真不知道我的职员每天都在干什么！如果不是我不断甩甩鞭子的话，他们肯定会一整天坐在那儿无所事事，玩手指儿。这简直就像在**做家务**。好了，宝贝，我下周再给你打电话。周三你有空去常春藤吃午饭吗？……太棒了，**拜拜**。”

看来薇薇安下个星期又会去洛杉矶了——真是个好消息。要是不用每隔十分钟就要回应一下她的摇铃或者口哨，我可以完成更多的工作。她打完了电话，把手机塞进芬迪包里。

“事实上，薇薇安，我的确有几个提案想跟你谈谈。”我说着，一边翻着笔记本，一边试着克制住不断上涌的恶心。“第一本是一部历史小说，背景设置在二十世纪二十年代的芝加哥……”薇薇安合拢双手，把脸贴在上面，暗示仅仅这个时代背景就已经让她发困了。“好的，接下来，我收到一个很好的提案，是由哈佛大学医学院的两位博士研制的慢性疼痛治疗方案——”

“我的老天，克莱尔，我正需要慢性疼痛治疗方案，才能听完你这些无聊致死的想法，”薇薇安呻吟道，“你真是太……太

学院派了。真是让人发困。就像我们行业其他那些懒虫一样。你需要从你的象牙塔里走出来，从更加商业化的视角来看这些书，不然你永远也做不出畅销图书。色情图书一直不愁销路。不管你喜不喜欢，现在这个时代人们就是喜欢读这些东西。所以你好好考虑一下吧，我的船上可容不下目光短浅又自命不凡的人。”

目光短浅又自命不凡？懒虫？有时候薇薇安的辱骂来得又快又突然，需要缓一会儿才能反应过来她的意思。

“现在拿露露最近的收获来举个例子。一本避免外遇的超级激发性欲的指南。结了婚的人，十个有七个会想读这本书。露露拿到了。她就是拿到了这本书。而这样的本能不是我能教会你的，克莱尔。”车在红灯前停下了，她突然猛拉司机的衣服领子，迫使他的头转到后面。“我**告诉过你**别走莱克星顿大街的！做好你的该死的工作吧，这可不是在开火箭！”

我往后靠在椅背上。车子转过街角，朝帕克大道开去。

“好了，克莱尔，待会儿我们见到瑞秋时，我希望你不要开口说话。”薇薇安宣布，“我想让她把我当成新书的实验对象。你知道的，通过接下来的十个月对我训练的结果，来展示她的项目是多么有效。我想读者会很喜欢看到有一个模特来展示这些实际效果的。”

啊，当然了，我早应该猜到这些的。就像家居设计图书的作家要翻修薇薇安的房子——免费的，还有写《自己动手做头发护理》的作家，一位有名的造型师，现在每个月要来办公室一次，为薇薇安护理头发，瑞秋的新书合约毫无疑问一定要额外附加一些薇薇安受益的福利。我的老板总是在忙于进行各种节食计划，寻找着神奇食谱，既能够保证她的营养均衡，又能让她身材苗条。也许出版瑞秋的书能帮薇薇安省下在节食方面的巨额投资。

几个月之前，菲尔告诉我，薇薇安曾经预付给一位厨师高达五十万美元的预付款，在签完合约几周之后，这位厨师便搬进了薇薇安的公寓，在接下来的一年为她做饭。除了书款，她还会付给他工资吗？任何一个了解薇薇安的人都知道，她是绝对不会多出一个子儿的。

“我会保持沉默的。”我答应了。

我的手机在包里震动——兰道尔办公室的号码。我讨厌在薇薇安旁边接私人电话，但是我还是接起了电话，急切地想听到他的声音。明天我就要搬进兰道尔的公寓了，但是他去伦敦出差了，而我又忙于工作，我们已经好多天没通过电话了。

“嗨！”我低声说，尽可能坐得离薇薇安远一点儿。

“克莱尔？我是迪尔德丽，亲爱的。打这个电话是要告诉你，兰道尔的旅途延期了，所以他要下周二才能回来。他让我告诉你他很抱歉，晚点他会打给你。但是这不会影响这次搬家，克莱尔，我已经安排好明天搬家的所有工作了。搬家公司明天早上十点钟会准时到你的公寓，还有不用担心打包的事情，他们会帮你做的。”

我的心沉了下去。我和兰道尔同居的第一个周末……而他却不能在场？好无聊啊。我想问一下迪尔德丽，能不能延期再搬家，但是她已经做了那么多努力。

“明天早上十点，很好。多谢了，迪尔德丽。”

“哦，还有亲爱的，兰道尔的妈妈已经说了周末会过来看你，帮你整理东西。所以我想你应该不会感到孤单的。”

我感谢了迪尔德丽，心再次沉了下去。车子停在了瑞秋的办公室门口。我跟着薇薇安下了车。

“在为周末打算吗？”她问我，声音里充满了嘲讽。“天哪，克莱尔。我真高兴你没让工作妨碍了你的社交活动！”我们走上楼梯时，她带着反感嘲笑我。

我想起了我和菲尔下班后第一次一起出去喝酒时，他告诉我的一些话。“为薇薇安工作，”当时他说，“会让人们想到两件事情：要么杀人，要么自杀。”

我当时大笑不止。现在我才意识到，他不是在开玩笑。我现在两件事情都想做。

第十三章　过河卒子

“萨利·琼斯是一个平凡的郊区家庭主妇。白天，她忙着工作、做饭、参加家长会，到了晚上，她会把这些都抛到脑后，痴迷于手铐、性玩具、疯狂的晚会……”

我读不下去了。我今天早上很早就来办公室，期待着能多处理一些已经积压了好多天的文件，但是结果未能如愿。相反，我盯着日程表。再过几天，我就要回爱荷华过周末了。快要到了。而且今天晚上兰道尔终于要回家了，谢天谢地。我搬过来之后的前三个晚上都是跟他的妈妈和斯维特拉娜一起度过的——这可并不是我所预想的开始我们的关系的新篇章的形式。

你有新邮件。

我现在对分神的东西毫无抵抗力，打开邮箱，看到了玛拉的邮件，问我搬家之后过得怎么样。

我非常想念玛拉。她最近刚刚开始做两本很有意思的烹饪书——一本的作者是最佳大厨奖的获得者，另一本的作者则是最受大众喜爱的厨师——她最近工作很努力，一直在忙着跟摄影师、作者、美食家们协调，确保各项准备工作就位。让我感到宽慰的是，在大厨马里奥被格兰特公司非常突然地抛弃之后，玛拉接手了他的书。我来这里上班后只跟她见过几次面，但是我们经常发邮件，用这种方式来弥补我们不能每天聊天的遗憾，聊胜于无。

我正要给她回邮件，又一封玛拉的邮件出现在屏幕上。

收信人：克莱尔·特鲁曼

(crtuman@grantbooks.com)

发信人：玛拉·门德尔松

(mmendelson@petersandpomfret.com)

主题：啊—哦

看一看今天报纸上的劳埃德·格拉夫专栏，然后再看看头版……我很担心你。

我立刻拉出今天上班路上塞进包里的《每日新闻报》，翻到格拉夫专栏。最近这几个星期，这位专栏作家每次提到我的老板时都把她批得体无完肤。在最近的一次国际笔会召开的文学盛会上，他的座位被安排在薇薇安附近，近得能听到彼此说话的内容，这就更加激发了他的批判兴致。在上周的专栏里，他写到了薇薇安"不正规的"出版方式，还有我们公司频繁的职员流动，这些不用说，让她变得比平时更为恶毒。今天，他主要批判的是一本露露正在做的书：

你不可能总是得到你……

不想要的？

赫瑞斯·惠特尼，一位著名的左翼政治权威人物，曾经担任克林顿的政治顾问，评价说"一辈子从来没见过这么下流无耻、偷偷摸摸、自私自利、道德败坏的行为——要知道我已经在华盛顿工作过三十年"。

惠特尼的怒火是因谁而起？除了薇薇安·格兰特，他那脾气暴躁的出版商之外，没有别人了。根据代理商泰米·西蒙斯发来的一封邮件所称，“命令他在两个月内写出一本书，他照办了。然后我们就再也没从（编辑）露露·普莱斯那里得到任何消息，连一个字都没有。最后，在打了无数个没有回复的电话后，我接到了一封薇薇安发来的长达20页的关于编辑修改意见的邮件，在这封邮件的最后，薇薇安宣称这部书稿‘不值得出版’，并且直截了当地宣布要取消这份合约，还拒绝支付预付书款。”

惠特尼和西蒙斯被惹怒了。当然，这并非偶然，格兰特经常在收到完整的书稿之后突然取消合约。但是本篇这个故事更复杂，不到两个小时，西蒙斯就找到了几家出版公司，他们都对这部书稿极为感兴趣，并希望能够签下这本书的出版合约。然后，格兰特显然对这部书稿改变主意了，她辩解说她发给西蒙斯的邮件是“一堆马粪”，现在她正在起诉桑普斯公司和伊万斯公司抢夺了她的公司的出版权。

在这篇专栏旁边，《每日新闻报》刊登了薇薇安的一张早期照片——撅着嘴，脸上画着很厚的妆，头发是很有魅力的大波浪卷。

我叹了口气，喝了口咖啡来补充体力。

“克莱尔？”大卫在内线里问，“康黛丝打来电话了，在一号线。你想现在接还是稍后给她回电话？”

“我现在接吧，谢了。”我回答，拿起电话。“你好，康黛丝，最近怎么样？你对我们的出价想好了吗？”昨天，我给康黛丝开出了我们给她的第三本书的最终出价。她曾经是个超级模特，写的书都是关于她与历任男友的淫荡的回忆录。我极其希望我们能最终就合约条款达成共识。不幸的是，“我值得更多的”好像是康黛丝最喜欢的六个字。我觉得这六个字用来对付虐待狂薇薇安，倒称得上是一张王牌，不过对我这个夹在她们两个中间的编辑来说，就有些抓狂了。

康黛丝和薇薇安之间有一种爱恨交织的关系，因为她们不时地会在同一个聚会场合闪亮登场，而她们两个又都是那么明艳动人、极富魅力。很明显，现在她们处于相看两生厌的阶段。

“告诉你的老板，就是那个说什么下周二见的婊子，我不可能接受给我的第三本书的那么一点儿可怜的预付款，*门儿都没有！*”康黛丝的声音在电话里听起来非常刺耳，我把电话放得离耳朵远一点儿才能忍受。刚才我忘了这一点，她们两个说话的风格也一样。“她以为我不知道她从我的前两本书里赚了多少钱吗？现在这本书只给我十七万五，真是笑话。她以为这里只有她一家出版商吗？就因为我*忠诚*——老天，对那个醉心于权力的贱人，我已经忍受得够多了——这可不代表我是*傻子*。我不会坐等着被动接受结果的。告诉她，那个数字至少加倍，我才会接受，而且我还需要发型、化妆、置装的费用。哦，对了，我的整个团队都要坐头等舱的座位，宝贝，我的整个团队，现在赶紧去办吧。”没等我说话，她就挂掉了电话。

好吧，我得把她的话再换种说法讲给我的老板听，我想。我强逼着自己把注意力转回到书目上去。让我头痛的康黛丝的问题，随后再处理。

但是还没等我写出一个字，我的办公室门被打开了，爱丽丝——一个性格甜美的临时雇员，刚被安排做薇薇安的助理一个星期——走进来，迅速把门关上。她的小脸通红，满是恐慌。鼻子下面有小小的汗珠。

“你一定要帮帮我，克莱尔。”她哽咽着说，“她要杀了我。薇薇安二十分钟后就要从家出发飞去洛杉矶了。她刚才打电话过来，让我在办公室里找到两份文件给她送过去。我问她可能放在哪儿了，她就把我大骂一顿，可是我哪儿都找不到……”爱丽丝低头看了看手表，然后更加慌乱。“拜托，克莱尔，你能不能帮帮我？她刚才叫我该死的白痴，而且还说她要在我的评估意见里这么写，那样中介机构再也不会给我分派工作了……”

爱丽丝用手背抹了抹眼泪，我抚着她的双肩让她镇定下来。为什么薇薇安要这么冷酷呢？她就不能在电话里告诉可怜的爱丽丝去哪儿找那些文件，像个正常人的做法那样吗？

“我当然会帮你了。”我说，“别对她骂你的话太在意，她对每个人都是那样。我们会及时找到她要的那些文件的，别担心。”菲尔之前给过我无数次这样的安慰。他总是能让我镇定下来，但是从自己的亲身经历，我知道当你被一个人那么尖刻地责骂之后，很难“不往心里去”。

“请你别跟任何人提起这件事，”当我们进入薇薇安的办公室之后，爱丽丝低声对我说，“薇薇安对她的文件的保密程度简直可笑。要是她知道我让你过来帮忙了，她会杀了我的。”

“我一个字也不会说出去的。现在说说，她都要哪些文件？”

“一个文件夹里装着最近几次销售会议上销售部门的所有意见，还有一个是关于主要出版项目的文件夹。”

我在薇薇安桌子上的文件夹里翻了翻，找到一个标着“秋季销售”的文件夹。“找到了，这个是市场销售那个。”我把文件夹递给爱丽丝，她脸上感激的神情会让人以为我刚刚把她从着火的大楼里救出来。主要出版项目不在桌子上，我就走到墙边的文件柜旁，想拉开标着 P-Z 的抽屉。

锁住了。

“稍等，我去拿钥匙！”爱丽丝冲出去，然后瞬间就拿着钥匙跑回来了。

我打开锁，把抽屉整个拉出来。里面塞得满满的。“人事资料”……“演讲致辞”……“印刷公司，国际国内”……找到了，“主要出版项目”。这个项目的目标是直接面向消费者来进行图书定位和销售，以此来建立我们公司的品牌信誉，从而实现让读者在书店里只需要看一下书脊上的出版社名称，就能决定要不要买下一本书。这是一个很有意思的创意，薇薇安为这个项目的成形做出了不少努力。

我从抽屉里抽出这个文件夹，把旁边的文件都拉乱了。爱丽丝一把抓过它，然后像短跑运动员接过了接力棒一样冲出门去，一面喊着：“**万分感谢**，克莱尔，帮我锁上它！”

当我把文件塞回抽屉时，一份文件吸引了我的注意力。标签上写着“匹兹别克”。薇薇安还保留了一份她的已婚男友的文件夹？

偷窥是不对的，克莱尔，我在心里责备自己。**把文件夹放回去**，但是好奇心最终占了上风。我迅速拉出这份文件夹，打开浏览了一下。里面只有一张纸，是一封发送到薇薇安的办公邮箱的邮件。

收信人：薇薇安·格兰特
(vgrant@grantbooks.com)
发信人：斯坦利·匹兹别克
(Stanley Prizbecki@nymajor.gov)

嗨，可口小点心。从星期四开始就一直在想你。我告诉A这个周末要去巴尔的摩市开公共交通会议，所以我整个周末都是你的了。星期五晚上十一点，商业区见。

呀呀呀呀呀！活该我好管闲事。

我把这张纸放回文件夹，然后看到了文件夹底页夹着一张一次成像的照片。我的下巴都快掉到地上了。照片里的人是斯坦利——踩着一双粉红色的高跟家居拖鞋，嘴上涂着血红的唇膏。口红和满是胡茬的脸从来就不是多么好的搭配，更不要提斯坦利那从女式睡衣里袒露出来的满是胸毛的胸膛。

忍不住打了个寒战，我赶紧把文件夹扔回抽屉，然后上了锁。

从很多方面来说，这都是错的，从薇薇安的办公室溜出来之后，我一直在想着这些。我不应该偷看那些，不过斯坦利的那幅装束带来的心灵上的震撼和折磨已经足够抵消我的罪行了。

我走进办公室时，电话在响个不停。真是不得片刻安宁，我接起电话。

“嗨，美女。”我一接起来兰道尔就柔声说。我的心融化了。再过几个小时我就要见到他了……在我们同居的房子里真正意义上共度的第一个晚上。

“嗨，亲爱的。真是个大惊喜，一般白天你不会打电话给我的。”

“嗯，很遗憾，宝贝，我打来是要告诉你一个坏消息。我想让你第一时间知道。你知道我一直都在期待着这个周末和你一起去爱荷华，但是我最大的客户刚刚投标要收购他们最大的竞争对手，一切都发生得很突然，现在我是整个工作团队的领导。我没办法从这么重要的大交易中脱身。这个周末我必须呆在纽约，做好各项工作准备。”

“你的意思是说，你不能来了？”我重复道。我真的惊呆了。兰道尔的工作性质经常要求他随时更改或取消计划，但是我仍然在心里有些期待我们的爱荷华之旅能够成为一个例外。我们提前两个月就订好机票了，他明白这个周末对我意味着什么。

“我知道，宝贝，我让你失望了，”他回答，“但是工作就是工作。我保证我会补偿你的。”

工作就是工作。工作就是工作。我的脑子里翻来覆去地想着这些话，在键盘上敲着这些字，想弄清楚它们的意思。**工作就是工作**。这到底是什么意思？我咬着嘴唇，难过的泪水涌上了我充血的疲倦的双眼。我身体里的那个成年人明白兰道尔的职业对他有多么重要。他拼出全力想摆脱他那显赫家族的影响，依靠自己来成名。但是，我还是忍不住感到**崩溃**。

“没关系。”我从发紧的喉咙里勉强挤出这几个字。

“真的很抱歉，克莱尔小熊。这样做我真的感觉很不好，至少把我的机票换给一个朋友陪你一起去。玛拉，或者别的什么人，你随便选。给迪尔德丽打个电话，她会安排好一切的，好吗？对不起，宝贝，我等一下要去开会，但是一定要给迪尔德丽打电话，一定。还有，晚上见。我简直等不及了。”

挂上电话以后，我真切地感到了心脏部位的疼痛。

工作吧，克莱尔，我命令自己。现在你没时间坐在办公桌前顾影自怜。我继续看目录册，但是现在更看不进去了。

大卫在内线里说：“卢克来了，今天可真够忙的。你想见他吗？”

“当然了，大卫。你能把他从大厅带上来吗？”

我不假思索地打开抽屉翻找唇膏，然后把马尾辫散开，迅速地拨了拨头发。在拨头发时，一个奇怪而又非常有趣的想法跳进了我的脑袋：**要是邀请卢克跟我一起去爱荷华，怎么样？**

这样做会不会太疯狂？卢克和我在修改他的书的过程中迅速成为了朋友。他经常来办公室找我，有时候是谈论他在修改书稿的过程中遇到的某个挑战，有时候只是过来打声招呼。我总是期待着见到他。我知道卢克会喜欢爸爸的纪念聚会的，而且兰道尔也说我可以邀请我喜欢的任何人。但是邀请另外一个男人跟我共度这个周末，会不会有点儿不太合适？

“你怎么换了办公室？”卢克把头探进我的这间没有窗户的

小办公室，问道。

“啊，嗯，我看腻了那边的风景，还有阳光。”

他笑了，给了我一个问候之吻。毫无缘由地，我脸红了。

“你看过我给你的审读意见了吗？”我问。多花了好几天来确保我没有遗漏什么意见之后，我终于在一周以前把整部书稿还给他了。

“我刚看了一半，但是我觉得这些修改意见都是非常好的。谢谢你，克莱尔。不过我只是过来打个招呼。自从上周在异度空间见过之后，我们还没说过话呢。”

哦老天。你是说我被雷劈了，然后对着你的耳朵唠叨了几个小时的那个晚上吗？我对那个晚上的记忆始终很模糊，但是我清楚地记得我一直在谈我的工作，我的家庭，我的梦想，我的爱情生活。要是我不记得这些细节的话，可能会更好些。

“那你们的同居生活怎么样？”卢克继续说。“你搬去和你的男朋友一起住了，对吗？”

“没错，上周周末刚搬过去。这个嘛，嗯，很好啊。”跟他擅自闯进来的妈妈和一直在做饭的斯维特拉娜在一起生活，真是人间天堂啊。

就在那时，突然间，我决定了把谨慎和顾虑抛到一边。卢克是我的朋友。为什么我**不能**邀请我的朋友卢克，去度过一个我知道他会喜欢的周末聚会呢？兰道尔可能会觉得不太舒服，因为我要带着另外一个男人回老家过周末，但是当他在最后关头抛弃我的时候，也应该预想到这种事情发生的可能性。也许下次他就会重新考虑孰轻孰重了。

我这么做并不是要利用卢克来向兰道尔表明什么，当然不是。

“听着，卢克，你尽可以拒绝，”我开始说了，“我知道现在说有点儿晚……也许你已经有计划了，也许听起来一点儿也不好玩……也许你有工作要做，或者别的事情要忙……不管怎么样，真的不要感觉有压力……”

卢克发出了嘟嘟的声音。“你已经列举了拒绝别人请求时能用上的所有理由。到底是什么事？”

“好吧，很抱歉。嗯，我只是在想”——为什么我的心跳加速了？为什么我觉得好像在邀请一个男孩去参加舞会？——“你想不想这个周末跟我一起回爱荷华，参加纪念我爸爸的聚会？我是说，我们每年都会举行一次聚会，来纪念我爸爸。社区里的一群人会聚在一起，朗诵他们最喜欢的诗歌，还有——真的，你不能去的话，我完全能理解，我只是觉得这样会……很有意思。”

“你是说真的吗，克莱尔？我愿意去，当然愿意去！”卢克冲着我咧嘴笑了，我能看出来他是真的很感兴趣。“而且这个时机也刚刚好，我的女朋友要去乡下参加一个‘拯救蚕’的集会。”

“太好了！对了，不用担心机票的问题，我有一张……嗯，优惠券。”我说，“我真高兴你能去。你知道，我们还能顺便谈谈你的书！你带着书稿去怎么样？我们可以在飞机上讨论一下那些审读意见……”

“或者我们可以放松，享受这个周末。让你远离工作。”

“那就更好了。”我笑了。

“嗨，克莱尔小熊。”兰道尔推开我们的卧室房门，叫我。**哇**。尽管我对他在最后关头改变主意还没完全释怀，但是我必须承认兰道尔看起来真的非常帅，像往常一样，在办公室呆了一整天之后，他的西装有一点儿褶皱。我坐在床上，把刚才正在看的书稿放在床头柜上。兰道尔从背后拿出一个卡地亚的袋子。

“关于这周末的事情，我真的很抱歉。”他在我身边坐下，轻轻地把我的头发从额头上拨开。“我知道我让你失望了，亲爱的。

但是这次情况紧急——交易过程中我不可能离开办公室。有时候我真讨厌为了工作要做出的牺牲，克莱尔，但是这些牺牲还是有回报的。”

我知道他的歉意是真诚的，也就没办法再生气了。“我能理解，”我说，摸着他的后背。“以后还有很多机会回爱荷华，也有机会见妈妈。就算这次聚会不能去，明年还会有的。”

明年。我观察着他的脸，看是否有一丁点不舒服的表情。兰道尔和我从来没有谈过我们的将来，真的，过去我连提到明年这个词都像是在多嘴。但是现在我们住在一起了，将来不应该是个禁忌话题。

“明年一定要去。”兰道尔笑了，完全放松下来。

“给你，亲爱的，表示歉意的一个小礼物。”他递给我那个卡地亚袋子。我打开里面的盒子，看到一条精致漂亮的金手链。我很喜欢，但是我更感动的是兰道尔为我花费的时间和做出的努力。

我伸出双臂抱住他。“兰道尔，谢谢你。”我在他的耳边低声说。“手链很漂亮。不过，你不用给我买礼物的。”

“让我帮你戴上吧。”他说，笨拙地摆弄着手链的搭扣。我的手腕感受到了他手指的温度。我吻了一下他的脖子。“我觉得你会喜欢它的。”他又说，终于扣上了搭扣。

“我很喜欢它，兰道尔。还有我爱你。我很激动，我们终于要共度我们的第一个晚上了！”

“我知道。让你等了这么久，克莱尔。”他吻了我一下。

“对了，迪尔德丽提到说你给她打过电话，给你的一个朋友安排去爱荷华的机票。你决定带谁去？”他问。

“嗯，实际上，我邀请了一个作家。”我迅速地说，“卢克·梅维尔，他是杰克逊的侄子。”糟了。兰道尔会生气吗？我突然有点儿后悔当时邀请卢克之前没有多考虑一下——

“是吗？那就好，宝贝，我很高兴。”

什么？完全没反应？兰道尔并没有因为我要带卢克去而感到地位受到威胁，我本来应该感到轻松，但是我承认，因为他的毫不在乎，我的心里多少感到有些失落。

“我要换下这些衣服去冲个澡。我保证，我会很快回来的。”冲着我邪邪地笑了一下后，兰道尔解开领带，朝浴室走去。

也许他真的安全感十足。他又有什么理由不这样呢？我们住在一起，我们是住在一起的彼此忠诚的一对。他为什么要介意我跟一个朋友共度周末呢？兰道尔信任我。而且他这么做是对的，我为他感到痴迷。

躺在羽绒枕头上，我试图保持清醒地等着兰道尔回来，但是哗哗的水流声，兰道尔极其柔软的床单，还有白天的劳累，都让我难以抵挡。*我要点一些蜡烛*，我想着，强迫自己坐起来，*在他回来之前布置一些情调*。我打开床头柜的抽屉想找些火柴，没找到。也许他把火柴放在桌子最上面的抽屉里。邮票，开信刀，一些文具……还有一张照片，是兰道尔跟一个金发碧眼的美女在海边的合影。真不错。这已经是我今天后悔看到的第二张照片了。还是没找到火柴。

放弃任务，不想再无意之中翻到更多我不想知道的秘密，我溜回到床上。浴室里的水声还在继续。再过了一会儿，我从睡梦中醒来时，发现兰道尔正在我身边，带着洗完澡的清爽，穿着睡衣，正在阅读文件。我看了看闹钟——已经凌晨两点多了。他可曾小睡片刻？这个男人真是铁打的。

“嘿，亲爱的。”我小声说，撑起身子和他并肩坐在床上。他身上带着香皂的清香。我深深地吸着那股味道。“不好意思我睡着了。”

“没关系，克莱尔宝贝。”他吻了吻我的头顶，翻了一页文件。

“你是该好好休息。”

“晚安。”我说，吻了他的胸膛。依偎在他怀里，我感到了那种自童年以来就没再感受过的安全感和舒适感。

“晚安，克罗尔。”他一边匆匆在文件的空白处写下什么东西，一边模糊地回应道。

我像弹簧一样立刻弹了起来。“你刚才是叫我克罗尔吗？”

“当然不是了。我说的是克莱尔。晚安，**克莱尔**。”

那为什么我听到的是克罗尔呢？他是无心说出了真话吗？我**刚才**打了盹刚睡醒。克莱尔……克罗尔，听起来是很像。就算他叫的是他前女友的名字，那又怎么样？只是无心之言，而且两个名字几乎是一样的。

我再次窝到他身边。兰道尔信任我，我也应该信任他。

但是，我还是没能睡着。

第十四章　欢乐之家

我妈妈当然来机场等着接我们——尽管实际上机场离我家只有四十分钟车程。打车回家的念头对她来说就像从我家拐角的餐厅订外卖一样，只有外地人或者“纽约人”才会那么做。

“妈！”我在机场拥挤的人群中喊道。一看到我们，妈妈的脸就亮了。碧翠斯和我朝着她小跑过去，一下子就抱住了她。两位男士拖着所有的行李，从容不迫地跟了上来。

“亲爱的——”妈妈颇有深意地看着碧，“你说的没错，碧，她现在就像一条牙膏。新年的时候她就够瘦了，但是——”

“那个，你们说的那个*她*就在这儿。”我提醒他们俩，然后再次给妈妈来了个熊抱，这样她就没办法再那样上上下下左左右右地打量我了。“见到你我太高兴了，妈妈。你离开之后我就一直在期待这个周末。”我说的是真的——但是同时，回家却见不到爸爸站在妈妈身边还是让我有一些伤心。爸爸已经去世五年了，我还是不能很好地接受这个事实。

“我也是，宝贝。哈利！”妈妈和他来了个大大的拥抱。“你看起来气色很好。”

“你也是，特里夏。而且看起来你工作得很努力啊。”哈利指着妈妈牛仔裤上斑斑点点的颜料。

“我今天早上起床后觉得很有灵感。”妈妈微笑着说。“你一定是卢克了！很高兴见到你。克莱尔几周之前把你的书稿寄给我了，我看得津津有味。你写得真是太好了！”

“哦，谢谢你。”卢克说，明显被妈妈的赞美打动了。“多亏了克莱尔的大力帮助，我觉得现在已经修改得更连贯了。”

妈妈面带微笑地说：“在编辑的技巧方面，克莱尔得到了两位名师的指导，一位是她的爸爸，另一位是你的叔叔。所以我敢说，你把书交给她，真是找对人了。”

“好了，别说了，妈妈，”我笑着说，然后从卢克手里接过我的包，带着大家朝停车场走去。一旦提到我和爸爸，妈妈总是毫不谦虚。

“你知道吗，我喜欢您丈夫的作品好多年了。”卢克告诉妈妈，“这就是当克莱尔邀请我来共度这个周末时，我很激动的几个原因之一。”

几个原因。碧带着好奇的表情看了我一眼。

“谢谢你，卢克。知道查理斯用他的作品打动过很多人的心，真是太好了。”妈妈说着，挽着卢克的胳膊。“还有，请叫我特里夏。”

“我可是花了三年时间才被她允许叫特里夏的哦，”哈利开玩笑地说，“更不要说被允许看那些诗集了。”

我们一起挤上妈妈那辆破旧的斯巴鲁时，卢克已经跟大家熟的像认识多年的老朋友。

“抱歉，朋友们，暖气有点儿闹脾气。”妈妈向后扫了一眼，瞥见碧、哈利和卢克正蜷缩在后座上，带着歉意说。“要是觉得冷的话，后窗那里有一些毯子。”

碧立刻伸长胳膊去拿毯子，然后分给我们每人一条。我已经忘了冬天的爱荷华州是多么寒冷了。有那么一瞬间，我有点儿庆幸兰道尔没有来。跟他的保时捷相比，他怎么可能受得了妈妈的旧车，而且还没有暖气？不知道怎么，我想象不出兰道尔会把自己裹在妈妈手织的毯子里的样子。

“妈妈，你不觉得是时候把内莉换掉了吗？”从我小时候起，我们就有内莉——这辆汽车了。她早就该退休了。

“抛弃老内莉？绝对不行！你知道我绝对不会那么做的。”

我干吗要问呢？妈妈对这些没有生命的物品有一种荒谬的忠诚。旧毛衣缝缝补补还可以再穿，有裂口的盘子是“有个性”。我不知道这种节俭精神到底是她从祖先那里继承来的，还是这些年来一直要勉强维持生计带给她的。（我不相信她真的以为我们的汽车也有感觉。）

“要暖气干吗，这样挺好的。”哈利说着，又把毯子裹紧了一点儿。

“对了，今年来的人好像比我们预想的还要多！”妈妈兴奋地告诉我们。“大概有二百五十多人，而且你们知道的，还会有人临时决定带朋友过来……帐篷已经搭好了。哈里特和苏珊妮从星期三开始就在厨房忙个不停，准备做大锅饭了。”

哈里特和苏珊妮跟我的父母认识了三十年，已经做了二十五年的好朋友。哈里特在附近的餐馆做厨师，苏珊妮是一个农场主兼有机香皂制作家。过去的聚会都是由他们俩来承办饮食的，看来今年他们更有的忙了。

当我们回到家时，妈妈已经让我们了解了所有的准备进程。一切似乎都井然有序，但是在客人到来之前的几个小时里，她还需要我们帮忙做一些事情。“你介意帮我们干一些活吗？”她特别问了卢克，而卢克则向她保证，他很愿意帮忙。

一个小时后，卢克擦了擦额头上的汗，继续把一张很重的咖啡桌从客厅里搬到外面。他和哈利已经搬了一张沙发、两把大椅子，还有一张长椅。我本来可以帮他们一起搬，但是妈妈让我测试音响设备。今年都用上整套音响设备了！我真不敢相信纪念爸爸的聚会已经发展到这么大的规模了，更难想象今年妈妈已经付出的努力。碧在忙着给列着当地捐赠者名单的展板上绑丝带。哈里特和苏珊妮正在指示厨师们做准备。终于，在还剩下四十分钟时，我们完成了妈妈的列表上的所有任务。

“我可以去冲个澡吗？”卢克问。他的衬衣已经湿透了。“我全身都是汗味。”他咧嘴笑了，然后把湿衬衣从身上脱下。

“当然可以了！我们真是太没有礼貌了，卢克，让你一到就开始干重活。有些主人——”

“用不着抱歉，克莱尔。我很高兴能参与进来。齐心协力嘛！”他凑近过来，轻轻地吻了一下我的脸颊。我僵住了。他身上带着浓郁的男性汗水的味道。碧在房间另外一头看到了我们，而且她的表情完全显示了她心里的想法。

只是吻脸颊。这是一种表达友好的方式。

“嗯，浴室在这边。”我说着，带着卢克穿过走廊。我打开浴室门口的柜子，拿出几条新毛巾。

卢克在后面几步远的地方，手指划过书架上的书。我的父母几乎在我家的每面墙边都摆了书架，上面摆的书是他们的一大笔财富。妈妈经常说，在他们这些年来读过的书的陪伴下，感觉就像爸爸还在这所房子里陪伴着她。这也是她一直没有搬家的原因。

“喔，这是你爸爸写的书吗？”卢克从书架上抽出一本书，问我。

我看了看他手里举着的书，是爸爸的第一本诗集。多么奇怪，卢克刚好抽出来的是这一本。淡黄色的封面，又小又薄，是爸爸读研究生时候出版的，出版社也相当小，现在已经不存在了。虽然我爸爸后来又出版了很多本诗集，但是他的第一本一直是我的最爱。

“每一首诗我都读了不下千遍。”我告诉卢克，嗓子里涌动着一种熟悉的痛苦。“我整本书都烂熟于心。幸好我都记住了，因为从普林斯顿毕业后搬家时，不知道怎么的，我把我的那一本弄丢了。妈妈说要把她的那本给我，但是是我自己太不小心，我觉得很愧疚，就没有要。而且当时的发行量很小，所以我没有找到相同的一本。”

“我相信有一天我能帮你找到一本。”卢克乐观地说。

“但愿如此。”一想到这件事，我就很伤心。我把毛巾递给卢克，他笑了笑，走进了浴室。

“怎么每个人喝汤的时候都要吃苹果酱？”哈里特皱着眉头说，“我跟你说过了，自助餐就不应该提供汤，苏珊妮——那么多碗和盘子谁能端的动啊？”

“哈，对不起啊，”苏珊笑着说，看起来一点儿也不在意。“咱们俩半斤八两，我也告诉过你应该准备双倍的芦笋炒火腿的。你也没听我的啊！”

“啊？你说的是哪个菜？”我一边问，一边从桌子上拿好吃的东西填进嘴里。自从回到家，我的嘴就没有一刻闲下来——我的胃终于放松下来开始享受美食了。

“你刚才吃的那个。”苏珊妮告诉我，然后帮我把一绺头发拨到耳朵后面。“你最近怎么样，孩子？你妈妈说你最近一直都在加班。不过你的男朋友真的很帅！”

“你是说卢克吗？”我瞥了一眼卢克，他正在旁边的桌子那儿跟妈妈聊天。“他不是我的男朋友，苏珊妮，他是我负责的一个作家。嗯，也是我的一个朋友。我的男朋友在忙工作，所以这次没来。但是他送来了那边所有的鲜花。很贴心吧？”我指着今天早些时候兰道尔派人送来的一整面墙的白玫瑰。

“是啊，不过，我看好这一位哦。”哈里特加入了我们的对话。“他长得不错，又风趣又体贴，看他把你妈妈哄得多开心。我已经很久没听到她像这样大笑了，自从……”苏珊妮停下不说了，用手拨着头发。

“卢克是很好，我同意。但是兰道尔也很不错。”

“我相信他一定是的，克莱尔。”苏珊妮点点头。“别听哈里特的。哦，那是你妈妈，正在走上台子。嘘，大家别说话了。”

妈妈轻轻地拍了拍帐篷前面立着的麦克风。“大家好，非常感谢大家今天能来参加这个聚会！我很高兴地告诉大家，今年这次聚会的收益将能够资助不止一名，而是两名写作班的学生。非常感谢你们的慷慨和热心！”帐篷下面的人们开始鼓掌。“现在我想介绍我的女儿，克莱尔·特鲁曼，由她为大家朗诵卡尔里奇的《忽必烈汗》。”

我这五年的聚会朗诵的都是同一首诗。这是爸爸最喜欢的诗歌之一，每天晚上睡觉前，他总会在我的床前背诵几首诗。当我朗诵这些诗的时候，我好像还能听到他的声音，还能感觉到他坐在我的床前。

回家真好，我一边想着，一边走上台子，看着这群我爱的人们。不用看，我就能感觉到卢克在朝我微笑。

“我真希望我们可以再多呆几天。”碧哀叹道。

“我希望我回去时没有那三百多页的书稿等着我去编辑。”我闷闷不乐地补充道。

哈利和卢克穿得厚厚的，出去散步了，剩下碧、妈妈和我三个人，穿着浴袍，坐在我们新粉刷过的薄荷绿的厨房里聊天。我感到这几个月以来从未有过的快乐和轻松，除了对即将到来的周日的忧伤。

我们又一次举办了聚会，而且相当成功——人群直到凌晨两点才逐渐消退。在爱荷华，这就相当于人们通宵了。结束之后，我们五个又坐了很长时间，在壁炉前喝了好几瓶酒。

“我记不清了，你还要为那个凶狠的女人工作几个月来着？”碧问我。

“五个月，零一周。”听起来很短，但是看起来就像没有尽头。行百里者半九十。

“跟你们说，我觉得我不喜欢这个叫薇薇安的人。”妈妈慢慢地说。碧和我都从咖啡杯上抬起头来看着她。我的妈妈就像杰克逊一样，一直坚持这一原则：如果你没有什么好话要说的话，就什么都别说。觉得不喜欢薇薇安，这已经算是妈妈说出的重话了。

“我*确定*我非常不喜欢她。”我说，突然为明天要回去工作而感到极为痛苦。好几个星期以来，我一直期待着这次回爱荷华之旅，刚刚过去的一天也非常精彩，可是这些好像一瞬间就过完了。现在又要回到现实，回到纽约，回到格兰特出版公司。“我真希望我能把这辈子的病假都预支了，在家再待一个星期。不，再待一年。我要躺在被窝里不起床。”我笑了一下，不过那样真的很不错。

“你知道家里一直都会有你的床的。”妈妈微笑着说。我能看出来她还有话没说完，但是她没有再说下去，只是又给我切了一块自己做的苹果派——这是今天早上特别做的。

“顺便说一句，”碧凑近我们低声说，“他还能再喜欢你一点儿吗？”

“他是谁？你在说谁啊，碧？”

“《爱之舟》里面的斯杜宾船长啊，克莱尔。就是卢克！你怎么从来没说过他长得这么帅呢？你真应该看看昨天晚上你在朗诵时，他脸上的表情。他看起来就像，嗯，在品味你说的每一个字。”

“那是因为那首诗的确写得很好，碧，”我感到脸颊变热了，“而且我们是朋友。我们有非常良好的工作关系。”

“好吧，反正我觉得他很不错，”妈妈说，“而且他好帅！”

“妈妈，兰道尔也很不错。而且他可能是我见过的最帅的男人。他还——”

“他看起来不错，亲爱的，”妈妈柔声说，“我希望能多了解一下他。”

“你不知道兰道尔因为突然来的工作而不能来时有多失望。这个周末不能来，他觉得很抱歉，还送给我一件礼物，我给你们看了吗？”我伸出戴着金手链的手腕，立刻就厌恶起自己。我自己也知道我说的话很蹩脚，但是我的妈妈和我最好的朋友一致偏好卢克，这让我变得有些戒备。我从来没想过她们会把卢克看做是一个男友候选人，现在我有兰道尔，一个完美男友，在纽约的家里等着我，我是绝对、**绝对**不会分心的。

“真漂亮！”碧欢快地说，“他好体贴。”

妈妈点点头，说：“是很好看，克莱尔。”

“我真的觉得兰道尔会是，你知道……那个人！”我脱口而出。

“真的吗？哦，那样的话，我更期待着跟他多相处了！”妈妈惊呼道，“你那么想真是太好了，克莱尔。他一定是一个很特别的人。”

“哇，”碧带着不敢相信的微笑说，“你知道，有的时候我还是很难相信，我们大学时的暗恋对象，兰道尔，竟然会真的成为你现实生活中的男朋友。一切都那么……我不知道，太完美了！”

“我也这么觉得。”我笑着说。

妈妈看了一眼墙上挂的钟，然后皱起眉头。“咱们得开始打包了，恐怕你们走之前没多少时间了。”

不要。我不想离开。我才刚刚再次体会到能够自由呼吸、放松、进餐、和朋友大笑是什么感觉。

“妈妈，你哪个周末有空时去纽约怎么样？”我问。“兰道尔的妈妈每次见到我都要问我，你什么时候过去看看。”

“你可不是唯一的受害者，露西尔一天给我打四五个电话。可怜的人。”妈妈说，“她一定非常寂寞，我希望她能找点儿事情做。我听说她同时担任好几个慈善机构的董事，但是看来她的工作并没有什么挑战。”

“我都想象不出露西尔工作的时候什么样。”我沉吟道。

“关于这一点，她以前是个很有进取心的人。当然，那是很多年前了。”

我的手机响了，我立刻就紧张起来。不过是兰道尔办公室的号码，不是我的老板。“嗨，亲爱的。”我温柔地说。

“嗨，克莱尔小熊！听我说，我只是想告诉你，我会派弗兰迪去机场接你和你的朋友们。而且我已经告诉斯维特拉娜今晚为我们做好晚饭。我可以从工作中抽出几个小时出来。我想我们可以待在家里，度过一个舒适的晚上。听起来怎么样？”

好得不能再好了——听起来刚好可以治疗我的忧郁。“接受你的约会邀请。对了，兰道尔，那些玫瑰花很漂亮，你是怎么——”

“哦，太好了。迪尔德丽给爱荷华的所有花店老板打了电话。”

哈利和卢克走进厨房，他们的脸都冻得红通通的。“哇哦，冻死了！有咖啡吗？”哈利喘着气说，一面从桌子旁边拉出一把椅子。妈妈连忙从橱柜里拿出两个大号杯子，把冒着热气的咖啡倒进去。

“太棒了，谢谢。”卢克说，然后用两只手抱着杯子，鼻尖感受着热气。

“宝贝？你在听吗？”兰道尔在电话里问。

“在。”我回答，突然有些不自在。“好了，那……几个小时之后见。”

“好的。到时见。我爱你，克莱尔小熊。”

我停顿了一下。“嗯，我也一样，再见。”我挂了电话。

“外面的风景真是太漂亮了！”卢克大声说，“在中央公园是绝对看不到这样的景色的。这里的生活品质太高了。”

“别这么说！”我厉声说，“我们要努力说服妈妈多来纽约，而不是少来！”碧和妈妈都盯着我。“而且，在纽约还有大剧院，还有世界上最好的餐厅——我觉得在那里的生活品质很不错。”

“当然了。”卢克赞同地说，看起来有些吃惊。“我只是觉得呼吸点新鲜空气很不错。”

我点点头，忽然为自己刚才的大吼大叫感到不好意思。为什么我要对卢克发火呢？他只是告诉我们他多么喜欢我的家乡。

“我很快就会去纽约的。”妈妈摸着我的头发说，“你知道我有多喜欢去看你。”

我不知道妈妈住在兰道尔的房子里会觉得怎么样。妈妈并不是一个挑剔的人，但是我还是担心她在兰道尔家的客房会不会住得舒服。而且不知道为什么，我也想象不出我们坐在兰道尔那干净整洁的电视房里看《绿山墙的安妮》或者玩成语接龙的场景。

“好了，士兵们。我真不想说，但是我们真的应该出发送你们去机场了。”妈妈宣布。“这些是给你们在路上吃的，宝贝。”她递给我一个大包，里面装着自制香蕉面包，还带着烤炉的温度，还有新鲜水果、火腿奶酪三明治和果汁。我们刚刚吃完早饭，但是看到这些好吃的，我又开始流口水了。

“多谢了，妈妈。”我用尽全身力气抱着她，真希望我可以永远呆在她身边。

第十五章 黑暗之心

“卡尔，我是薇薇安，亲爱的。克莱尔·特鲁曼也参加这次电话会议。她负责做会议记录，所以你可以放轻松了，宝贝。”

“听起来不错，薇薇安。”卡尔·霍华德回答。他的嗓音沙哑，一听就是个老烟鬼。

一个人坐在没有窗户的办公室里，我一只手撑着胀痛的脑袋。不到二十四个小时之前，我真的坐在我家厨房里的老餐桌前，慢条斯理地喝着咖啡，闻着烤炉里香蕉面包的香味，听着老式收音机里悠远的经典音乐吗？感觉我已经回到地狱一个星期那么长了，虽然实际上现在只是星期一的中午。

我从包里拿出一块妈妈做的香蕉面包，咬了一小口，希望能借此回忆起一点在家里的快乐时光。但是在我办公室浑浊的空气里，吃起来味道完全不一样了。我把它扔到一边。

“克莱尔，你在听吗？”薇薇安问。

“我在，薇薇安。你好，卡尔。”

卡尔是一个住在迈阿密的作家，他创作了我们公司将近一半的作品。作为一个特别的写手，他具有非凡的才能，能准确模仿不同作家的口吻，同时运用那些作家永远也达不到的叙事手法。他的创作速度也非常快，这使得他成为格兰特公司不近人情的出版日程制度中最有价值的选手。

我从来没见过卡尔，但是有一次，一本书被要求在短期内完全重写时，他神奇地救了我。格兰特的每位编辑都因为各种原因欠着他的人情。

不幸的是，如果你是女的，又稍有姿色，卡尔是绝对不会让你忘了欠他的人情的。有流言说，他和薇薇安曾经做了好多年的床上伴侣，每次薇薇安有了兴致都会召唤他，这就让薇薇安的下属们面对卡尔的示好时极为尴尬。

今天这次电话会议的目的是让卡尔立刻开始创作摩根·赖斯的自传，而且还真有很多可写的。赖斯是个吸毒成瘾的摇滚歌手，也是不良少女的代言。她与一个吸毒成瘾的摇滚巨星举行了举世瞩目的婚礼，然后在他们的儿子的四岁生日聚会时，巨星死于吸毒过量。她从来没有在公开场合谈论或发表过她的丈夫之死，但是现在她准备将这些公布于众(书的预付款高达七位数)。不用说，她的书一定会引起社会轰动。

赖斯一周之前终于跟我们见面了。她的代理商之前安排过八次见面，但是每次都是临时取消，而且每次的借口都很烂。当赖斯最终出现在我们面前时，她的形象令人震惊：头发干枯杂乱，嘴唇中间随意涂着明亮的红色唇膏，牙齿和指甲发黄，眼神惺忪迷茫，当然，她的字迹也很难看。摩根·赖斯几个字看起来就像个悲剧。

现在我成了她的编辑。我们正在打算把这本书做成一本赖斯这些年来的生活日记，这就意味着记录她这些年来收集的一片混乱的随身用品，再穿插进去流畅的叙述。而这一切要在四个星期之内完成。薇薇安想在赖斯的丈夫逝世一周年之际推出这本书，从商业角度来说这个考虑非常合理，但是非常有可能把可怜的达恩累个半死。一本四色印刷的书，现在一个字还没写，要按照规定的时间出版。

当然，达恩总会找出某种超人的方法来完成这项任务。她总能办到。然后到了下次，薇薇安会试着从日程表上削减更多的时间。达恩的能力似乎给她带来了更多的重负……但是我要再次强调，向薇薇安说不也不是一个好主意。

不管怎么说，现在我们急切地需要卡尔来完成这本书。如果没有他的话，我们完全不可能在规定时间内完成这项任务，连薇薇安都意识到了这一点。所以她才参加了这次电话会议。

“所以我需要你跟摩根见个面，把她身上的故事挖掘出来，拼凑成一些情节，我相信她有很多可说的，然后在三个星期之内完成书稿。”薇薇安漫不经心地解释完了，就像她的要求只是在咖啡里加点儿奶油。

卡尔吹了声口哨。“这个任务可不容易，宝贝，就算是我。她不是刚进戒毒所吗？她现在脑子还清楚吗？”

“她现在清楚得很！我们上个星期刚见过她。她打扮得可漂亮了！无论如何，我知道你能做好这件事的。还记得你上次写的那本《撞车》吗？之前我们找过四个写手，都没写好，最后是你救了我们。简直是不可思议，卡尔。你把一个目不识丁、心智不全的傻子写得聪明机智、深谋远虑。你真是个大天才，卡尔，我知道这次你也能写好的。你对语言的驾驭能力是无人能及的。”

我的天。

“说得慢一点儿，宝贝，”卡尔几乎是在电话里呢喃，“你让我的下面变硬了。”

哦，我的老天。不，不，不。这些墙一定要隔音，*千万别让这些对话泄露出去*……

“宝贝，你在这个圈子是最棒的。”薇薇安轻快地说。

“这个圈子里最棒的*什么*？”卡尔追问。“跟我说我在床上是最棒的，我就在两周半之内把书稿交给你。”

“还用我说吗，宝贝。不只是这个圈子，你是我遇到过的床上功夫最棒的。”

不会是我幻听了吧？我怎么会被牵扯进我的老板跟一个上了年纪的浪荡子之间恶心的电话调情里面？这简直是一场恐怖之极的噩梦。

我清了清嗓子，开口说："嗯，卡尔，你想让我把合同直接发给你还是你的代理商？"

"真是插进来的刚刚好啊。"薇薇安窃笑着说。

"给我，宝贝。"卡尔用低沉的声音回答，让我浑身起了鸡皮疙瘩。"你也听到薇薇安说的话了。我是这个圈子里最棒的。你最好记住这一点，等下次我去纽约的时候，空出一点儿时间来找我。"

我快要吐了。

"实际上，克莱尔正是你喜欢的那种类型。"我一沉默，薇薇安就立刻接上话来，"腿都快到脖子了，戴眼镜，绑发髻，就是那种性感的图书馆职员的形象。你下次过来应该带她出去玩玩儿。"

好像有人卡住了我的喉咙。我的老板在给我拉皮条？而且对象还是她那分分合合的情人？

"腿很长，是吗？对，我就喜欢这样的。"卡尔回答，"也许我们三个可以一起约个会，怎么样？"

"我还要接个电话。"在薇薇安说话之前，我立刻说。"我会把会议记录和合同发给你的，卡尔。"

在把电话挂掉之前，我听到薇薇安沙哑的笑声。

我把握紧的拳头举到太阳穴，用力按压，再用力，然后又无力地垂到桌子上。我到底在做什么？我现在就可以辞职，然后下午就可以回归到自由的世界了。

然后我的视线落到了放在桌子一角的卢克的书稿上。

再过五个月，到那时候他的书应该已经送去印刷了。月历上再翻五页。不失信于他是我留在格兰特的唯一理由。如果我现在辞职，别的人要接手他的书，谁知道到时候薇薇安会不会因为我的离职而迁怒他的书呢？为了避免他的书出版之前出现什么重大改变，我必须坚守阵地。

桌上的内线铃声把我拉回到现实，是那四个可怕的数字。不要。我已经对薇薇安的分机号码形成了一种条件反射，只要就一看到，胃就开始紧缩，心脏开始像低音炮一样重重地敲击。

“克莱尔？！”她吼道。

“我在这儿，薇薇安。”我按下应答键，说。

“露露告诉我说，你对那本青少年拉皮条的书稿投了反对票。”

“是的，没错。”我一字一句地说。“我觉得那本书稿一分钱都不值。”那本书讲的是一个十六岁的男孩设法说服了班上的一些女孩——有的只有十三岁——出卖她们的身体来赚钱，这样的故事太可怕了。如果这本书的出发点是为了劝诫家长和孩子警惕这种极端情况的出现，那就另当别论。但是很明显这本书的主人公对他的罪行毫无愧疚之情，这本书的目的不是教育，而是教唆。完全是一本垃圾，一点儿购买的价值也没有。

“真是有意思啊。告诉我，克莱尔：你是弱智呢，还是非常非常蠢？”我能听到电话里有人在压抑着笑声。是露露。

“都不是。”我平静地说，希望不要激起她的怒火。“我只是觉得那本书纯粹是垃圾。”

“是吗，彼之毒药，我之蜜糖。一个女人眼中的垃圾可能是另一个女人眼里的畅销书。露露已经决定要接手这本书了。她和我都觉得这本书有很大的商业价值，甚至可以搬上银幕。这就是我所寻找的编辑的洞察力。”

我很清楚这场内线中的谈话的目的所在：薇薇安想让尽可能多的人听到我们的对话。我很奇怪她怎么不在办公室里安上断头台，好羞辱她的职员。人力资源部门很有可能会对此视而不见的，因为格兰特出版公司最近囊括了《纽约时报》畅销书单的前三名。

“我知道了，薇薇安。”我说，但是电话那头已经没有声音了。

我看了看电脑屏幕右下角的时间。还不到下午一点钟。我在爱荷华的家里所感受到的那种平和似乎已经变成了久远的回忆。

点击进入邮箱，我发现过去一个小时里我已经收到了四十二封新邮件。我打电话从楼下订了一个比萨，然后投入到漫长的下午的工作中。

我抬起头，已经快半夜了。没有白天那些每隔五秒就来一次的电话铃声，我总算把周末落下的工作赶上了。虽然我还得带回家一本书稿，修改到凌晨，但是已经不错了。除了睡觉，我还有什么别的事情好做的？兰道尔还在忙着那笔大交易，今晚可能要在办公室通宵工作。抱着电脑窝在沙发上，总比在办公室熬一整夜要文雅一点。

我把中午的比萨盒扔掉，关上电脑，然后扫见走廊里一抹略带红色的金发。

那个人停住了——我意识到那是薇薇安。我的身体绷紧了。*哦，不要*。我什么都愿意做，只要别让薇薇安这个时候来突击。

“还没走呢，克莱尔？”她问，声音在楼道里回荡。

“啊，对，正在收拾一些零碎东西。你也这么晚啊。”我说，暗自希望这场对话赶快结束。

“对啊，今天晚上西蒙不在家，”她的声音听起来很疲倦。“所以我也不急着回去面对空空的房子。”我很吃惊地发现薇薇安竟然也会感到寂寞，或者说她也有一般人的那些情感。套在深色的套装里，她现在看起来尤其瘦小，经过一整天的工作之后，衣服已经起皱了。

一个人怎么能成为薇薇安·格兰特那样的人？我好奇地想。她当然不可能一直都是一个凶狠、恶毒、愤怒的暴君。毕竟，她还有两个儿子。她很喜欢逼着别人听她吹嘘她的两个儿子是多么天赋异禀，虽然如此，但是毕竟那还是她的孩子。有一瞬间，我觉得薇薇安孤独、纠结、深深地不开心，甚至看起来有点儿可怜。

我想起来昨天走之前，妈妈帮我打包时，我是怎样对她厉声呵斥的。想起卢克和碧尽力空出时间陪我回家后，我对他们是多么疏于照顾。想起今天早上咖啡还要过几分钟才能煮好时，我是多么不耐烦。想起我跟玛拉最近是多么疏于联系。我有几个月没有去健身房了，而且我有好多顿饭都是花三块半在自动售货机那儿解决的。自从搬到一起后，除了睡觉，我跟我的男朋友相处的时间一共加起来只有三个小时。

“我要回去工作了。”薇薇安说，疲惫地朝我挥了挥手，然后消失在楼道里。“总得有人做事情才行。”

我看着电脑屏幕里的自己：瘫在椅子上，头发油腻蓬乱，脸上反射着屏幕的蓝光。

然后我在玻璃上看到了别的东西：整个曼哈顿——愉快、鲜活、充满生机与活力——就在我的办公大楼外面。

五个月，我向自己承诺，*只要再过五个月，我就可以重返人间了。*

第十六章　双城记

“我一分钟后下楼。”我喘着气说，顾不上跟兰道尔说再见就把手机丢进手提包里。我翻弄着我的旅行包……防晒霜和比基尼，带了。难看的荧光连衣裙（是露西尔送给我的礼物），带了。网球拍和白色运动服，带了。一套内衣，几件干净的短袖……好了，我准备好了。噢，还没带看的书。我抓起卢克的书稿，朝着门冲去。最近这是我唯一能集中精力看的东西。

今天下午早些时候，兰道尔打来电话问我周末是否有空出城去玩。我真是高兴得要死。真正共处的时间——而不是各自劳累一天之后睡觉之前的短暂时间——正是我们最需要的。最近我们两个都被各自的工作缠得不可开交，所以我们经常在乏味地交谈几分钟后就各自倒在枕头上呼呼大睡了。所以当他临时提议周末出去玩时，我欣喜若狂。尽管这意味着要落下一些工作，但是能换来这种两人单独相处的浪漫时刻，还是值得的。

然后他告诉我他想带我去棕榈滩看他的父母。

“嗨，宝贝。”兰道尔在我坐到他身边后，吻了一下我的脸颊。“准备好去晒点儿阳光了吗？今天的天气可真糟糕。”雨点敲打着林肯车的车窗。今天白天一整天都阴暗潮湿，到了晚上又阴沉泥泞。

“你说呢。”我回答。一想到要跟露西尔相处更长时间，我对周末的期待和热情就降低了很多。因为她时不时就进城来，我们两个相处的时间不算少，但是我们的关系还是有些不太自然。首先，她对我放进嘴里的每一口食物都要提出劝阻，尽管事实上由于每天的工作压力，我已经比以往任何时候都要瘦。我不明白为什么会有人花四十块买上一小块斯威夫特的汉堡，扔掉面包，然后只吃一小口。

然后就是购物。我一直以为我够喜欢逛街了。事实上，当我们刚搬到纽约时，碧和我一到发工资的日子，就会冲进布鲁明商场。但是跟露西尔一起逛街，感觉就像在工作，而且她对待这份工作的态度还非常非常认真。她每次来纽约最重要的任务，就是逛遍麦迪逊大街，买到那些"她急缺"的衣服——香奈儿的套装，华伦天奴的礼服，皮亚纳的羊绒衫，还有很多别的大牌，远远超过我们两个能负荷的重量。去年十二月的一个星期六下午，她花掉的钱差不多是我一年的工资。"有几个假日聚会。"她轻描淡写地说。

不过，最让我感到有压力的，是露西尔认定我将来一定会跟她的儿子结婚。很明显她已经全副身心投入婚礼的筹备工作，这本该让人觉得受宠若惊，但是我却感到了更多的压力。"你最喜欢哪一个，亲爱的？"有一次，当我们路过哈里·温斯顿摆满钻石戒指的橱窗外时，她睁大两只无邪的眼睛问我。

"哦，每一个都很漂亮。"我过了一会儿才回答，心里觉得很不舒服。

"嗯，我觉得没关系，你还没看兰道尔的奶奶留给他的那只四克拉的钻石戒指……非常漂亮，这个世界上绝无仅有。"

"哦。"我不知道该说些什么。兰道尔和我从来没谈过我们的将来，所以我当然还没准备好跟他的妈妈谈这件事。

"我的父母已经为我们安排好整个周末的活动了。"兰道尔拍拍我的膝盖，"午饭去巴斯网球俱乐部吃，下午是坐船出游，然后妈妈希望你能陪她去沃思大街买点儿东西。"

"听起来很棒！"我勉强自己表现得兴奋一点儿。兰道尔一家真是把坐飞机当成一项运动啊。

"我真高兴你开始喜欢跟我的父母相处了。"兰道尔说。

"对啊，他们都很用心。"我回答，在脑子里想着既能恭维他们又符合事实的例子。"你妈妈的精力真是旺盛。她都能绕着我跑步！你爸爸也是一个很聪明的人。"

我极度怀疑露西尔那用之不竭的精力跟她几乎每个小时都要吞一粒的绿色小药丸有关，更别提上次见面时，兰道尔的爸爸整顿饭都盯着我的大腿。这是他们关心兰道尔的方式。只不过这种关心方式跟我从小到大接触到的不同。

"克莱尔，我爱你。"兰道尔吻了吻我的脸颊。

我看着兰道尔，穿着羊绒大衣的他看起来是那么英俊，我的心里充满了对他的爱意。他是我的爱人，而且还是这样一个模范儿子。有时候我还是觉得不太真实，我真的成了他的女朋友。我还记得当年他穿着橄榄球衣，递给我蓝带啤酒的情景。"我也爱你。"我说。

"司机,请你把收音机调到1010频道。"他身体向前倾,说。"我想听听股市收盘情况。对了，克莱尔，我们要坐爸爸新买的直升机过去。他对这架飞机相当满意。为了订购，他等了六个月，不过现在他是最早买到的一批。"

"哇，新直升机。真酷啊。"我知道我应该表现得更为激动，更为惊奇。但是库克斯家添一件这样的大型玩具就跟《纽约时报》出版一期周末版一样频繁。

不到一个小时之后，我们已经坐在那架新直升机上面了——腿上盖着羊绒毯子，旁边摆着盛有温热的杏仁的瓷碗。

"坐在这架飞机上环绕纽约城，感觉就像君王巡视疆土。"当飞机从提特波尔起飞，朝着天边飞去时，兰道尔握着我的手，自言自语。“哦，我差点儿忘了，我有个小东西要给你，宝贝。”他拉开放在旁边座位上的皮包，拿出一个很大的白色盒子，上面打着黑色的蝴蝶结。

“你要把我宠坏了，兰道尔。记得吗，我们说过不再送礼物的？”

上个星期，当我们极为少有地饭后散步时，他就坚持要把我拉进街边的御木本店，说要给我买一串珍珠项链——完全没有任何理由。我极力挣扎拒绝才没有买下。

也许我应该优雅地接受兰道尔的奢侈礼物。我能感觉到，在他送出礼物时有一种由衷的喜悦，但是我不喜欢这种不对等的礼物赠送行为。起初我试着回赠他，但是我能买得起的礼物跟他的相比真是微不足道——一本健身书，他喜欢喝的茶叶，一条围巾——而且我也知道兰道尔收到这些礼物时的兴奋也只是做做样子。毕竟，一个能坐私人飞机环游纽约的男人对一条围巾能有多兴奋呢？

“快打开看看，亲爱的。”他把盒子放在我的腿上，催促道。他激动得就好像收到礼物的人是他。

“噢，兰道尔，太漂亮了！”我从盒子里拿出一条美得惊人的香奈儿裙子，这是一条宽下摆的礼服裙，上面还有我所见过的最精致的花边。

“等一下，还有呢。”他说着，又从包里拿出一个小一点儿的盒子，里面是一双华丽的克里斯提·鲁布托高跟鞋。

“兰道尔！哇，我真不知道该说什么了。”这条裙子和这双鞋都值得拥有一个单独的衣柜，跟我那些平价衣服和破烂鞋子完全不是一个档次的。我这辈子还没穿过这么精美的一套衣服。

“你喜欢吗？”兰道尔满怀希望地问。他的眉毛上扬，这一刻他看起来就像一个小男孩，急切地想让我快乐。

“我很喜欢。”我回答。“非常感谢你。”

英俊潇洒的男朋友送来奢华的礼物……我知道这是很多女人的梦想，但是我还是希望兰道尔能在不影响工作的前提下，从那些证券交易里抽身出来多陪陪我。

“这个周末还安排了什么正式的聚会吗？”我问。

“噢，我们明天晚上有一个小聚餐，只是一些我父母的朋友。我想你可能需要一些特别的衣服，所以今天中午我让迪尔德丽去买的。”

“嗯，你真是太体贴了——还有她。”我说，心里却在哀怨。露西尔的那些棕榈滩的朋友一定比吃自助餐时盘子里最后那块蛋糕更难对付。

上次她来纽约时，我已经见过几位她的朋友了。在一次长达三个小时的鸡尾酒会上，我费尽心思寻找着话题。可是说实在的，跟她们有什么可谈的？她的朋友一个个都安享闲适生活，从家里的装修到浴缸的图案，没有一件事情需要她们费心。其中一个甚至为她即将来访的刚出生的外孙请了一位全职保姆……她的外孙来时还有一位全职保姆跟着。“他很可爱，不过我也不可能什么都不做，抱几个小时的孩子！”她咯咯笑着说。

如果这些女人也是这个周末活动的一部分，我可真是有得受了。只希望这周末我能空出一些时间，躲到一边安静地修改书稿。“我带来了一些书稿。”我告诉兰道尔，希望能事先跟他打个招呼。“你觉得到时候会有时间让我修改一部分书稿吗？”

“希望如此，宝贝。”兰道尔吻了一下我的额头。“我勤劳的小蜜蜂。”他从他的包里抽出一份《华尔街日报》，然后开始看报纸。

“我们聊会儿天怎么样，亲爱的？”我轻声问，从报纸的边上偷瞄着他。“我这个星期都没怎么见到你。”

兰道尔想了一下，然后收起报纸。“当然可以了，亲爱的。

你想聊些什么？你有什么烦心事吗？”

“哦，没有。我只是觉得我们很少有机会轻松地聊天，你发现了吗？我们总是在睡觉之前快速地交流一下，但是有时候我觉得……嗯，我也不知道，我想听你讲讲我们相遇之前你的生活经历。”

“当然好了，克莱尔。我跟你讲些什么呢？我以为你都知道了，宝贝。在纽约出生，夏天在南安普敦过暑假，冬天在棕榈滩过寒假……”

再然后，再然后，我得制止兰道尔用季节这么数下去。“这些我已经知道了——”

“那你知道我中学是在格罗顿，参加过赛艇比赛，被选为学生会主席。然后去了普林斯顿，在那儿继续玩儿赛艇，开始组建大学生金融投资协会。当然了，还有在那儿遇到你。”他微笑着用手指刮了刮我的鼻子。“然后进了高盛银行做分析师，然后去哈佛读研究生，然后就一直在高盛工作。你还想知道点儿什么，克莱尔？”

我并不确定我想了解什么……只是想知道更多。“嗯，那个……你对这些经历有什么感受？你喜欢高中生活吗？你小时候去野营过吗？你去过的最美的地方是哪里？”我知道这些问题很乏味，但是我希望其中某个能激发他的谈兴。

兰道尔深吸了一口气，然后摘掉眼镜。“我喜欢高中生活，非常喜欢。我小时候去过克拉夫茨伯里康芒的风之翼峡谷，我很喜欢那次野营。我去过的最美的地方，嗯，大概是意大利卡普里岛的奎西萨纳，还有大开曼岛的伊甸石。下次有机会我应该带你去看看，宝贝，两个地方都很惊人。还有问题吗？”

我不知道兰道尔是不是任何时候都这么防备。我不想搞得好像在采访他，我只是想跟他更亲密一点儿，我想了解他的外表和内心。“你曾经疯狂地爱过吗,兰道尔？”我问,把手放进他的手心。

他忽然就变得很不自在。“嗯，我现在只爱你一个，真的。”

我笑了:“我的意思是，在我之前。比如说大学时期的亚历克萨·迪克森？或者是你妈妈提到过的前女友，克罗尔……”

“别说了，克莱尔，我真不知道这场谈话有什么意义。我又没有要求你交待过去交往过的男人——”

“对不起，兰道尔，我没有那个意思——”

“我爱你，克莱尔，你只要知道这一点就够了。”

我蜷缩起来靠着他。话题转换到了一个错误的方向。这并不是我所期待的以诚相对、心与心的交流。但是我很欣赏他那种过去的就让它过去的态度，里面包含了一些无可否认的浪漫成分，好像从我们重逢那一刻开始，我们的爱情生活就开始了。

“亲爱的,”他吻了我的脸颊,低声说,“我可以继续看报纸吗？有一篇很精彩的报道，是关于崛起的中国市场的。”

我点点头，从包里拿出卢克的书稿。让兰道尔敞开心扉还需要时间。

卢克的书稿现在趋近于完美，但是我想确保从头到尾都是如此。就像我曾经翻来覆去地读爸爸早期写的诗一样，我对卢克的书稿的每一句话都非常熟悉，读的时候有一种莫名的舒适感。

我看了差不多一个小时，然后眼皮开始变得沉重。听着发动机的轰鸣声，裹着柔软的羊绒毯子，我很快就睡着了。

兰道尔用肘碰碰我，我才醒过来。“我想我们要着陆了。”他握着我的手腕说。我活动了一下脚趾，都麻了。刚才我睡得很熟，真是奢侈的享受。接下来我们就要坐车去见露西尔和她的那群朋友了。

我把卢克的书稿扔回包里，穿上鞋子。“你最好穿上那件外套吧,小姐。”空姐指着被我团起来塞上行李架的冬天的外套。“外面不到零下一度，而且风也很大。”

“你听到她说什么了吗？”我问兰道尔，他正忙着整理他的东西。“棕榈滩一定正在经历一场暴风雨。”

“嗯。”他点点头。

直到走下飞机，我才意识到我们到的不是棕榈滩。

“**您好，小姐。**”一个穿着好看的蓝红相间的制服的年轻男子用法语说。“**欢迎您来巴黎。需要我为您拿行李吗？**”

“我们在巴黎？”我吃惊地转过身看着兰道尔。他得意地笑了。

“惊喜！我想我们两个工作都很累，应该单独过一个浪漫的周末。除了巴黎，还有什么更合适的地方呢？”

“兰道尔！我真不敢相信！这真是个大惊喜啊！”

我，克莱尔·特鲁曼，竟然被带到巴黎来过周末了？我惊呆了，完全说不出话来。兰道尔不仅意识到了我们两个需要更多的相处时间，而且还计划了一个无与伦比的浪漫周末来表示他的诚意。

“我找到了你的护照，斯维特拉娜收拾了你的行李。”他得意地解释着。“我们要住在丽兹饭店的顶级套房。只要最好的，克莱尔。我们不能在这儿呆很长时间，所以每一件事都要最完美。我保证。你只需要坐在那儿享受就够了。”

“这个我能做到。”我低声说，心里满是兴奋。巴黎。曾经带给海明威、格特鲁斯·斯坦因、亨利·詹姆士灵感的城市。世界上最浪漫的城市。现在我和兰道尔一起来到这里。一切都太完美了。

“刚才的按摩很舒服是吗？我真高兴，亲爱的。”兰道尔微笑着，搅拌着他的咖啡。我们正在第七区的一家有名的咖啡馆吃午饭。这是萨特和乔治·桑常来的咖啡店，他们在思考哲学问题的间歇会来这里吃牛角面包。这家咖啡店有点儿名过其实，东西也有点儿贵，但是作为一个游客，我还是很喜欢这里。

“这是我所享受过的最好的按摩。”我告诉他，对那种美妙的感觉还有些意犹未尽。今天早上，一位女服务员温柔地叫醒我，然后带我去了楼下的美容中心。在那里，两位女按摩师接待了我，我的身体得到了前所未有的放松。“我想不出有什么比这更好的方式来作为一天的开始了。”我身体前倾，握住他的手。“嗯，也许还有**另外一种**更好的方式……不过这已经很好了。”

兰道尔冲着我咧嘴笑了。按摩完之后，我把他从电脑旁拉开，一起回到了床上。

“我想吃完饭我们可以去圣多诺黑大街逛逛街，买点儿东西。”他说，“从饭店走过去很近，那里是世界有名的购物圣地——爱马仕、克里斯汀·拉克鲁瓦、伊夫·圣罗兰，各种品牌都有。之后我为我们安排了一个非常特别的晚上，最适合穿你那条新裙子的一次机会。”

那条裙子！现在更说得通了。兰道尔什么都考虑到了——甚至还为我准备了一套适合巴黎这种地方的衣服。

这一天过得飞快。我可以一辈子呆在巴黎都不会觉得烦。我们手挽手亲密地在圣多诺黑大街漫步（仅仅沿着这条街走都会让人觉得奢侈），然后很快地看了看罗丹博物馆，接着就该回丽兹饭店，为晚餐做准备了。

回到房间后，我和兰道尔一言不发地换着衣服。他仔仔细细地刮了胡子，在头发上抹发蜡，我则在脸上化了一点儿妆，把头发松松地挽在后面。站在镜子前换衣服时，我才第一次注意到我来格兰特之后瘦了这么多。妈妈说得对——我的确是骨瘦如柴。我之前怎么从来没发现呢？我的胳膊看起来过于瘦长，肚子扁得像一面鼓，胯骨突出的程度是我从十二岁之后就没见过的。胃痉挛、压力太大吃不下、没时间吃，这些糟糕的饮食习惯让我自食恶果：我看起来好像严重地营养不良。

“穿上那条裙子吧，亲爱的。”兰道尔说。

我把它拉到身上，兰道尔帮我拉上背后的拉链。一个身高五点一英寸的爱荷华女孩很难像奥黛丽·赫本那样穿出香奈儿的高雅韵味，但是这条裙子的确发挥了一些魔术般的效果。我看起来一点儿也不像我自己了。我看起来……就像一个应该跟兰道尔·库克斯这样的人约会的女孩。

“你很漂亮，克莱尔。”兰道尔站在我身后低声说。我对着镜子整理头发。他从口袋里掏出一个东西——是上个星期我们在御木本店里看过的那条珍珠项链。

“兰道尔！我跟你说过不要——”

“说谢谢就够了。”他在我耳边低语。“我们走吧。我订了九点的晚餐。我们不能迟到，亲爱的！”

晚餐是又一场感官味觉的饕餮盛宴。

墙上挂的大钟也被象征性地停住了，而且我们的桌子正好可以俯视下面漂亮的院子。食物更是难以形容的绝顶美味，我点了香烤布雷斯鸡和白兰地龙虾汤，这次连兰道尔都破例多吃了一些。

“入乡随俗……”他扫视着菜单，轻声笑着说。“明天我要多跑几公里。”

当我们吃完饭时，兰道尔很大声地清了清嗓子。然后他又清了一次。他把手里的餐巾反复折起又打开，还用一只手理了理头发。

我还从来没见他这样坐立不安，我正在心里想着，那一幕就发生了——

他正单膝跪地，就在我旁边的地上，脸上带着忧郁、甜蜜和脆弱混杂的表情，问我是否愿意做他的妻子——

他的妻子？！

他说，因为他知道——他就是**知道**——我们在一起会很幸福的。他还说，他昨天已经飞去爱荷华，征询妈妈的意见，她同意了。他说，他爱我。我愿意嫁给他吗？

我愿意嫁给他吗？！

现在半个餐厅的人都在注视着我们，看着一个英俊潇洒、衣着华贵的男子——往前伸出的手里举着一枚一英里外就能看到的大钻戒——在求婚。

我愿意嫁给他吗？！

问题悬在空中。我不能呼吸了。求婚？我完全没想到——太出乎意料，也太快了——

“克莱尔，”兰道尔低声说，“请你说愿意。”

我看着他的眼睛。我爱兰道尔，真的爱他。我从十八岁开始就爱他。

“我愿意。”我回答，等我反应过来时，手上已经多了一枚巨大的戒指。

第十七章　天堂地狱

“黑色星期一，”大卫走进我的办公室，从怀里掏出一份《纽约邮报》。“薇薇安今天火气很盛。她已经解雇了一个助理，骂哭了两个宣传人员，现在还不到九点钟。你看过这篇了吗？”

他展开头版时，我倒吸了一口气。斯坦利·匹兹贝克——穿着可怕的女式睡衣，嘴上涂着血红的唇膏——正在头版瞪着我。这是我在薇薇安的文件夹里看到过的那张照片。标题“副市长的异装癖”格外醒目。

“显然他们上个星期分手了。”大卫解释，“匹兹贝克的妻子发现了他和薇薇安的奸情，所以他为了挽救婚姻，结束了这段感情。你能相信这张照片吗？报纸都在说他的政治生涯彻底完了。他成了一个笑柄。就算是市长也救不了他了，这相当于是政治自杀。”

地狱里的烈火也比不上女人的怒火，我在心里想。这就是她在文件夹里保存那张照片的原因。当然如此了。

“这周一定会生不如死的。”我虚弱地说了一句。更不用说在这种时候最不适合向同事宣布我订婚的消息了。即使是在平时，薇薇安也最见不得她的手下表现出一点儿快乐。在经历了一场狼狈的分手之后，我的喜讯只会给她的坏情绪火上浇油。在大卫看那篇报道的时候，我偷偷地把戒指从手指上褪下，塞进了第一个抽屉里面。

“这里说，薇薇安宣称她抓到斯坦利偷穿她的睡衣，所以和他分手了！”

“她一向擅长栽赃。”

“我能想到的，就是他那几个可怜的孩子。不管这些了，你的周末过得怎么样？跟兰道尔的父母相处愉快吗？”

“噢，挺好的。”我立刻回答。“你呢？”

“很好，我处理完了一大堆资料。我整理了一捆赞扬你的读者来信。你周末去的是佛罗里达，对吗？那你错过了一场很大的暴风雪。据说那是十年来三月份下的最大的一场雪。”

我点点头。实际上，那场暴风雪在我和兰道尔刚刚度过的二十四小时里关系重大。一方面，这场大雪让我们一直等到凌晨两点才顺利着陆。兰道尔在飞机里抱着胳膊来回踱步，为没能在开始繁忙的一周之前睡个好觉而焦躁不安。我们之前决定早点儿从巴黎动身返回，以免被堵在回城的路上。兰道尔今天一大早要跟他的一个最大的客户公司的总裁和董事会开会。他说如果在巴黎多呆几个小时，就有可能耽误早上的会议，那样是不值得的。

我理解他的焦虑，真的。一个人订婚了，并不意味着他就可以不管生活的其他方面的问题了。工作仍然很重要，责任依然存在。我知道一切不可能一直都那么完美，那么浪漫。除此之外，我自己接下来的一周也排满了工作，回去踏踏实实工作才是明智的做法。

不过，我承认：内心还是隐隐希望这种订婚的快乐能够再多持续一会儿。

当然，最开始那一会儿我们也很兴奋。在餐厅，我们立刻就打给兰道尔手机上我们共同的熟人，听着我们的朋友和家人在电话里尖叫着祝福我们时，我们两个相视而笑。兰道尔还又点了一瓶香槟，一位男服务员给我送来了一束玫瑰。我觉得自己就像在三千英尺的高空飘浮：我刚才真的是跟兰道尔·库克斯订婚了吗？

“真是美梦成真啊！”碧在电话里尖声大叫，我完全赞同她的话。最后，直到凌晨三点，我们醉醺醺地瘫倒在我们房间里那张巨大的床上。

“让我来帮你脱掉裙子。”兰道尔突然坐起来，含糊地说。

“兰道尔！”他笨拙地摸索着我背后的拉链，逗得我大笑。我还从来没见到他喝醉的样子，更没有见过他这么不受拘束的样子。他把裙子从我身上慢慢褪下，动作轻柔而又坚定，手抚过我的臀部，我的大腿，小腿。他把裙子小心地从我脚上拿走。我平躺在床上，闭上眼睛，等着感受他的身体，他的嘴唇……

但是兰道尔好像已经不在床边了。我坐起来，看到他正在小心翼翼地把我的裙子送到衣柜那边。他用双手托着它，就像捧着他的新娘。“我们到了。”他对裙子说，然后用一个绸缎衣架把它挂起来。

我再次躺下，摆出一个我希望具有诱惑力的姿势……

“我觉得我喝了太多香槟，”兰道尔抱怨了一句，然后就倒在我身上了。我没有动。不到五秒钟，他就开始打呼噜了——然后我把他轻轻地从我身上推开。

第二天早上我睁开眼时，他已经不在了。他那边的被子叠得整整齐齐。一个女服务员沉默地把我的东西放进行李箱里。

“去健身房了。”她对我说，指了指空着的那半边床。我还以为一场酒醉——更不用提刚刚发生的订婚——会让兰道尔赖一会儿床，但是我错了：任何事情都不能阻止他踏上跑步机。“兰道尔先生要我为你收拾行李，因为你们很快就要离开了。”女服务员解释道。我点点头，心里很迷惑。

然后我翻了个身，叫了客房服务。在拨电话时，我盯着左手上那颗巨大的钻石。

这是最奇怪的事情。因为以前从来没有订过婚，所以我也不确定订婚的感觉应该是什么样的——但是对兰道尔和我来说，就像把一块石头扔进了一个平静的池塘：起初有扑通声，也有一些水花……但是之后很快地，水面又恢复了平静无波的状态。当兰道尔从健身房回来，在我头顶轻轻吻了一下，然后对着我正在大快朵颐的煎蛋和烤肠皱了皱眉头，昨天晚上的事情好像根本没有发生过。两个小时之后，坐在返程的飞机上，我们回归到了现实生活，回归到了《华尔街邮报》和工作，几乎没有说过一句话。

真是，如果没有那颗戒指的话，我都要以为这一切都是我在做梦了。也许这就是为什么我实际上并不介意不能跟同事分享这个消息，我还需要时间让自己来接受这个事实。

“大卫，今天上午你有空吗？能不能帮我列出一份20世纪50年代的畅销书单？”我看了看日程安排表，问他。“我希望最晚这周三你能给我。”

“没问题。一个小时之后给你行吗？我现在就开始做。”

“太好了，多谢。”最近，我给大卫分派的工作越来越多。我知道他能承受得了，而且坦白说，只有这样我才能保证工作进度。

“好的，如果你要找我，就去复印机那边叫我。你需要我找个人帮你接电话吗？”

我告诉大卫我自己可以应付。然后我坐回椅子上，抿了一口咖啡，结果咖啡太烫，我的嘴巴都快要起泡了。

过几天就可以慢慢把这个消息散布出去了。这个周末，我就可以在玛莎·斯图尔特的婚礼上飘飘然了。我要用戒指晃花离我十步远的每个人的眼睛。我还要强迫自己不要追着告诉遇到的每个人，我找到生命中的另一半了。这不是很浪漫吗？好吧，如果你坚持要求的话，我就再讲一遍那段巴黎的故事。

一旦消息传播出去之后，我就得到充足的机会来表现内心的兴奋。

我把卢克的书稿扑通一声放在桌上。在回纽约的飞机上，我已经看得差不多了，所以我决定先看完它，然后再开始今天的工作。

“克莱尔，来我的办公室。”我刚看了一个字，内线就传来那个可怕的尖细的声音。**“立刻。”**看来我今天不可能过得很轻松了。平时就怒气冲冲的薇薇安今天听起来怒火更盛。

我吃力地走过走廊，时差反应让我无暇去害怕即将到来的责骂。“早，薇薇安。”我走进她的办公室，平静地说。“有什么事吗？”

“有什么事？”她尖声重复了一遍，已经开始发火了。“你他妈的怎么不告诉我有什么事？我他妈的现在要向你报告了吗？”

哦老天。看来情况不妙。是我真的搞砸了什么事，还是老板情绪大爆发？我坐下来静观其变，很奇怪心里非常镇定，还不忘提醒自己一会儿要跟达恩和格兰姆开会。也许，在经受了足够多的辱骂之后，一个人的神经系统达到饱和状态，然后就会对薇薇安的怒骂不再有反应了。

“我周五让你审查的那份书稿呢？”她逼问。

“噢，我看了一百多页，看起来不错。代理商说这周之前他们不会跟别的出版公司联系，所以——”

“所以？！所以？！他说了这些话吗？”薇薇安嘲弄地说，嘴角不屑地撇着。“我的老天，克莱尔，我拜托你他妈的快点长大！你想过那个善良的男人有可能是在**撒谎**吗？就在我们在这儿谈话的时候，那个男人就可能在跟别的几家出版公司联系，看能不能找到其他感兴趣的买主。男人**都撒谎**，克莱尔。只要你能让他们得偿所愿，他们会跟你说你想听的所有甜言蜜语。中午之前给我一个关于那本书稿的最终意见。我们不会上那个混蛋的当的。我们不能让他跟别的出版公司联系——”

门被推开，露露走了进来。“真抱歉打扰了，”她的声音里毫无歉意，“我只是过来送一下《杆上人生：脱衣舞娘的故事》的样书。”她把书放在薇薇安的桌子上，并没有马上就离开，很明显是等着看我笑话。

“你并没有打扰我们，露露。”薇薇安说，嗓音里充满了伪装的和蔼可亲。“你来得正是时候。克莱尔，*露露*可不像你，我让她做什么事，她总是马上就能交给我结果。她才是个团队合作的高手。看看她！多学着点儿。”

向她学怎么卑躬屈膝，怎么造谣中伤，胆小怯懦吗？我看不必了。

“她承担的任务可比你多。”薇薇安继续说，上上下下地打量着我，眼神满是嘲弄。“你所做的就是一天到晚磨磨蹭蹭地看那本卢克·梅维尔的破书稿，就像个沉醉爱河的中学生！”这个想法似乎又点燃了她的怒火，她的眼睛再次充满了怒气。“你知道，我应该终止那本书的合同，好给你一个教训！花那么多的时间弄那么一本没几个人会看的书，真是*太荒唐了*！我是个出版商，可是连*我*都不耐烦读那本无聊的东西！”

我倒吸一口气，完全慌了神。这正是我这几个月来最担心的事：薇薇安会对我大发脾气，然后迁怒于卢克的书。我绝不能让它发生。“求你了，薇薇安。”我乞求她，“我会一周七天二十四小时努力做其他项目的。对不起，我——我会做你要我做的任何事情。”我不在乎我说的有多么不知羞耻，为了保全我的尊严而牺牲卢克的书是不值得的。

薇薇安坐回到椅子上。“你知道的，我只需要撤回对他那本小——”

“我明白，”我点点头，觉得心都快要跳出来了。“只要告诉我你要我做什么，我马上就去做。”

“哦，我会的。”薇薇安咧着嘴笑得像一只柴郡猫。“别担心，我会的。”

“*然后呢？然后呢？*”碧打过来五次，我终于给她回过去时，她激动得快要把我的耳朵震聋了。“我快急死了，克莱尔！快详详细细地讲给我听！我真不敢相信他带你飞去了巴黎！真是太浪漫了！”她真是恨不得从电话线里爬过来。“我是说，你能相信吗，你真的要跟兰道尔·库克斯*结婚*了？你还记得以前无数个晚上，我们躺在我的旧床垫上，做着这种白日梦吗？”

她一提到这个，那些记忆立刻生动地浮现在我的脑海里，尽管那几乎是十年前的事了。碧和我常常并肩躺上几个小时，盯着天花板上那些水渍，梦想着我跟兰道尔的梦幻生活的每一分钟是如何度过的。通常从我跟兰道尔的婚礼开始说起。我们的婚礼会在我父母的农场上举行，就在我父母最喜欢的那棵苹果树下，那是他们搬到这所房子的第一天种下的。兰道尔和我会亲手写下我们自己的结婚誓词，一些打动人心的美丽的词句，让在场的每一个人都流下感动的泪水。我会捧着一束从妈妈的花园里采来的百合花。

我试着想象兰道尔和我宣读我们的誓词的情景。似乎应该是……嗯，有点儿不太自然。兰道尔是那种更为传统的男人。

“那我们什么时候可以见面？”碧问。“或者说，现在？”

我小心地瞅了一眼我装得满满的文件盒，一份文件接一份文件地堆在一起。知道我下个星期要处理这么多工作本来就已经够吓人了，薇薇安威胁要取消卢克的合同让这些任务变得更加紧急。但是我真的迫切地想见到碧。还有玛拉，我们在巴黎给她打电话时她显得那么可爱。我跟她明天约好了一起吃午饭。我希望跟她们的会面能让这次订婚的感觉变得更加真实。

“今天晚上怎么样？我下班后去找你行吗？”

“当然没问题！对了，兰道尔能一块儿过来吗？”

兰道尔今天早上交易失手了，我知道他今天晚上一定会通宵。“工作。”我笼统地说。“他脱不开身，恐怕你只能见到我了。”

“我们最想见的就是你啊。我会叫哈利下班时带些中国菜的。”

有人在敲我的办公室门。我告诉碧我大概九点过去。

“你是克莱尔·特鲁曼吗？”一个身材魁梧、穿着淡粉色香奈儿套装的女人站在我的办公室门口。她的头发是小麦色的，吹得极其蓬松，脸庞像个平底锅。她的双手捧着四个超大的粉红色文件夹，每一个都塞得满满当当。

“对，我就是。”我回答。

那个女人的脸一下子被点亮了。“克莱尔！哦，天，你真可爱！看来一定会很有意思的！”

“对不起，我们以前见过吗？”这个女人是一个即将签约的作家吗？还是我忘记了有个预约？

“噢，对不起。露西尔·库克斯夫人给您打过电话了吗？提到我的名字曼迪·特纳了吗？说我是棕榈滩和曼哈顿的婚礼策划人？”曼迪满怀期待地问，希望她说的这些能给我一些提示。

我赶紧把她领进办公室，害怕别人会不小心听到这些话。婚礼策划人，现在就开始了？留给露西尔去处理吧。我们回到纽约还不到十二个小时，她就已经进入筹备阶段了。

“曼迪，我非常感谢你专程过来，但是我想兰道尔跟我不需要婚礼策划人了。我们会在我的家乡举行一场规模很小的婚礼……要是我能空闲下来，我会好好打算的。”我微笑着，瞥了一眼桌子上那一大堆亟待处理的文件。

“啊？”曼迪问，很显然吃了一惊，“那是在哪儿？你的家乡？”

“差不多是在爱荷华市。”

“啊哈，啊哈。好吧。那么，我把这些婚礼策划方案留在这儿怎么样，万一你改变主意了还可以看看？”

“你真是太好了，曼迪，不过我觉得没有这个必要了。”

曼迪和我礼貌地争执不下，最终我同意了留下那些文件夹。我没时间再讨论下去了，更重要的是，我不想任何一位同事听到我们的争论。

“哦，亲爱的，你的订婚戒指在哪儿呢？”我把她推进电梯间时，曼迪问我。

“在，嗯，拿去改大小了。”我搪塞道。

我看着电梯门关上，把曼迪·特纳送走，走回办公室，电话就响了。这次是露西尔。

“克莱尔，亲爱的，”她一开口声音就冷冰冰的。“我听说你把曼迪赶走了，宝贝！她刚才给我打电话了！你到底为什么要那么做啊？现在我们来谈谈你们的婚礼举办地点吧。我有一些想法。至于婚礼的日期……说真的，订婚之后等那么久干什么呢？圣·里吉斯六月底要开业了！真是太棒了！那里是最完美的地方，是吧，宝贝？”

“离现在不到三个月！还有老实说，库克斯夫人——”

“露西尔，我的宝贝。叫我露西尔！”

“露西尔——我需要一些时间才能开始筹备婚礼。你知道，享受一下订婚的感觉，还有——”

“亲爱的，*你说到点子上了*。这*就是*曼迪和我所希望的。你和兰道尔享受订婚的感觉，把那些无聊、麻烦、平淡的工作留给我们两个。”

“你说的是什么意思，无聊、麻烦——不，我不能麻烦您来筹备——”

“不是你麻烦我们，而是我们*愿意做这些*。计划安排，支付费用，你就不用头疼了。听起来不是很妙吗？你现在不是已经很忙了吗，亲爱的？真的，干吗要给自己找麻烦呢？”

真可笑，我可从来没觉得筹备自己的婚礼会是个麻烦。不过跟露西尔讨论这件事的确让我头疼得厉害。

我的另外一部电话响了。是薇薇安的分机号码。被转到语音信箱是最让她抓狂的事情，所以我问露西尔能不能过会儿给她回电话。

“没问题，亲爱的。不过考虑一下我刚才说的话。想象一下你连手指头都不用动一下的感觉！”

我挂断了电话。

“**克莱尔！**为什么我们还没跟康黛丝签订合约？”

“因为她对我们开出的条件不满意。”我已经告诉过薇薇安三次了。“她要是不愿意就算了，还是你愿意再多出点儿？”

“再加十五，然后告诉她不愿意就走人。还有，顺便说一下，下个星期我需要你替我去参加五六个会议，因为到时我在洛杉矶，我又不想取消这些会议。还有，算了，你来我的办公室吧，我有几本书要你跟进。不是这周开始，也不是明天开始，是**现在**就要开始。”

我扫了一眼我的文件盒，看来又要加倍了。然后我想到了露西尔的提议。也许那个主意也没那么坏，值得考虑。

就算我梦想中的苹果树下的小型婚礼不能成真又怎么样。我就要嫁给我多年前就心仪的男人了。我就要嫁给一个完美男人了。

第十八章　新娘觉醒

“提西－提西！”

妈妈和我一走进兰道尔家豪宅的门厅，露西尔就从客厅里飞奔出来，一把抱住了我那可怜的摸不着头脑的妈妈。露西尔像章鱼一样紧紧地巴在妈妈身上，我不得不在卡洛塔的协助下才把她拉开。

“我真不敢相信**这么多年**过去了，提西－提西！我真不敢相信你终于来纽约了！从两个孩子第一次约会开始，我就盼着你来这里了！”

“我知道！”妈妈说，似乎对刚才露西尔的拥抱还有些心有余悸。“见到你真高兴，露西。你看起来真漂亮。你好像没怎么变。”

“肉毒杆菌创造的奇迹，提西！要是你想要的话，我可以帮你预约周末去一位城里最好的整容医生。他有时候也会上门服务，不过只有我才可以！”

“哦，没关系。”妈妈立马反对。“我想按照你列出的礼服预约表，我们会忙得不得了的。非常感谢你帮忙做所有的准备工作，露西尔。你真是太慷慨了。”

离我们即将在圣·里吉斯饭店举行的奢华婚礼还有六周。这个事实让人惊讶也让人心烦。现在剩下的唯一一件事也是一件相当大的事：找到完美的婚纱。

“我很享受这个过程，提西。不过你说的也对，我们今天的确会很忙。你能相信这是你女儿干出来的事吗？”露西尔大声说，

“之前我为她安排的每一次预约，她总能找到理由缺席？”

“嗯，我知道工作已经占据了克莱尔清醒的每——”

“噢——工作，工作，工作。”露西尔打断了妈妈，很明显完全不知工作之苦。“不过，至少最终把你给吹来了。”

我能理解露西尔为什么这么沮丧：试婚纱是我在整个婚礼筹备过程中唯一的任务，但是我却失职了。在心里，我暗自为自己辩护，最近我的工作处于关键时期。自从薇薇安得知我订婚的消息后，我就不得不频繁加班了——事关卢克那本书稿的命运，因为还有两个月才能正式出版的日期，所以一切都还存在变数。

幸好在告诉露西尔我妈妈要飞过来参与婚礼筹备工作后，我得到了她的宽恕。妈妈简直是神赐来的帮手，尤其是现在碧因为在洛杉矶出差而脱不开身。跟露西尔逛街看礼服本来就已经够让我有压力了，要是让我**单独**跟她逛街看礼服，我的神经一定会受到极大的折磨和摧残。

“好了，现在出发吧。”我抓起钱包，还有露西尔已经打印在一张粉色纸上的预约行程单。我可以离开办公室六个小时，现在计时器已经开始转动了。

“这真像是梦想成真啊，提西－提西。”当我们沿着麦迪逊大街向第一家预约店走去时，露西尔挽着妈妈的胳膊不停地说。“我的儿子，你的女儿，啊，想想看，咱们的孙儿是一个人呢，提西！”

“真棒啊，露西尔。”妈妈微笑着说。“我真为他们感到高兴。”

“你就在这儿多待一段时间吧。我们的房子很大，兰道尔下个星期又都在出差，所以我们就像回到了以前，我们又成同屋了！我有好多话要跟你说！”

“我真希望我能留下，露西，也很感谢你的挽留，”妈妈回答，“不过我得回去完成一幅画——匹兹堡的一家画廊希望下周能拿到它，所以我得抓紧时间了。”

"匹兹堡？"露西尔皱了皱鼻子。"我想到了一个主意——要不我把你那幅画买下怎么样？那样你就不用赶时间交稿，可以在这儿再住一个星期了！好吗？"

"很抱歉，露西尔，我已经答应那家画廊了。"妈妈说。"不过我可以给你看看我别的画，你可以挑你喜欢的。我送你，作为一个老朋友。"

露西尔面露喜色——我还从来没见她这么高兴过。"以后就是亲家了！"她用颤抖的声音说。

"我只想要一件式样简单一点儿的。"我第六次重申我的要求，声音里透着一股绝望。"就像这样的。"我展开一张图片，上面是一条修长的婚纱，领口处有一圈精致的小珠子。这是我从露西尔订阅的每周寄到公寓里那一大堆婚礼杂志上撕下来的。

现在是下午三点钟，我们已经以急行军速度扫遍了各大婚纱名店。我又累又饿，真想扭断露西尔的脖子。我试穿的每件婚纱，她都能找出一个新的不足之处。

"我们明白你的意思，克莱尔，*简单的*。"露西尔说着，眼睛转向现在面无表情的妈妈。"但是拜托，你别开玩笑了！哪个女人会不想在婚礼那天光彩夺目呢？这可是你*一辈子*最重要的一件礼服，克莱尔！我只要求你能稍微专注一点儿。我觉得那件婚纱是不错，不过太*朴素*了。"

"等一下，露西尔。"妈妈用她那外交式的大家都冷静一下的音调提出反对意见。"克莱尔*是应该*表现得光彩夺目，但是她的风格是那种更低调一点儿的——"

"那可是她的婚礼，提西－提西！"露西尔像一个五岁大的孩子那样哀叫道。"她一辈子最重要的一天！天哪，难道什么都要我操心吗？又要说服兰道尔……回归正道，又要在*没有*预订的情况下临时订上巴黎的丽兹饭店，又要计划婚礼的所有细节，还要争取到世界顶级设计师同意在两个月内做出我们挑选的任何款式，我跟你说，这可是从来没有过的事，他们都是为了我才破例的。不然的话，兰道尔和克莱尔怎么可能赶上六月份在圣里吉斯酒店举行婚礼呢？”

我觉得我的胃好像被谁重击了一下。是**露西尔**精心策划了我们在巴黎度过的那个周末？而且是她促成兰道尔向我求婚的？“我还以为是兰道尔安排的那次旅行。”我平静地说，尽力掩饰她刚才的话给我带来的巨大冲击。

“克莱尔，亲爱的，他是个男人！”露西尔被我的单纯逗乐了。“永远不能指望男人去**计划**什么活动，不是吗？当然，他的秘书在挑选礼物方面帮了忙，不过要想提前几个小时还能订到丽兹饭店最好的套房就得很有面子才能办到了。”她颇为自豪地笑了。

妈妈只是摇了摇头。从她脸上的表情，我可以看出，在眼前这个瘦小、专横、极度兴奋、一直在对我们发号施令的女人身上，已经完全找不到半点当年那个妈妈熟识的女孩的影子了。但是她所做的这一切又都是为了我好。

“下个目标，王薇薇的店！”露西尔宣布。“出发，女士们！”

“我很喜欢我们看的第一件。”我拽着露西尔轻快向前的胳膊，想让她放慢脚步。“就是在安吉尔·桑切斯那家看到的。那么轻柔，又那么优雅。你也说不错的，对吧，露西尔？那件就是我想要的。”

妈妈点点头。“你穿那件很漂亮，克莱尔。”

露西尔用傲慢的眼神冷冷地看了我们一眼。“那件婚纱很漂亮，我同意——只不过，它有点儿突出你的臀部了，宝贝——我们应该再看看还有什么别的。亲爱的，难道你会跟约会的第一个男人订婚吗？”

我实在想不通这两件事有什么相似之处，却还是不得不跟在她后面走。我现在实在没力气逃走，而且我们应该快要逛完了——要知道，我已经试穿了不下五十件婚纱了。妈妈看了我一眼，无声地问我是否需要由她来终止我们的这次购物长征。“没关系。”露西尔在前方疾走，我悄声告诉妈妈。“我需要买一件，她又是一番好意——”

“大小姐们！别停下，**继续走**！我们时间不多了！”

我暗自祈祷希望在王薇薇能找到合适的，就不用再逛下去了。

在王薇薇店里，当露西尔在看一些宝石头饰时，我偷偷把那张杂志样图塞给一位导购小姐。“你能帮我找几件像这样的吗？”我问她。

“没问题。”她点点头，匆匆离开了。我和妈妈走向试衣间。

“你还撑得住吗？”妈妈问。

“撑得住。说实话，能从办公室溜出来偷会儿懒还是挺好的——”

“妈妈！我**知道**这件婚纱要一万美元，可是这是为了我**一辈子**最重要的一天！”隔壁试衣间里一个女孩哭喊道。“你想让我结婚那天被人**看笑话**吗，妈妈？那样你就高兴了吗？”

“当然不是了，亲爱的。”妈妈疲倦地回答。

“那就给我买这件婚纱吧！”

“好吧，孩子。”

“**还有**那双鞋跟上镶有宝石的周仰杰牌鞋子！”

短暂的停顿之后。“好吧，孩子。”

噢。那个可怜的女人造了什么孽，养了这样一个被宠上了天的女儿？妈妈翻了翻眼珠，与我意见一致。

“特鲁曼小姐？我找了几件你可能会喜欢的。”刚才那位导购小姐揭开塔夫绸门帘，捧着几件礼服进来，每一件看起来都制作精良，绣着花边。露西尔跟在她后面，搓着那双小手，充满期待。

找到了。就是最上面那一件。那是一件浅香槟色的收腰长婚纱，裙摆上缀满了宝石，裙边有蕾丝，领口上绣着精致的花边。而且后面还有一条非常浪漫的长长的头纱。虽然它不是那种高雅型的或者公主式的，但是无可否认它还是很漂亮。我希望这能符合露西尔的要求。

"试试吧。"露西尔激动地说。妈妈看起来也很兴奋，我穿上之后，她帮我系上了背后的扣子。

我看着镜子。它很精致，满足了我对婚纱的所有要求。就是这一件，穿上它就能让我有那种转换角色变成新娘的感觉。我一直等待的那件婚纱就是它。当教堂的大门打开时，我希望穿着这样一件婚纱去见我的新郎。穿着这样一件婚纱，我愿意在几百人的见证下不停地说我愿意，我愿意，我愿意。

"很棒！"露西尔叫道。"很棒！"

"你看起来真漂亮。"妈妈目不转睛地看着我说，"克莱尔，你觉得怎么样？"

我爱死这件婚纱了。

但是我觉得有点儿不对劲。我不像个正常的新娘。从巴黎回来之后，我还没有感受到我所期待的那种飘飘然的兴奋感。翻阅婚礼杂志时没有感受到，告诉朋友兰道尔向我求婚时没有感受到，即使是现在穿着我有生以来见过的最漂亮的礼服，还是没有感受到。看来我真的有问题。

"怎么可能不喜欢呢？"露西尔插话。"克莱尔，你穿这件真是美极了。"

"我喜欢这件。"我点点头，心里却满是疑惑。我应该更兴奋才对啊。我真的很嫉妒隔壁试衣间的那个被宠坏的女孩子——至少她很确定自己想要的是什么。

我还没反应过来，露西尔已经把裁缝叫了进来，正在发布命令：裙摆上还要再多加些手工绣的小珠子……刺绣作坊……不计代价……王薇薇的私人朋友……我回过神来，注视着镜子里的自己，又灌了两杯香槟。

“克莱尔，你确定是这件吗？”妈妈关切地问，看起来有点儿担心，“你对这件婚纱好像热情不高。宝贝，要是你不喜欢的话——”

“哦，对不起。我真的很喜欢这件。我只是累了……这周工作很忙。”

妈妈看起来并没有完全被说服，不过她没再说话。

“好了，现在该看面纱了。”露西尔遣走裁缝后，继续说。“我觉得应该用那种边上缀满珠子的天主教式面纱……王薇薇这儿有好多漂亮的面纱。”

我瞟了一眼手表。我应该至少已经收到薇薇安的五封暴怒的关于工作的语音邮件了——现在斯坦利已经成为过去式，再没有什么东西会分散她的注意力，所以她清醒的每一秒脑子里都只想着工作。连周末也不例外。

“很抱歉，露西尔，我必须得回去工作了。”

“你工作也太努力了。”她咕哝道，帮我脱掉婚纱。“那好吧，我去挑个面纱，然后就买齐了。”

然后就买齐了？王薇薇的面纱差不多要3000美元——绝对不是一时冲动就能买的。我很坚定地告诉露西尔，我想等等再买——不合常理的是，这次她竟然让步了。不过，就在我们就要走出店门时，她突然“想起来”还要嘱咐裁缝一句话，然后就折回店里，说她等一下会赶上我们的。

“你知道她肯定是去买面纱的。”我们注视着露西尔匆匆跑回去时，妈妈低声说。“她真是太慷慨了，但是她也太爱干涉——”

“克莱尔？特里夏？”背后有个熟悉的声音在叫我们。*是卢克*。

我的心沉到了海底。他走到我们面前停下来面对着我们。有一会儿，我站在那儿完全不能动——不知道该说什么，更不知道如何提起那个我已经无限期拖延的话题……

“卢克！”妈妈吻了他的面颊。“真高兴见到你！我还想着这周末——”

“真是个大惊喜啊！什么风把你给吹来了？过来看克莱尔吗？”

“这个，嗯，对啊。”妈妈眼睛看着地面回答。她和碧已经催我几周了，让我告诉卢克我订婚了——她们似乎觉得我没有给出足够的暗示。我说不清楚为什么我还没告诉他。的确，我和他几乎每天都要见面，因为他的书快要出版了……但是最开始的几次见面时我**没有**提到我订婚的消息，然后接下来几次再提就显得太尴尬，因为前几次都没提——所以，到目前为止，我还没有找到合适的机会告诉他这件事。

“我买买买买到了！”露西尔尖利的嗓音让我的心再次沉到谷底。天哪，不要。她正在挥舞着一个几乎和她一样大的王薇薇袋子。“你的面纱！我知道你说过想再等等，克莱尔，但是我实在忍不住想买下它！原谅我吧，亲爱的！你可以在家试一试，然后再送回店里，他们会寄到巴黎去加上一些手工缝制的珠子。他们保证一定可以在婚礼前做好的。”

妈妈突然转向露西尔：“我想去看看鞋子。你跟我一起去，好吗？”她拉着露西尔的胳膊，拽着她往前走。露西尔惊异于妈妈突然对时尚产生的兴趣，欣喜地把袋子递给我就跟着妈妈走了。

“很高兴见到你，卢克。”妈妈回头喊道，“希望很快能再见面！”说完，他们就走了，留下我和卢克站在人行道上。

“你的**面纱**？”他摇摇头，问我。

“天哪，我真是个白痴！”我拍着前额呻吟道。“最近忙着一大堆工作，还有把你的书送去印刷，我都晕了，忘了告诉你一个……嗯……非常激动人心的消息！兰道尔和我订婚了！”

我看着他的表情随着我的话而变换着，真希望之前能有机会在电话上告诉他这个消息。

“你订——等一下，这就是杰克叔叔和凯丽阿姨六月份要过来的原因吗？他们提到过他们会在这儿待一个星期，还说过是为了你的一个重要的日子，但是只提了一两句，而且电话里还有一堆小孩子吵闹的声音，我就没有问个究竟。我真不敢相信——你要**结婚**了？”

我恨死我自己了。不只是因为忘记和卢克分享这个重大消息，还因为我完全忘记了曼迪已经给杰克逊和凯莉寄了一封请柬。我在想什么啊？我都邀请过卢克去爱荷华参加一次亲密的家庭聚会了，怎么会忘了邀请他来这次就在曼哈顿举行的七百人参加的婚礼呢？

妈妈和碧是对的。事实上，因为某些原因——一想到这些原因我就极为不舒服——我不**愿意**告诉卢克关于这次婚礼的事。

“我真不知道我都在想什么，”我说，“拜托，告诉我你能来参加婚礼。还有，婚礼预演宴会在这周五晚上，学院俱乐部。我们希望在那儿见到你——你那天晚上有空吗？当然了，带上你的女朋友一起来。”

“我们分手了。”他说，对我的其他问题完全忽略。

“哦！”我后退了一步，“我为你感到遗憾，卢克。那，没关系，你一个人来也可以，而且——”

“我不觉得那是个好主意。”

“你说什么？不是个好——卢克，我真的**很**抱歉。我应该早点儿告诉你的。请你不要——”

“看，这就是问题所在。”卢克眉头紧皱，拉着我的胳膊退到路边一个安静的针织用品商店门口。我把袋子放到地上，揉了揉胳膊。五月温暖的午后，我却突然觉得浑身都冷得起了鸡皮疙瘩。**到底是怎么回事**？为什么卢克的脸上是我认识他以来从来没见过的严肃和郑重？“一方面，我非常愿意参与你人生中的每一个欢乐时刻。我是说真的，克莱尔。另一方面……”他停顿了一会儿，好像低头在研究手上的每一根纹路，然后抬起头来，“我喜欢你，非常喜欢。我一直都想告诉你——自从我们第一次在街上遇到，我就喜欢上了你——但是总是没找到合适的机会。**反正**，现在很明显也不是合适的时机，但是我——我想我爱上你了，克莱尔。”

我们看着对方，都被他刚才说的话震惊了。原来是这么回事，全都说出来了。

“天哪，这可真够尴尬的。”他说着，勉强笑了两声。“对不起。也许这些话我应该一直埋在心里。可是我看到你拿着面纱，而且你告诉我你就要和别的男人结婚了，我一时情急就全说出来了——”

“不，我很高兴你告诉我了，卢克。只不过——只不过我不知道该说什么。”

他咬着嘴唇，“你是真的**忘了**告诉我婚礼的事，还是——”

“我，嗯……我不知道，我——”

作为编辑和作家，我们都擅长文字和言语。

“你别告诉我你什么感觉都没有。”卢克注视着我，平静地说。他握住我的手，我再次感到了那天晚上他在帐篷下面吻我脸颊时的那种电流般的震颤。

“我要走了。”我突然喊道，抽出了我的手。然后我感到自己的身体在移动，离开帐篷，离开卢克，沿着麦迪森大街，穿过人群，两旁的商店模糊地向后倒退，午后的暖阳洒在周围。

我需要时间来思考。过去的五年，我好像生活在荒岛上。现在一切都混乱不堪，而且——

“克莱尔！”是卢克——他跟在我后面跑。

“听着，我现在没时间和你谈这个。”我像机关枪一样飞快地说，“我要结婚了，卢克，所以不管因为什么原因我之前不愿意告诉你这个消息——不告诉你是我的错——但事实都是改变不了的，我要结婚了。六个星期之后，不到两个月的时间，嫁给一个很棒的男人。”——我感觉到眼泪已经在眼眶打转——“一个非常棒的男人。”——眼泪流过脸颊，下巴——“我只是不能——你知道的——”

“你忘了拿你的面纱。”卢克说，把那个袋子递给我。

“哦，”我说，眼泪还在不停地流过脸庞，心里觉得无比丢脸。一个拎着好几个购物袋的女人在街上停住了，怜悯地看着我。“谢谢你。”

“我只希望你能幸福。”卢克的脸离我很近。我试着不去看他的嘴唇，他挺拔的鼻子，他闪亮的黑色眼睛。我的眼睛看向地上。“你应该过得非常幸福。如果兰道尔就是那个带给你快乐的男人——让你*最幸福*的人——那么你应该和他在一起。”

“谢谢你。”我重复了一句，别的实在不知道该说些什么，脑子乱成一团。

然后卢克吻了我。仅有的一次，也是最完美的一个吻。那一刻，一切似乎都变得清晰明了——尽管事实上并非如此。要不是卢克推开了彼此，我还会一直沉浸其中。

接下来的一个星期我都过得迷迷糊糊。一切似乎都在朝我压过来——婚礼的细节，薇薇安的指责谩骂，碧的关心，兰道尔愈加频繁的加班和出差。有一天晚上玛拉和我一起去喝酒，她还怀疑我是不是在吃镇静剂。生活只是变得了然无声。自从那个吻之后，我没再见过卢克。在我的内心深处，他的影子不断地出现，但是我还没搞清楚我内心的真实感情，更不知道该怎么办。在一定程度上，我很感激目前的麻木状态——我还没办法集中精神审视我的人生。

六月初的一个傍晚，我打算走路回家去加班。我慢慢地沿着麦迪森大街走，街上满是为早早到来的暖意而狂欢的纽约人。我在一个熟食店停下进去买了包香烟，一点儿也不觉得这种行为有什么不妥。就在我站在拉·古乐餐厅附近点燃一支烟时，我看到了她。

就是兰道尔抽屉里那张照片上的金发女人。

她从街对面走过来，穿着一件浅色毛衣和一条漂亮的夏季短裙，秀出了她线条美好的双腿。她的美丽是惊人的。当一个出租车司机放慢速度让她过马路时，她非常感激地朝他挥了挥手。她身上有某种东西，让我本能地对她产生了好感。

她穿过马路朝我走过来，然后走向拉·古乐餐厅。我跟在她后面走着——我在心里辩护道，反正我也要走这边回家。我看着她推开了餐厅的门。

然后我透过因为初夏而打开的窗户看到了兰道尔。我看到，当她走进大门时，他站了起来。他看她的表情是我从来没有见过的。他吻了她的面颊，然后他们坐下了。

她就是克罗尔，脑子里一个奇怪的冷静的声音告诉我，然后我继续顺着街往前走。别的女人可能已经冲进餐厅，要求弄清楚到底是怎么回事。别的女人也可能会带着痛苦的猜测在家里等她的未婚夫回来，等他解释一切或者向他摊牌。

但是，别的女人也不应该在几个星期之前跟别的男人接吻。别的女人也不应该自此之后不断在脑子里回想那个不该发生的吻。

还有很多事情我不应该再多想。很多事情要忘掉，当做从来没发生过。我继续走完下几个路口，在商店玻璃上看着自己的影子，几乎认不出那个盯着我的筋疲力尽的女人。

几个小时之后，躺在床上，我问了兰道尔晚餐在哪儿吃的。很好，他马上就坦白了，他在拉·古乐餐厅和克罗尔一起吃的。他很抱歉没有告诉我。他只是想单独告诉她我们订婚的消息——他觉得他欠她一个解释——但是他们之间已经没什么了。他并不想让我为此而烦恼，因为这次见面什么都不算，而且我最近看起来很累。

我告诉他我相信他。我必须相信他。我没精力去刨根问底。我在格兰特出版公司工作快十一个月了，六个星期之后我就要结婚了。我现在精神和体力都很疲惫，没有任何反抗能力。我唯一的选择就是接受兰道尔的解释，把卢克从脑海中驱逐出去。我躺在枕头上，觉得自己像个空壳。

第十九章　惊天巨变

“好了，先这样吧。我现在必须出发去教堂了，不然我就会错过我自己的婚礼。”我合上笔帽，坚定地对薇薇安说。

她抬起头瞪大了眼睛，好像被我今天要结婚的消息震住了。也许她*真的*是被震住了。按照她对周围人的生活的关注程度来看，非常有可能薇薇安直到这一刻才发现我穿着白色的婚纱，带着缀满珠子的天主教式头纱。

她已经跟穿着这套新娘礼服的我谈了四十五分钟的工作，尽管开始我只答应谈五分钟。曼迪和露西尔已经开始绕着我们转圈，好像野狗一样随时准备扑上来制止我们。妈妈正在角落里在笔记本上画图，她每次需要克制怒火时就会这么做。碧刚才一直在一杯接一杯地喝香槟来消磨时间，这会儿她已经晕乎乎的了。我真羡慕她。

“好吧。”薇薇安出乎意料地让步了，用女王式的手势放我走了。

“总算好了！谢谢你！”露西尔叫着，把薇薇安的外套扔给她，然后催促着这群人往门口走。“我的老天！真是从来没见过这样的事情！”曼迪用力地摇了摇头。

“那么下周一早上你会过来上班，对吗？”我们一起走进电梯时，薇薇安问我。

“对。”我答道。停顿了一下，我又补充道：“你知道的，薇薇安，我们也邀请你去参加婚礼。”露西尔没征询我的意见就寄了请柬，希望接受邀请来参加婚礼的权贵名流越多越好。

“嗯，我看到请柬了。”薇薇安漫不经心地回答，并没有解释为什么她没有明确答复那封请柬。“星期一早上，克莱尔，我希望你到了就给我打电话。我们有好多事情要办。要是你不来，我会翻遍整座城来找你的——我的人生并不是围着你转的，你知道的！”

“你们两个都疯了。”露西尔嘁了一声，按了电梯的“关门”按钮。这一次，我完全同意她的话。

整个下降过程，我们都保持了死一般的沉默。这种紧张的状态让我想起了几个月之前跟露露一起坐电梯的那次经历。我不知道这个周末她在做什么，是不是也被困在办公室里加班。我明白我不应该管这些——自从我来格兰特起，露露就只会找我的麻烦——但是我为她感到遗憾。嗯，只是一点点。

我们一走出酒店，薇薇安就径直走向一辆林肯城市车，没跟我们道别就跳上车。“露露，我不知道你他妈的在哪儿。”我从开着的车窗听到了她正对着电话大吼，“但是我要立刻跟你谈一些事情。收到这条信息之后**马上**给我回电话。”我看到薇薇安迅速在手机上按下另一组号码。

“开车！”她吼道，然后汽车发出刺耳的声音，离开了这里。

碧和妈妈帮我爬进了停在宾馆前面的一辆白色宾利，露西尔和曼迪坐在后面一辆，这样她们可以再讨论一些婚礼开始前最后的细节问题。好几双手伸过来帮我整理裙摆，这样我就不会把它坐皱了。

“你的脸色好苍白啊！”杰克斯叫道，从开着的车门挤进来用腮红刷子在我脸上忙活了一通。“好了，比刚才好多了。”他跟我们隔空吻了之后就下车了。

每个新娘都会临阵畏缩的，我告诉自己。碧倒了三杯香槟，给我们在去教堂的路上喝。几乎从来不喝酒的妈妈端起酒杯一饮而尽。

婚姻是一个重大的承诺，不管是谁站在圣坛那里等我，我都会害怕的。

车子发动，朝着教堂驶去。要过二十个路口。我祈祷红灯多一点儿。我只是需要再多一点儿时间来思考。再多给我几分钟，也许我就能把一切都想清楚了。这一切发生得实在太快了。感到恐慌是正常的。毕竟，在短短一年时间里，我的生活发生了巨大的变化。

一年以前，我怎么也想不到我会和兰道尔·库克斯——我所认识的最英俊最成功的男人，也是我大学以来的梦中情人——结婚。

想想看吧，我怎么也不会想到一年后我已经成为一家这么有名的出版社的编辑。没错，我来格兰特出版公司之后的确编辑了不少垃圾图书，跟很多神经病打过交道，但是我编辑的书也有四本登上了纽约时报畅销图书榜，而且我还编辑了一部非常优秀的文学作品。*卢克*……我很快把他从脑子里驱逐出去，就像过去六个星期经常做的那样……实际上，不止过去六周。

我到底是怎么了？说实话，现在我的生活要比一年以前我能想象到的还要好很多。可是为什么我会觉得一旦我放任自己流泪，就会再也停不下来？

紧张，全是因为紧张。还有十二个路口。还有十一个。我快没时间了。*只要撑过这场婚礼，克莱尔，然后你就没事了。*所有新娘都会紧张的。

一辆出租车停下来载客，我无比庆幸我们的车跟在后面因而不能马上走。

“我……我……”我结结巴巴地说，不知道接下来要说什么。

碧和妈妈充满期待和希望地凑了过来。我喝了一大口香槟。

“怎么了，克莱尔？”妈妈轻声问。“你还好吗？亲爱的，要是**有什么问题**，现在告诉我们还来得及。你什么都可以说，克莱尔，我们会百分之百支持你的。”

“没错。”碧大声说，声音有些含糊。“要是等到两个小时之后可就晚了啊。”

还有八个路口。我想起了我的爸爸。我想起了当我还是小孩子的时候，我会爬上他的大腿，让他告诉我他和妈妈是怎么遇到的。当他讲完时，我会要求他再讲一遍。因为我永远也听不腻真正的爱情故事，因为作为他的女儿，我爱极了当他讲到“然后你妈妈走进那个房间”时，他脸上放光的那种表情。

“接着，克莱尔。”妈妈递给我一块手帕。要是杰克斯看到现在我的脸颊湿透的样子，一定会变得歇斯底里。“你怎么哭了，宝贝？”

“紧张罢了。”我努力从发紧的喉咙里挤出几个字。现在别的回答都已经太晚了，我让事情发展得太脱离轨道。生活像一列失去控制的列车，我只能责怪自己了。

车停了，我们已经到了教堂后面。泪眼模糊中，我在妈妈和碧的搀扶下下了车，走上那条短短的鹅卵石小道。我依稀听到后面一辆宾利停车的声音，还有露西尔和曼迪在我们后面吵嚷的声音。我们四个人走进了教堂的后门。妈妈紧紧握着我的手。然后——

一声尖利得足以划破玻璃的叫声。

是露西尔的。

在我面前十步远的地方，有一个人坐在走廊的一张小椅子上，他是我的新郎。

“**糟糕！**”他的妈妈像女鬼一样痛哭流涕，脸上是完全被吓到的表情。“糟糕！他……婚礼……之前……不能……见……你！”她瘦小的身躯开始急速喘气，快要上气不接下气。

“露西，你呼吸太快了。”妈妈镇定地说，扶着露西尔的胳膊把她带进旁边的一个小房间。“放松，亲爱的，你会没事的。”

“可……是……倒……霉！他……们……不……应……该——”

“我知道，露西，可是你要冷静一下，”妈妈低声说。

碧翠斯飞快地从地上捡起一个装满玫瑰花瓣的纸袋子，跟着妈妈和露西尔走进去。她把曼迪也拉进去了，然后关上了门。

现在只剩我和兰道尔两个人呆在教堂后面。

有一会儿，我们只是注视着对方，一句话也没有说。兰道尔穿着燕尾服就像卡莱·葛伦一样帅。

“你很漂亮。”他轻轻地说。

“谢谢。”我回答。“你也一样。我是说，嗯，一样帅。”

我们是完美的一对，即将举行完美的婚礼，然后开始完美的生活。我们再次注视着彼此，没有一个人向前挪动一步。

“我觉得我们真的让妈妈不安了。这样会带来坏运气的。”他轻声笑了，但是他的声音里毫无疑问带着一点悲伤。

“我妈妈会照顾她的。”我说。

又是一阵沉默。

“嗯，我想我应该回归我的岗位了。”他微笑着说。我点点头。

就是这样了。下一刻我们就要——

“这还不够。”一个声音说，令人震惊的是，听起来像是我的声音。

“你说什么？”他问。

“这还不够。”那个声音重复了一遍。

“你是什么意思，克莱尔？”兰道尔问道，脸上满是关切。“你说的是什么意思，**这还不够？**”

天哪。是我在说话，是我的声音，我的嘴巴未经大脑允许就说话了……我的嘴突然说出了我几个星期，几个月以来一直在想的事情。

“什么还不够，克莱尔？”兰道尔重复问道，他已经走到我身边，紧紧地握着我的胳膊。

他看起来吓坏了，手指关节都发白了。

说出来吧，克莱尔，我在心里想。**趁现在说出来还不晚**。

但是我有种感觉，在某种程度上，兰道尔也在期待着我这么做。我见过当克罗尔走进餐厅时他脸上的那种光彩，那让我想起了爸爸每次看到妈妈时脸上的表情，也让我想起了无论什么时候见面时卢克脸上的表情。

我可以为了我们两个人及时刹住那辆失控的列车。

“兰道尔，你知道我是爱你的。我把你当做我的整个世界。你是一个好人，一个很棒的男人。但是我们之间的感情——这并不够，而且我觉得你也是这么感觉的——”

“什么？你在说什么啊，克莱尔？我们马上就要结婚了，我的老天啊——你一定是紧张了！我们彼此相爱，克莱尔，更重要的是，我们彼此**尊重**。这两个原因足够让我们结婚了，至少我觉得够了。”

他说的一点儿没错。爱和尊重是结婚的两个绝妙的理由。我仔细端详着兰道尔，第一次意识到婚姻对他的真正意义。我们会一直关心对方，他总是会让我得到我需要的和我想要的，他会尊重我，也会忠于我们的婚姻。

但是他永远也不会对我们的婚姻有真正的、深刻的激情。我也不会。我觉得这样是不够的。

“兰道尔，”我轻声说，“为什么你会和克罗尔分手？”

“什么?!克罗尔跟这个有什么联系?我们很久之前就分手了，克莱尔，我真的觉得我们不用——”

“那天她走进餐厅时，兰道尔，我看到你脸上的表情了。我只是很好奇，你当时为什么会决定跟她分手。”

兰道尔的脸涨得通红。“克莱尔，我告诉过你了，我们之间什么都没发生！我只是想亲口告诉她我们要结婚了。请你相信我，克莱尔，那天只不过是——”

“我相信你，兰道尔。我只是想知道你的真实想法，为什么和克罗尔分手。”

“这个，她不——她不合适——我也不知道为什么，就是没成。”

“但是你是爱着她的，对吗?那为什么会没成呢?”

“克莱尔，老实说，我们为什么一定要谈这个呢?我和克罗尔之间早就结束了，没有什么——”

“只要你坦白告诉我为什么当时没成，我以后绝对不会再提了。”

兰道尔双手扶头。“当时没成是因为……嗯，我妈妈没看中克罗尔……我想是克罗尔的家庭背景。她觉得克罗尔不是最适合我的那个女人。我相信我的妈妈。她总是为了我好，一直都是。”

“当她说**我**适合你的时候，你也相信了她。”

“我——听着，克莱尔，并不是说我总是执行妈妈的命令。我当然也有脑子，我爱你。你让我非常快乐——”

“兰道尔，想一想克罗尔带给你的感觉。”

他沮丧万分地摇着头。“都**结束了**，克莱尔。我要说多少——”

“只是想一想她带给你的**感觉**，兰道尔。”

他不再摇头了。我们两个都沉默了一会儿，但是我们脸上的表情说明了一切。“就是不一样的感觉。”他轻声承认了。“我不知道为什么，可是我真的爱你，克莱尔。”

“兰道尔，我们之间有感情，而且过去的一年很精彩——但是这还不够。这并不是你的错——并不只是你和克罗尔的事情。我也对别的人产生了感情。我并不是有意的，可是它就是发生了。”我们肩并肩坐在台阶上。“如果我们结婚了，就是在互相欺骗。我不想对你那样做，更不想对我自己那样做。”

我停顿了一下，深吸了一口气，然后继续说：“我们不能结婚，兰道尔。对不起，特别是在婚礼开始前几分钟才想清楚这一点，真的很抱歉。但是我知道这是个正确的决定。”

我很确定。终于——在经过一年的困惑、猜测和怀疑之后——我重新认识了自己，而且我明白我必须这么做。兰道尔缓缓地点点头。他凑过来吻了吻我的脸颊，现在我的脸上又满是泪痕，这时门突然开了，露西尔冲了出来。

“**什么**正确的决定？”她问道，手里还攥着那个纸袋子。“你怎么哭了，克莱尔？发生什么事了？”

我看看兰道尔，看是要不要我来宣布这个坏消息。他把手放在我的胳膊上，开口说：“妈妈，克莱尔和我决定要取消我们的婚礼。”

露西尔的嘴巴大张。“什么？**你说什么**？！你们一定要结婚！我都听到风琴手开始准备了！这真是太愚蠢——”

“对不起，妈妈，我知道你为了准备婚礼花费了很多心血，但是克莱尔和我都明白这场婚姻并不合适。我们不会举行婚礼了。”

露西尔极为吃惊，身子向后倒去，妈妈出来时刚好及时接住了她。

我把戒指从手上褪下来，递给兰道尔。虽然它很漂亮，我还是更高兴能摘下它。我会想念兰道尔，但是我感到更多的是解脱。

“难以置信。”曼迪喃喃地说，跌跌撞撞地走开去通知牧师这个消息。

“谢谢你。”兰道尔说完，轻轻吻了一下我的面颊。

第二十章　不再沉默

“卢克！我听说你和奥普拉聊过了！你觉得她会邀请你去做一次新书访谈吗？”

文学界的名人们把卢克围得里三层，外三层，简直就像一场橄榄球混战。他的新书发布会还有二十分钟就要开始了，我还没能跟他说上一句话。

“《纽约时报书评》的头版头条！那可真是了不起！”

卢克的书在一个星期之前刚刚上架，立刻就被称赞为本世纪最杰出的小说之一。薇薇安震惊于这本书的迅速走红，砸下重金包下国家艺术俱乐部举办了这场相当文雅的新书发布会。今晚可绝对没有戴着羽毛头饰、只穿内衣的脱衣舞女。

我站在远处，看着大卫·雷姆尼克和格雷登·卡特极为绅士地碰了碰卢克，想跟他聊上几句。旁边的萨拉·尼尔松好像已经在脑子里构思好了下一篇《出版人周刊》的专栏。卢克的新书远远超过了所有人的期望——其中也包括我的，虽然我本来就抱有厚望。

“克莱尔！”身后有个男人在叫我。

“杰克逊！”我给了他一个大大的拥抱，看到他既惊奇又高兴。很难相信我做他的助理已经是一年前的事了——感觉已经过了十多年了。“我没想到你今天能来！卢克说你的一个孙子要在学校表演话剧，你没空过来。”

“哎呀，小约书亚的《哈姆雷特》没能演成。他得了世界上最严重的流感，现在躺在床上休息呢，所以我就决定坐飞机过来了。今天晚上对卢克很重要！你给他的新书帮了大忙，克莱尔。我真的印象深刻。看来我以后可以封笔了。”

“呵呵，那要谢谢你，我是跟着名师学的嘛。但是说实话，我并没有做什么。我第一次读的时候，就发现那本书本来就够好了。”

“克莱尔太过谦虚了！”卢克从我背后跳出来，吻了一下我的面颊。我脸红了。

“我看到玛拉了。”擅长察言观色的杰克逊说，“我要过去跟她打个招呼，你们俩先聊吧。”

“你能相信吗？”杰克逊离开后，卢克说。自从婚礼之后，这是我们第一次见面，今天一整天我都很紧张。“我真不敢相信这里的所有人都是来庆祝我的新书的。要是没有你，这些都是不可能的，克莱尔。我给你准备了一点儿东西——一个小小的感谢礼物。”他拉开外套，拿出一个小小的包装得很漂亮的盒子。

“卢克，你真的不用——”

“快打开看看。”

我慢慢打开银色的包装纸。里面是一本小小的、薄薄的书。“是我爸爸的第一本诗歌集。”我轻声说，泪水立刻涌满了眼眶。“你是在哪儿找到它的？”

“那可说来话长了，而且还很无聊，下次再讲吧。”他笑着眨了眨眼。“我只是觉得你会喜欢的。”

“喜欢？我爱死了——谢谢你，卢克。你真是想得太周到了。我，嗯——”

“打扰一下！大家都听我说好吗？”薇薇安重重地拍了拍她从角落演奏的乐队那边抢过来的麦克风。“打扰一下！大家！”

屋子里立刻沉默了，所有的眼睛都盯着她。

“今天晚上真的是格兰特出版公司令人激动的一个晚上。我们都为卢克·梅维尔的成功和才华而自豪。可能你们中的一些人知道的，”她假装谦虚地低了低头，“发现这个天才我做了不少努力。作为一个出版家，能够凭借自己的努力，将一个完全没有名气的人发掘出来，并且将他的才华展现于世人面前，这真是一件高兴的事啊。”

薇薇安把卢克的成功完全归功于她“自己的努力”？这本书出版之前她连一个字都没看过！

“但是还有另外一件事让今天成为对格兰特出版公司意味非凡的一天！”薇薇安继续说道。“我非常高兴地宣布，我们从马瑟－霍林格出版公司独立出来了。我的公司——格兰特公司——将成为一个独立的私有企业。我**很高兴**我终于不用再受马瑟－霍林格那帮愚蠢的官僚的限制了。格兰特公司不仅要继续并扩展我在图书行业的已有成就，而且还要涉足电视和电影界。而且我相信我在这些领域一定能像在图书界一样有卓越的表现。”

我从来没有比这一刻更痛恨薇薇安。就在这里，在卢克最重要的日子，她先是把功劳都揽到自己身上，**然后**又夺走了所有人的关注。

而且还从马瑟－霍林格独立出来了？以后一定会很恐怖。公司之前对职员所遭受的薇薇安的虐待几乎毫无作为，但是聊胜于无。我简直不敢想象在独揽大权之后，薇薇安会怎样变本加厉地对下属施暴。

“哇，”卢克说，“看来事情变得很有趣了。”

“马上就会有大灾难了。”我开始头疼。

“卢克！你有话想对你的众多粉丝们说吗？”薇薇安像一个驻唱歌手一样，对着话筒轻快地说。卢克的表情看起来不想去，然后他好像克制了不快，走过去从薇薇安手里接过了话筒。她把手搭上卢克的肩，眨动着睫毛，身体前倾，充满柔情地吻了他的两边脸颊。

“谢谢你，薇薇安。我真的很感谢各位今天晚上特地赶过来。”话音刚落，场内就响起了一阵雷鸣般的掌声，我的心里充满了自豪感。“我最想感谢一个人——这个人发现了这本书的潜力，然后不遗余力地努力让这本书得以出版。可以说，这本书既是我的，也是她的。这个人就是我的编辑和朋友，克莱尔·特鲁曼。克莱尔，请你来这里，好吗？”

我僵立在原地，人群自动在我面前让出一条路来。

“快过来，克莱尔。”卢克又说了一遍，冲我招招手。我不情愿地往前走过去。

当我走近时，我看到薇薇安正在用恨不得让我去死的眼神瞪着我，双臂充满怒气地抱在胸前。露露在讲台左边一脸怒容，达恩在人群前面紧张地看着台上。只有大卫冲着我竖起了大拇指。“就像我说的那样，今天晚上我能站在你们面前，全都是因为她的辛勤付出和慧眼——”

我笑了，但是我的眼角余光扫到了气呼呼的薇薇安。“给我他妈的坐下。”她冲着我说。她的话通过话筒被放大，清楚地传到了在场的每个人耳朵里。

我的脸开始发热。卢克停下了。我僵立在那里。

“我说，坐下！”薇薇安用更大的声音重复道。“你这是自取其辱，克莱尔。没错，你为这本书做了点儿事情，不过他给你的赞扬太过了。至少要有点儿风度，不要接受。”她对着听众满含歉意地笑了笑，就好像我是一个有点儿任性、贪心的孩子，控制不了自己的欲望。

“薇薇安，”卢克坚定地说，“克莱尔发挥的作用非常大——”

“没关系。”我平静地说。卢克沮丧地垂下了头。我直视着薇薇安，忽然没有了畏惧。我都有勇气对我的婚礼叫停，我也能处理好这件事。“这个庆功会不属于我，卢克，它属于你。但是这也是我在格兰特工作的最后一刻了。薇薇安，我辞职。”

我轻快地走回到我原先站的地方。吃惊的人群仍然保留着中间那条过道，我和薇薇安各站一头。一半人看着我，另外一半看着她。要是再来点儿风滚草、几把手枪，还有吧台，我们的决斗场地就完整了。

“谢天谢地，总算走了。”薇薇安从卢克手里抢过话筒，不屑地喷了喷鼻子。“你真是不知天高地厚，克莱尔。从第一天上班起，你就是个累赘。招聘你进来的那个人给我小心点儿！”薇薇安把她头红发向后一甩，卑鄙地大笑起来。

有那么一会儿，我真想冲着她吼回去。我不能容忍薇薇安在我尊敬的人们面前这样污蔑我！我要骂她卑鄙无耻、横行霸道——在场的人应该都不会反驳我的。

但是我低下头，看到手里还握着爸爸的书。

“再见，薇薇安。”我平静地说完，转身向门口走去。

走了没几步，我感到一只手拍了一下我的肩膀。

“这是我的名片。”克诺夫的一位首席编辑说。我们刚才见过。

“这是我的名片。”他旁边的一位高级编辑说。“给我打电话，克莱尔。”

在我朝着门口走去时，几乎所有的知名出版公司代表都给了我他们的名片。走到走廊时，我手里已经收了十几张名片。我回头看看卢克。他正在微笑。这时，我意识到自己也在微笑。

二十分钟后，在办公室里，我正在忙乱地将我的各种文件整理归类，两个穿着黑西装的人力资源部门的员工出现在门口。现在已经是晚上十点多了。

“薇薇安觉得你可能会回这里来。”其中一个带有威胁地看着我说。“我们一接到她的电话就赶过来了。”

“你必须马上离开这个房间。”另外一个命令道。

“好的。我只是想确认一下我资料上的标注够清楚，这样我负责的那些作者就不会没人管——”

“马上的意思就是**马上**。你有两分钟的时间来收拾你的私人物品，如果超出时间不走的话，我们将会报警说你破坏我们的财产，并且让持枪警卫来把你押解出去。”

我考虑了一下，其实被押送出去应该是结束我这段人生经历最合适的方式。不过我还是把名片盒和备用的鞋子扔进一个硬纸箱，加快速度整理东西。我这一会儿一定非常狼狈。我只想带着完整无缺的尊严离开这里。

他们两个交换了狐疑的表情。“别磨蹭了，”其中一个宣布，“时间到了。”他们用目光扫视了一下我抱在怀里的硬纸箱。现在该走了。

再见，会议室，在那里薇薇安分享了很多她那异于常人的经历。

再见，会议室的门，每次薇薇安发怒时都会狠狠地摔上那扇门。

再见，咖啡机，过去我赖以活命的伙伴。我想以后我最想念的会是你。

“快走！”其中一个男人吼道。

“我不明白你们为什么还要听从她的命令。”我说。“薇薇安从马瑟－霍林格独立出去了。她刚刚宣布这条消息。她给你们打电话的时候告诉你们了吗？”

当我被那两个穿黑西装的男人夹在中间推进电梯后，格兰特公司消失在电梯门后。这一刻终于到来了。

尾声　现世安稳

“很高兴你能过来，”菲尔打开家门，对我说。“我们有好多事情要庆祝！”

“菲尔？你看起来就像完全变了一个人！”自从菲尔被西蒙·舒斯特出版公司聘用为高级编辑之后，我已经好几周没有见过他了。他至少瘦了十几斤，而且眼袋也神奇地消失了。他看起来比以前年轻了十几岁。

“我感觉比以前好多了，真的。在格兰特工作的压力让我忙得像个钟表指针，精疲力竭。”菲尔把我让进客厅，那里已经有十几个人坐在沙发和垫子上。“嗨，大家好，这是克莱尔·特鲁曼，她上个月刚从格兰特公司辞职。”所有的人都转过来看着我，热情地微笑着。有一些是我刚去格兰特时见过的，但是其他的从来没见过。

当菲尔上个星期给我打电话，邀请我参加格兰特公司前任职员互助会时，我还以为他在跟我开玩笑。薇薇安·格兰特的前任职员们还组织了一个互助会？菲尔解释说，这个互助会主要是组织大家聚到一起讲述那些最痛苦的经历。没有亲身经历过薇薇安的残暴的人会以为我们是在夸大其辞。

我犹豫过要不要接受这次邀请。我对不久前发生的事还心有余悸，不过我不确定是否要跟一群陌生人交流这种悲惨经历。

“我知道这听起来有点儿怪怪的，”菲尔承认，“但是在某种意义上来说，我们就像是战友。我们这些人都跟自己的家人和朋友讲过这些故事，他们也会耐心地听，并且试图理解我们的感受。但是他们做不到。只有亲身经历过的人才能真正理解我们。”

可以肯定的是，菲尔没有丧失他的戏剧天分。不过最终我还是答应过来看看。环顾客厅，看着这些在格兰特公司受过磨难并且挺过来的人们，我有一种奇怪的舒适感。现在他们看起来心情都调适得很好了，但是就像我一样，他们明白那种感觉，每天在战壕里跟四个战友并肩作战，只是出去上了个厕所，回来就发现一切都被摧毁了，朋友不见了。这些人能理解那种在战壕里工作，随时躲避从薇薇安的办公室发射过来的子弹，还有跟怀有敌意的露露和格兰姆谈判的经历。他们被迫执行那些现在回想起来还不寒而栗的命令和任务。

“欢迎回归外面的世界，克莱尔。”一位穿着吊带裙的漂亮女士说，“还有祝贺你逃出来了！”

“我叫马文，”坐在我左边的男子说，“我以前在格兰特做艺术总监，然后一天下午薇薇安在所有职员面前骂我是‘该死的伪娘’，我就辞职了。我刚跟她打完官司，和我女朋友在西城那边买了一套房。”

“当我的门禁卡失效时，我才发现我被解雇了。”另外一边一个深褐色头发的女人说。“人力资源部门有人把我的私人物品送到了我家。全都是因为在之前的编辑例会上，我对薇薇安的观点提出了异议。”

“噢，那是她最擅长干的。”她旁边的人评论道。“门禁卡失效什么的，她最喜欢用这些来显示她的权力了。”

一个年纪大一点儿的人清了清嗓子。“我是少数几个被薇薇安聘用的有十几年从业经验的人之一。我先是在企鹅出版社工作，然后又去兰登书屋做了六年。我在格兰特只待了十天就辞职了。我从来就没见过那样的公司。”

“那当时是什么情形，克莱尔？”菲尔问我。“你辞职之后她有没有大怒？”

“事实上，我也不知道。我之前的助理大卫第二天也辞职了，而且我也没跟公司的其他同事联系。我真的需要理清思路。”

“哈，那你很幸运，她还没有在八卦圈里编造出你离职的原因。”麦克·哈德森低声说。我认出他曾经做过印刷公司的市场部总监。“她告诉所有人我沉迷酒精，而且还盗用市场部的预算来满足这个癖好。反正就是类似这样的话。这个故事一点儿也没有道理，而且没有一丁点儿是真的，不过她还是乐此不疲。”

菲尔走进厨房，再次出现时端着满满一托盘香槟。“我提议，大家来干一杯！”他爽朗地说，一面把杯子分送到众人手中。“庆祝薇薇安终于得到报应了！”

“你这句话是什么意思？”当他端着托盘来到我身边时，我问他。

“今天早上你没看《每日新闻》吗？等一下，琳达买了十份，这边一定有一份，啊，找到了，给你。”他从沙发旁边的筐里抽出一份报纸。“看一下吧。”

人，只剩下三个

出版界巨头薇薇安·格兰特现在正式从之前的公司马瑟—霍林格独立出去了，她将她的新公司搬到了翠贝卡一座面积二十万平方米的大楼中，并在大楼外侧涂上了她的名字，真是大手笔。在上周的采访中，薇薇安希望这场独立能够给她“更多的时间来征服电影界和电视界”——我们听到你说的话了，薇薇，作为一个出版商，图书占用了你大部分的时间，真是烦人啊——不过截至目前，主要的进展是她的职员们赢得了他们自己的独立。据消息称，昨天在薇薇安勃然大怒之后，除了两名职员，所有的职员都宣布辞职。

这两个马屁精——哦不，是人——是谁呢？谁还留在她身边？一位知情人士将高级编辑露露·普莱斯和编辑部主管格兰姆·费希尔称为“被洗脑的走狗”，另一位知情人士说“他们跟薇薇安一样残忍”。不管怎样，现在薇薇安·格兰特有更大的空间来扔椅子了，不过她的靶子少了很多。

“我真不敢相信。”我摇摇头，放下报纸。“达恩也辞职了吗？”

“没错。显然，是她带头辞职的。我邀请她今晚过来，但是听起来她还没缓过神来。下次聚会我们会见到她的。”

“达恩真行。”她终于突破底线了。“老天，你能想象现在那里成了什么样吗？”尽管是炎热的夏天，我却狠狠地打了个寒战。

“都是他们自找的。”菲尔说。“而且拜托，我们说的可是薇薇安。你也知道，凭她的那些歪门邪道的天才，她肯定能想办法再搞到钱，然后再诱惑一群不明真相的新人过去工作。又会开始新一轮的循环。她不会善罢甘休的。”

也许吧，我在心里想。也许薇薇安能够想办法东山再起，甚至比以前更强。菲尔说得对，她的确是个天才。她有一种独特的能力，能够看到别人看不到的机会，她的工作劲头也很疯狂，甚至她的狂妄自大在某些情况下也可以看做优点。她还很漂亮，很聪明。她能让所有人围着她转，真的……而且我也从来没见过哪一个人有这么多不满和怒气要发泄。这一点真是最大的美中不足。如果一个女人能像薇薇安那样有能力，同时还能尊重和体恤她的下属，那么她会势不可挡、所向无敌的。

“无论如何，不要再谈她了。”菲尔说。“跟我谈谈你的进展，孩子。工作找得怎么样了？”

“有几份有意向了，不过我还在做进一步的了解。这一次，我要确定对公司有足够的了解，然后再考虑入职。”幸运的是，多亏玛拉帮忙，我已经帮助大卫在彼得斯－庞弗雷特公司找到了一份很不错的工作。他现在跟着一位受人尊敬的高级编辑工作，而且他在新环境里如鱼得水。

“那你跟兰道尔还有联系吗？”

“实际上，还有联系。他过得还不错。让生活节奏慢下来，尽量少加班。他看起来比以前快乐。”

“听到这些我很高兴。你看起来也比以前快乐，克莱尔。”

我是很快乐。我又做回了我自己，这让我感觉无比地放松。上个月过得非常愉快。月初我在威廉姆斯博格那边找到了一套一居室，碧帮我把它改造成了一个温馨的小家。虽然并不宽敞，但是它是我自己的，而且房租也很划算。妈妈过来住了一个星期，昨天晚上我们还在家一起玩了成语接龙。

今天下午，在出发去机场之前，妈妈和我去看了露西尔。不用说，虽然妈妈和兰道尔都觉得露西尔已经从取消婚礼这件事中缓过来了，但是我还是非常紧张。不过让我吃惊的是，这次见面相当愉快。就算露西尔对我还有一些残留的敌意，至少她没有表现出来。她把我们让进客厅喝茶时，脸上一直带着微笑，她甚至还鼓励我“勇敢地面对那个可怕的格兰特女人”。

显然，我们的婚礼取消之后，她一直都很忙。在妈妈的建议下，露西尔同意跟曼迪合作进行婚礼咨询工作，只是兼职，不过这已经够她忙的了。我们一坐下，露西尔就自豪地向我们炫耀她们筹备的一个在棕榈滩举行的奢华的冬季婚礼的计划。

“很抱歉我从来都没有对你说谢谢，之前你为我们的婚礼付出了那么多努力。”我对露西尔说。我当时一直忙着工作和情感上的挣扎，根本就没注意到露西尔的审美眼光是多么具有美感。

虽然不符合我的一贯作风，但是她在细节方面的眼光真的很好。

“不用客气，亲爱的。”露西尔握着我的手说。“我会很高兴为你设计下一次婚礼的。”

那是不太可能的，不过这是她表达原谅过去所发生的一切的方式，我听了很高兴。再次和妈妈相聚，并且开始新职业，这让露西尔变得宽宏大量。

“这一杯祝我们的生活越来越好！”菲尔说，然后碰了碰我的酒杯，把我从沉思中唤醒。“当然了，克莱尔，你可能要过一段时间才能准备好再次开始约会。”

“嗯，对。”我严肃地点点头。

“对了，最近我刚接到你的一个朋友发来的稿件。他叫卢克·梅维尔。他的代理商说是你建议他把下一部书发给我的，因为他跟格兰特公司签的合约已经没用了。嗯，他发来的只是一部分；可能有五章，写得很棒。他的第一本书那么成功，所以这也不足为奇。我们当然立刻就打算买下他的这本书。要看能不能说服多米尼克。”——几周前我向卢克介绍过多米尼克·皮特斯，我形容他就像是一只斗牛犬。

“不过希望很大。而且出的价相当高。”

“我读过那几章了。我知道你会是最适合做这本书的编辑，菲尔。”

“哈哈，谢谢。我真的很喜欢那本书。我们都觉得卢克前途无量。”

“那是肯定的。”我表示赞同，同时尽可能不被人察觉地看了一下手表。已经八点十分了。“菲尔，我希望能多待一会儿，不过我得去见个朋友。欢迎你和琳达有空时去我那儿吃饭，现在我有餐桌了。”碧和我周末刚去宜家扫货了。

“我们会去的。随时欢迎你再过来。随时。”

我跟其他的格兰特前任职员们说了再见，收到了几张名片，然后溜出门去。今天晚上很暖和，街上有很多人。我快步走过四条街，进了咪咪家餐馆，感受着夏天的风吹在脸上的感觉。

“抱歉让你久等了。”我温柔地吻了一下卢克，然后在他对面坐下。

“等待是值得的。”他笑着说。

“卢克！克莱尔！我最喜欢的一对儿！”咪咪叫道，朝我们走过来。“我来告诉你们今天的特色菜。”

咪咪重复我们点的菜名时，卢克伸出手来，握住了我的手。我在他身边时，总是抑制不住地微笑。幸运的是，看来这种感觉是相互的。

“你们两个！”咪咪跟我们确认完点菜单之后，笑着说。“甜蜜的恋人！”

我靠着椅背，期待着我们将要共度的这个晚上。我人生的新一章已经打开——这一次，由我自己来书写。

致 谢

我非常感谢杰米 · 拉布签下我的这本书。我很荣幸能与富有洞察力、善于交涉的编辑凯伦 · 克兹托尼克合作，这段经历令人愉快。感谢里克 · 伍尔夫在这本书以及其他方面的鼎力支持和指导。我的经纪人丹尼尔 · 格林伯格一直鼓励我，是我杰出的同盟，也是我忠实的读者。华纳出版社的整个工作小组，特别是米歇尔 · 贝德斯帕奇，哈维简 · 科沃尔，丽莎 · 仙姆拉，安妮 · 托米，希瑟尔 · 凯帕提克，詹妮弗 · 罗曼尼鲁，工作能力都是一流的。

我要衷心感谢以下人员：玛丽莎·布朗，玛利亚·乔斯，丹·克拉克，格蕾丝·克拉克，凯丽·柯林斯，斯蒂芬妮·哈里斯，大卫·开努斯，凯瑞 · 曼里奥提斯，伊丽莎白 · 麦格罗恩，科林 · 麦古因尼斯，达利亚·内坦，阿什利·菲普斯，林德丽·普莱斯，梅斯·泰杰丁，伊丽莎白 · 怀德，亚历山德拉 · 维克斯，安德鲁 · 维诺库纽曼，克里斯 · 伍尔夫，劳拉 · 祖科曼。我还要特别感谢约翰 · 乐维洛。

同往常一样，我要感谢我的父母以及祖父母，他们一直给予我无条件的支持，为我提供了灵感源泉，并对我保持宽容开放的态度。